涪陵北山历史文化丛书

北山有故事

中国人民政治协商会议重庆市涪陵区委员会／编著

西南交通大学出版社
·成都·

图书在版编目（CIP）数据

北山有故事 / 中国人民政治协商会议重庆市涪陵区委员会编著. —成都：西南交通大学出版社，2021.11
ISBN 978-7-5643-7973-5

Ⅰ. ①北… Ⅱ. ①中… Ⅲ. ①民间故事 – 作品集 – 中国 Ⅳ. ①I277.3

中国版本图书馆 CIP 数据核字（2021）第 231237 号

Beishan You Gushi
北山有故事

中国人民政治协商会议重庆市涪陵区委员会　编著

责任编辑　郑丽娟
封面设计　原创动力

出版发行　西南交通大学出版社
（四川省成都市金牛区二环路北一段 111 号
西南交通大学创新大厦 21 楼）
邮政编码　610031
发行部电话　028-87600564　028-87600533
网址　http://www.xnjdcbs.com
印刷　四川煤田地质制图印刷厂

成品尺寸　170 mm × 240 mm
印张　15
字数　222 千
版次　2021 年 11 月第 1 版
印次　2021 年 11 月第 1 次
定价　76.00 元
书号　ISBN 978-7-5643-7973-5

序言

○周少政

万里长江自西向东奔流而来，流到涪陵城前面，突然被一道屏风似的高山挡住了去路。桀骜不驯的江水顿时变得平缓清澈，紧紧绕着山崖转了一个弯，又继续向东流去。那山，便是闻名遐迩的文化灵山——涪陵北山。

北山之魂，栖于北岩。北岩壁立千仞，雄奇壮阔，与涪陵城一水之隔、遥遥相对，历来是风雅云集、人文荟萃的胜地。北宋绍圣四年（1097），著名思想家、教育家程颐因“元祐党争”贬谪来涪州，驻足于北岩普净禅院。他在北岩石壁上凿洞点注《周易》，完成了程朱理学的开山之作《周易程氏传》。同时，他还在普净禅院开课设馆、授徒讲学，为涪陵培育了大批饱学之士。在他的示范引领下，曾经被视为“边鄙蛮荒之地”的涪陵科举昌盛、文化繁荣，社会风气焕然一新。从那时候起，涪陵北岩便作为官方显学“程朱理学”的发祥地而享誉天下。

自北宋以来的千年间，苏轼、黄庭坚、范成大、王十朋、陆游、杨慎、王士祯等众多文人雅士先后追溯程颐的足迹来到北岩，或闭门读书，或授徒讲学，或著书立说……涪陵北岩，一时间成为书声琅琅的乐土、弦歌悠扬的圣殿。这里孕育了在我国历史上具有深远影响的哲学流派“涪陵学派”；这里创建了被誉为南宋后期“中国四大书院”之一的北岩书院；这里诞生了在我国武术界占据一席之地的武术派别“峨眉点易派武术”；这里先后走出了张载、谯定、夓渊、尹焞、阳枋、阳岊、崔彦直、周煌、石彦恬、杨载、徐邦道等灿若繁星的睿智哲人、文章圣手、精忠将领……至清代中期，这里已形成点易洞、钩深堂、三畏斋、洗墨池、致远亭、碧云亭、三仙楼、四贤楼、观澜阁、北岩题刻等“北岩十景”。在这些景观中，尤以北岩题刻（读画廊）的艺术水平最高，学术价值最大。题刻分布于一道长146米、高16米的天然崖壁上，有文字63处、佛塔和佛像13处，其年代跨越上千年，其形制包括阴刻、阳刻、摩崖石刻等各种类型，其书法草、隶、行、楷兼备，其内容涉及儒、释、道等哲学思想。

涪陵北山，不仅是多姿多彩的艺术宝库、璀璨夺目的文化殿堂，而且是群贤毕至的人文星空、源远流长的思想渊薮！

可是，伴随着岁月的无情流逝，涪陵北山文化载体早已零落残破、风雨斑驳。北山文化元素只是零星地散落于民间和历史典籍之中，没有得到较好的发掘和整理。这不能不说是涪陵历史文化建设中的一大憾事。

本届区政协积极发挥人才荟萃和智力密集优势，主动承担发掘和整理涪陵北山历史文化的责任，并以文史资料的形式编辑出版《北岩题刻诠释》《北山有故事》《历代文人咏北岩》《北岩文化研究集萃》等北山历史文化系列丛书。力图通过挖掘和整理，让那些已经消失和行将消失的文化载体得到记录保存；让那些零星散落的文化元素得到统一归类；让当代人对北山文化有一个整体印象和清晰的脉络；让子孙后代更加了解涪陵、认识涪陵、热爱涪陵。

“江山留胜迹，我辈复登临！”伟大的时代造就伟大的事业，伟大的事业呼唤伟大的创造者。回溯历史，历代先贤已在涪州大地上构筑起金碧辉煌的文化大厦；瞻望未来，我们今天所做的这一切，又何尝不是在为这座大厦添砖加瓦呢？我坚信，只要我们兢兢业业、脚踏实地、不懈奋斗，就一定能够承担起时代赋予我们的光荣使命，就一定能在波澜壮阔的历史长河中抒写出更新更美的时代华章！

北山与涪陵城一水之隔，遥遥相望

目录

○ 一、历史人物故事

巴王画像……002
诸葛菜与葛亮山……003
铁柜藏书……004
相思寺贯休题诗……006
张载北岩立志……009
张载罢讲……010
辞别涪州……013
小程颐发奋为学……014
程夫子点《易经》……016
程颐过江闻道……018
程颐和机关共凿点易洞……020
碧云与程颐……023
程夫子缉盗劝学……028
程颐与涪陵学派……031
涪州墨梅……033
黄庭坚涪州悟心法……035
黄庭坚一字表心迹……036
黄庭坚和盼盼……038
黄庭坚与北岩流杯池……042
黄山谷北山证前身……046
谯夫子注水寓学……047
尹子读书遇狐精……048
龙　树……052

陆放翁北山遇仙……054
夏夫子涪州留迹……056
考亭悟道……058
周煌初登北山坪……059
周煌登北山……062
巧解意对……064
石豆的来历……065
题匾戏绅粮……066
徐邦道出生……067
徐邦道葬母……069
徐邦道拜师……070
徐邦道练功……073
徐邦道习武……075
徐邦道从军……077
徐邦道血战金州……079
马氏夫人解围救夫……081
甲午战争中的徐邦道……084
义马坟……085
徐邦道硬扛的故事……087
南送溪水北送山……089
精忠杨载……092
张师范重建三畏斋……094
张师范涪州留迹……096
王仙殉国……098
明玉珍立皇城……102
毛震寿题联明志……103
杏坛传薪火……106
贺太璞侍母至孝……108
张继曾涪州兴学……109
钟伯良与涪陵乡村师范……112

○ 二、北山风物故事

北山点易洞的由来……116
文运千秋耀北岩……118
碧云亭的来历……120
古亭腾辉……122
铁柜城的来历……125
铁柜城的传说……127
北山坪老鹰洞的传说……129
鹰嘴岩与鹰嘴寺的传说……131
北山鹰嘴岩……133
龙洞庵的来历……135
会冒米的龙洞……138
北山坪下黑龙洞……139
北山上的白鹤湾……141
仙女桥的传说……144
北山空壳树的来历……146

○ 三、民间传说故事

巴王指路……150
聪明的幺媳妇……153
好师长护生全家……156
樵夫装哑……159
江竿竿黄大刀北山论剑……160
贺二老爷建新房……165
巴蛇吞相……166
北山苦恶鸟……168
蟋蟀的来历……169
田螺姑娘……171
鹰　书……174

蛾蛾的报复……177
胭脂萝卜的传说……178
胭脂萝卜和胭脂鱼……182
印子坝本来是什么……183
胭脂萝卜与七仙女的传说……185
棕树、椿巅和黄葛树……187
金龙船……189
狮子塆的络新妇……192
北山坪下……196

○ 四、神话传说故事

大禹脚搭北山坪……200
背风石……202
神奇羊谷坝……203
尔朱真人驾鹤升天……204
尔朱先生涪陵成仙……206
归元子北山求雨……208
迦叶佛北山留迹……211
蕉叶渡江……212
蔡龙王和小蔡龙……214
王帽仙北山升仙……217
兰冲虚修道升天的传说……219
龙凤珠的故事……220
涪陵山神罗子明的传说……223
樵夫巧遇天仙……224

跋……227

一、历史人物故事

巴王画像

三千年前，这一带方圆几百里都是巴国的疆土，至高无上的巴王居住在与枳城隔江相望的北山上。巴王深居简出、养尊处优，对这片土地上的一人一畜、一草一木，都有着绝对的统治权。

这天，巴王突发奇想：倘若是举国民众都将我的画像供奉在神龛上，天天对着画像叩拜，该是多么惬意的事情啊！于是，他让左右手下在全国各地精挑细选，找来了三个最有本事的画师为自己画像。

第一个画师对着巴王画了大半天，认认真真地画出了巴王的尊容。左右众人都说像极了，不仅巴王的喜怒哀乐、一颦一笑画得那么得体，就连巴王每一根胡须的长短粗细都画得毫厘不差。可是，巴王看了却火冒三丈！画像中的巴王是驼背，还有一只眼睛是瞎的。然而，这能怪谁呢？因为巴王本身就是驼背，本身就瞎了一只眼睛。巴王说画师故意出他的丑，下令将画师推出去砍了头。

第二个画师看见这种情况，顿时学乖巧了。他将巴王画成了一个身材笔挺、五官端正、浓眉大眼的美男子。可是，巴王看了还是不高兴，以为画师是在嘲笑、挖苦他，又让左右把画师推出去砍了。

轮到第三个画师了。他在心头琢磨：画得太像了不行，画得不像也不行。该怎么办呢？想来想去，终于想出了一个妙法。只见他三下五除二，只用了片刻工夫，就将一张巴王的肖像画呈现在众人面前。画面中，巴王骑一匹高头大马，左手持弓，右手持箭，弯着腰，乜斜着一只眼睛，正在向不远处的一片草丛瞄准。草丛中，有一只野鸡，红红的鸡冠、长长的尾巴，正在专心致志觅食呢。

看到这幅画像，巴王心头就像灌了蜜糖一样舒服！因为它不仅巧妙地遮掩了自己的驼背、瞎眼，而且还展现了自己骑马射箭的英武和能耐。在给予画师重重赏赐的同时，巴王宣布：全国上下都必须照着这幅画的样子来画。

从此，巴王的画像被张贴在巴国国都的城门口、王宫前，张贴在巴国大地的每一条大路边，张贴在巴国国民家家户户的神龛上。巴国的臣民只要在外面看见这幅画像，就得立即停下来、站住敬礼，敬祝巴王陛下万寿无疆！每天早晚，全体国民都要在画像前三叩九拜，大事小事都要对着画像虔诚地请示和汇报。

故事来源：流传于以涪陵区为中心的武陵山区，采风于涪陵区武陵山乡角帮寨村，曾收录于重庆市武陵山旅游区管委会编辑出版的《大武陵》杂志。

收集整理：倪德生

诸葛菜与葛亮山

说到涪陵，你首先想到的或许就是涪陵榨菜；说到涪陵榨菜的创始人，你首先想到的或许就是清朝光绪年间的邱寿安。然而，涪陵北山上的老百姓却说：涪陵榨菜的发明专利，应该算到三国时蜀汉丞相诸葛亮头上，要比邱寿安早了将近两千年呢！

三国时，蜀主刘备为了给关羽、张飞报仇，不听丞相诸葛亮劝阻，举全国之兵讨伐东吴。结果被东吴大将陆逊火烧连营七百里，一路败退到奉节白帝城。刘备又恨又愧，以致一病不起。病入膏肓之际，把诸葛亮从成都招到身边，将国家大事托付给他，自己便撒手而去。

诸葛亮率残兵败将沿长江一路西上。那时候，整个部队都被失败的阴影笼罩着，将士们情绪低落、营养不良、面黄肌瘦、步履艰难！好不容易走到涪陵北山坪，诸葛亮下令：屯兵于此休整。

当时，正是涪陵青菜头收获的季节，漫山遍野绿油油的青菜头吸引了将士们的目光，青菜头美妙的滋味更是得到了将士们普遍的喜爱。说来也神奇，才吃了两天白水煮青菜头、炝炒青菜头片、凉拌青菜头丝、青菜头炖腊肉……将士们的毛病就好了一大半。

看来，这涪陵青菜头还有治病的功效啊！诸葛亮下令全军，天天都以青菜头当菜。

可是，问题又来了：青菜头的收获期只有那么短短的十来天的时间，过了这个季节，又到哪里去找青菜头吃呢？

诸葛亮摇着鹅毛扇思考了大半天，终于想出一个办法。他让手下人将青菜头用竹篾丝穿起来，挂在树上晾干水分；然后，收下来用盐水腌渍四五天；最后榨干盐水，拌上野山椒、花椒、茴香、八角、山柰等佐料。于是，一种既保持了青菜头的鲜、香、脆、嫩，又易于长久保存的菜品诞生了。将士们一年到头都可以吃到涪陵青菜头，先前失败的阴影烟消云散！为了表达对诸葛丞相的感激之情，大家给这种菜取了个好听的名字——“诸葛菜”。

为了不给当地百姓增加负担，诸葛亮让将士们在北山脚下的一座无名小山上开荒，种植青菜头，供全军食用。后来，老百姓就把这座小山叫作“葛亮山”。

故事来源：流传于涪陵区江北街道一带，采风于江北街道邓家村。

收集整理：倪德生

铁柜藏书

诸葛亮，字孔明，三国时期蜀汉丞相，著名的政治家、军事家，是中国传统文化中忠诚与智者的代表人物。诸葛亮足迹所到之处，留下丰富的传说。

古涪州的八大景点之一“铁柜樵歌”，就与他有关。

相传蜀汉时期，关羽大意失荆州，败走麦城被杀。为了报仇，刘备举全蜀之兵伐吴。报仇心切的刘备中了吴国陆逊诱敌深入之计，被火烧连营七百里，几乎全军覆没。

刘备败退白帝城，一病不起。临终之际，他把诸葛亮从成都招来，对他交代和托付后事，然后便撒手归西。

刘备的惨败让诸葛亮意识到：用兵素来是因人因时因地制宜，随机应变，绝不能拘泥于书本。为了把自己行军打仗的经验和教训传之后人，他决定将自己所写的兵书以及宝剑，找一个安全的地方藏起来。

诸葛亮登舟溯江而上，想在地势险要的三峡找一个地方藏兵书。最先，他在绝壁千仞的西陵峡发现了一个山洞，可是那个山洞已经被巴人存放了石棺。巴人为了保护石棺，会在存放石棺的山洞里放置毒药，使人不敢靠近。显然，那个山洞不是适宜藏书的地方。

一路上，诸葛亮都为藏兵书之事愁得茶饭不思，心神不宁！

苦苦思索不得法子，那天，竟然在灯下昏昏入睡。

恍惚中，见一位仙风道骨、气度不凡的白胡子老头，径直向自己走过来。老头说道："丞相大人为何事发愁啊？"诸葛亮便将自己的担忧与苦恼说给他听。白胡子老人听完后，呵呵一笑，捻着胡须说："我知道一个地方，不知丞相觉得可否？"他信手提笔，画了一幅山水长卷，画的是长江及其两岸的山川形胜。画卷中，在一处两江交汇之地有一座古城；与古城隔江相对的北岸，有一座陡峭壁立的山峰；山峰顶上，有一排四四方方、像衣柜一样的大石头。老人特别用手中的笔，在这些石头上画了一个圆圈。诸葛亮顿时心领神会：这不正是我要找的藏书铁柜吗？他对老人感激不尽，连声道谢！谢完白胡子老人，梦就醒了。

诸葛亮继续登舟溯江而上，这一天，来到了长江与乌江交汇处的涪州。弃舟上岸，只见与涪州城隔江相望的长江北岸，有一座绵延五里的山脉，那就是涪州人所说的"北山"。北山顶上，是连绵不断的松树林。在这一排排松林的背后，兀自耸立出一座山峰。山峰气势雄伟，一排排巨石壁立合围、形如铁柜，威严地俯视着脚下的山峦和滔滔东流的长江。

这不就是白胡子老人画中的那个地方吗？

诸葛亮立即飞书传令，派兵来此驻扎。他让人在山顶的巨石上开凿出一个设有九道门的山洞，并在山洞门口设置了九重叩门暗语，只有叩门暗语一一对上，山洞方能打开。然后，将兵书和宝剑放置在山洞之中。为了防止盗贼光顾，他还让人在洞口周围遍植松树做伪装，叫人看不出洞口的具体位置。

做完这一切，诸葛亮随即赋诗一首[①]：

兵法在一心，

兵书言总固。

弃置铁柜中，

恐怕后人误。

然后，留下五百兵士在北山顶上屯田耕种和驻守。他自己带着其余的人马，回成都去了。

由于北山顶上这些石头四四方方、壁立合围，既像一个柜子，又像一座城池，颜色又都是铁一样的深黑色，因此，涪陵人就把北山的山顶称作“铁柜城”。

古时候，涪州森林资源丰富，北山是涪州市民的柴山。砍柴人一边在山上挥刀砍柴，一边唱着山歌。那山歌，有的高亢激越，有的宛转悠扬，给寻常百姓寂寥的日子注入了生机盎然的欢乐情愫。久而久之，人们就把铁柜山与砍柴人的山歌联系在一起，叫作“铁柜樵歌”。

故事来源：流传于涪陵区江北街道一带，采风于江北街道永柱社区。
收集整理：刘晓云

相思寺贯休题诗

在涪陵北山相思寺挂单居住过的僧侣中，五代时的贯休禅师无疑是诗才最高、诗名最响亮的诗僧。

贯休（823—912），俗姓姜，字德隐，婺州兰溪人，唐末五代时期著

① 当地民间传说中，此诗为诸葛亮作。

名诗僧、画僧。七岁出家为僧，日诵经书千字，过目不忘。能诗，诗名高节，宇内咸知。亦擅绘画，所画的罗汉状貌古野，绝俗超群，在中国绘画史上有很高的声誉。同时，在书法上也有极高的造诣。

贯休虽然出家为僧，却依然保持了爱憎分明的个性，关心民间疾苦，痛恨贪官污吏。为此，他还写下《酷吏词》，愤怒谴责贪官污吏欺压百姓的暴行。因而，《唐才子传》称赞他"一条直气，海内无双"。

关于贯休"一条直气"的个性，或许从下面这个故事中最能够得到体现——

黄巢之乱，贯休避居吴越。那时候的吴越地区，正是吴越王钱镠的势力范围。因此，贯休与钱镠曾经有过一段短时间的交往。

有一天，恰逢吴越王钱镠即将出征讨伐叛乱，在临别的宴席上，贯休当即献诗一首《献钱尚父》[①]。诗中，有这样两句："满堂花醉三千客，一剑霜寒十四州。"抒写了酒宴的盛况，颂扬了钱镠立足东南的功业成就，并预祝其出征大捷，早日安定吴越十四州。

钱镠对这首诗赞不绝口，但同时，他又对"一剑霜寒十四州"一句稍有不满。因为他的志向，不仅仅是吴越一带的十四州，他还想着更广阔的疆土呢！

钱镠提议：是否把"十四州"改为"四十州"。

贯休一听，当即回绝道："州难添，诗亦难改！"并当场吟诗四句：

不羡荣华不惧威，
添州改字总难为。
闲云野鹤无常住，
何处江天不可飞？

吟罢，贯休离开了钱镠的吴越国，飘然入蜀，投奔前蜀主王建去了。

贯休入蜀，由黔州顺乌江而下。至涪陵，挂单于涪州相思寺。

恰逢深秋时节，一个雨后初晴的午后，贯休信步走出寺院，爬上相思寺旁边的小山岗。昂首仰望，万里长空碧蓝如洗，有几片帆影似的白

---

① 在涪陵北山一带民间传说中，《献钱尚父》为贯休的赠别诗。实则为初见钱镠时的投献之作。

云从头顶匆匆飘过；放眼远眺，涪州城背后的一带山峦，霜叶红透、层林尽染；俯瞰脚底，浩浩荡荡的大江自西向东奔流而来，漫江碧水、银色如练……此情此景，贯休忍不住诗兴大发。他欣然命笔，一气呵成，写下了传唱千古的诗篇《秋过相思寺》：

见说相思寺，今来似有期。
瘴乡终有出，天意固难欺。
昼雨洗花岛，秋云挂戍旗。
故人多在蜀，不去更何之？

故事来源：故事来源于《民国重修涪州志》等古代典籍，流传于涪陵区及其周边地区。

收集整理：倪德生

北岩唐代石刻佛塔

张载北岩立志

张载，字子厚，号横渠，祖籍大梁（今河南开封），北宋著名理学家。张载是关学创始人，少年时期曾在涪陵生活了十二年，可以说涪陵是张载的第二故乡。

张载三岁时，他的父亲张迪调任涪州知州，他便随父迁来涪陵生活。

十岁时，父亲为他请了一位涪陵文人做他的启蒙老师，课其学业。由于史书上没有关于他的启蒙老师的详细记载，我们不知道那位老师姓甚名谁，但从张载后来的表现，我们可以推知，那位老师是当时涪州知识分子群体的代表，是一位学识渊博、育人水平高超的人。在老师的训育下，张载无所不学，卓尔不群，学业进步很快。

老师的教学方法灵活，注重劳逸结合，除教张载诗书礼仪孔孟圣贤书外，还经常带着他出去郊游，在大自然中培养理想壮志和行为能力。有一次，老师带张载到长江边夜游，张载非常兴奋，当即吟诵了一首名为《江上夜行》的小诗：

冰壶潋滟接天浮，
月色云光寸寸秋。
不用乘槎历东海，
一江星汉拥行舟。

从他的经历和诗中描绘的风景，我们仿佛看到了他邀约朋友一起登上小舟，夜游大江的欢快场景。你能说这些场景对他人生理想的形成没有影响吗?

还有一次，启蒙老师带张载渡江到北岩普净禅院踏青游玩。老师知道张载志气不穷，志存高远，游玩中就问张载长大了想干什么。置身于北山这片风景优美、文化积淀深厚的热土，面对古代先贤留下来的一处处灿烂遗迹，张载的心胸像蓝天一样高远明澈，壮怀激烈的人生理想，在这个十余岁少年的心头激荡奔涌！他冲口而答：“我自认满腹经纶，于诗书无所不读。我的理想是要么参加朝廷科举，扬名立万；要么参军从戎，立身军中，征战沙场，保朝廷疆土!”

张载十五岁那年，父亲张迪在涪州任上病故。张载和五岁的弟弟张戬以及母亲一起，护送父亲的灵柩越巴山、奔汉中、出斜谷，打算还归故里安葬。行至眉县横渠，因路资不足加之前方发生战乱，无力返回故里开封，遂将父亲安葬于横渠南大振谷迷狐岭上，全家从此定居于此。

张载时刻不忘自己少年时立下的志向。几年后，由于西夏对北宋西北州府攻势渐猛，西北战事紧急，范仲淹被任命为陕西经略安抚副使兼延州知州。张载非常兴奋，他大胆上书求见范仲淹，向范仲淹提出巩固边疆、建设大西北的大政方略，并要求投笔从戎，在范仲淹帐下效力。只是由于范仲淹的劝诫，中国历史上才少了一位可能的军事家，多了一位敢于“为天地立心，为生民立命，为往圣继绝学，为万世开太平”的哲学家。

故事来源：故事来源于《涪州志》(道光版)，流传于涪陵区一带。

收集整理：王一安　冉桂芬

张载罢讲

张载是理学创始人之一，也是关中学派的始祖，中国古代著名哲学家。他一生以授徒讲学、著书立说为主业，短暂做过京官或地方官。他为什么罢讲？那不是自毁声誉、自砸饭碗么？

原来，事出有因，无风不浪。我们得重回历史现场。

宋仁宗嘉祐二年(1057)，岁在丁酉。清明之后，谷雨之前。由大儒欧阳修为主考官、名诗人梅尧臣为副考官共同主持的科举考试中央会试，在首都汴京(开封)隆重举行。数千举子齐聚京都，凭才华一决高下。经主、副考官的认真阅卷遴选，一批才华横溢的优秀人才脱颖而出，先后成为政坛、文坛、杏坛、诗坛的耀眼明星。后代评说这场贡举大考时，称“欧阳修、梅尧臣恨不得将天下英才一网打尽”。据说录用八百余人，创下历史之最，其中杰出人物之多，有如星汉灿烂。涌现的明星性群体，就是后人耳熟能详的“嘉祐十子”，即张载、苏轼、苏辙、程颢、程颐、曾巩、曾布、吕惠卿、章惇、王韶。这十人中有三对同胞兄弟：苏轼与苏辙，程颢与程颐，曾巩与曾布。“十子”后来不是思想大家就是文坛翘楚，不是学林宗师就是卿相名臣，单是任过宰相的就有四人。

上述“嘉祐十子”，还有三人位列“北宋五子”，即张载与二程。“北宋五子”指理学的五位创始人，他们是周敦颐、程颢、程颐、张载和邵雍。如此看来，我们故事的主人翁张载在中国思想文化史中还真是个了不得的人物。如果你知道震古烁今的横渠四句——“为天地立心，为生民立命，为往圣继绝学，为万世开太平”就是张载的名言，你就大概了解张载的胸襟和抱负。如果你知道张载的父亲张迪任过十二年涪州太守，且死于任上，张载在涪州生活了十二年，十五岁才离去，那么你对张载会产生亲切感、崇敬感。如果你还知道在北岩书院中除了三畏斋之外，还有以张载的语录“言有教、动有法、昼有为、宵有得、息有养、瞬有存”而建的六有斋，你更会感觉张载离我们很近很近。

张载罢讲的事，就发生在嘉祐二年。

那天金榜贴在内城通衢大道高墙上。一时看榜处人山人海，其余街区却空空荡荡。有人欢喜有人愁，是张榜时的常态。大多数中榜者都笑逐颜开、喜极而泣，毕竟高中进士是很难很难的。有的派人飞马回乡传递捷报，有的忙着登门拜谢恩师，有的大摆宴席扩大喜讯。只有张载，在大喜中保持沉静，照常回外城简陋旅舍展卷读书。刚经柔史的书籍他带了一大包，每日的课业由自己选定。他为啥不激动呢？其实也是非常高兴的。他的弟弟张戬比他小十岁，早在四年前就考中进士做了地方官。他今年已经三十八岁，属大龄考生，步入了中年门槛，因而比那些年轻的士子成熟得多。按说，京城中也有高层知己，但此次进京应试，他根本就没有去踏足，免得别人说闲话，认为你不是凭本事，而是靠傍大官。发榜以后，本该立即去报喜，张载想了一下，认为还是应冷一冷，过两三天再说。

这天，已是揭榜第三天下午，一位须发斑白的老者，在数位彪形壮汉的陪同下，来到外城张载住的旅馆将他“抓”走了。

来“抓”他的人，不是别人，正是当朝宰相文彦博。他是天圣年间进士，一生侍奉过仁宗、英宗、神宗、哲宗四位皇帝，时人称之为“不倒翁”，活了 91 岁。早在十多年前，文彦博以故宰相高位被削职来到长安当判官，那时张载还是个自食其力的“民办教师”，以讲学为生。文彦博是一位热心奖掖青年才俊之人，听说张载名声和行为均纯美，是一个品行高尚、学问精深的人，就聘请张载到官办学堂讲学，给予很高待遇。他让本城士子向张载学习，从此二人结下深厚的情谊。当得知张载金榜题名时，文彦博非常高兴。他派仆人保镖满城寻找，终于在外城“抓”住了这位关中来的新科进士。文比张大十五岁，当时已是朝中老臣，这样礼贤下士，在东京传为佳话。

文丞相设宴款待张载，彻夜长谈，并给他安排了宽敞明亮的讲堂，设虎皮座椅，招来东京城内外众多青年学子，来听张载的讲演。中心是《易》，将其点化成理学纲目，进行深入浅出的讲述。“张载之学，善发圣人之遗意，其术略可措之以复古。”文彦博有意让张载在首都发展，扩大影响，进而向皇帝引荐。果然听者云集，声誉日隆。后来向皇帝引荐张载的，却是另一位宰相吕公著，可见当时学术环境很宽松，重视人才为高官风范。

这时，表侄洛阳二程也来到京师，抽空拜访表叔张载，他们在交谈中自然以理学为中心，各自充分发表自己的意见，互相辩驳，互相吸纳，互相批判，共同提高。一谈就是深夜。第二天早晨，张载对来听讲的学生们说：“和二位表侄比起来，他们深明易道，研究深入，视野开阔……我的水平不及他们。你们可以拜他们为师。”说完，就撤席卷虎皮罢讲。从此退出京师讲坛，全力支持表侄程颢和程颐讲学。

张载比程颢大十二岁，比程颐大十三岁。他治学严谨，动静有法。史载他因病请假闲居南山下时，终日危坐，左右都放有书，俯而读、仰而思，有得则记之。或半夜起坐，取烛点亮伏案书写。他读书做学问的精神如此。一般学者都做不到，真可说是光风霁月，一个谦谦君子的高大形象，一个雄才大儒的高风亮节，为后世留下光辉的榜样。

张载成为理学大师、哲学鸿儒，其修为是从这些小事做起的。

故事来源：故事来源于张载年谱及《宋史·道学列传》《宋元学案》等古代典籍。

收集整理：李世权

辞别涪州

北宋仁宗景祐元年（1034）五月十七，太阳还未出来，一位十五岁少年站在北山一块青石旁的晨雾中。片刻后，一轮红日从群山喷薄而出，霞光驱散了黎明前山林的阴暗，照在少年坚毅的脸上，远方就是长江与乌江的交汇处，青绿色的乌江水汇入宽阔而略显浑黄的长江，向日出的方向静静流去。此时，少年的心头波澜起伏：这样的景象是何等熟悉和亲切，可是，自己却即将如长江之水一样离开此地，或许此生永不回来！人行天地间，忽如远行客。虽然前途未卜，但身为家中长子，涪州水土养育的他已经下定决心，承担起保护家人，实现父亲遗愿的责任。

这个少年就是张载，一个将在中华历史上留下浓墨重彩一笔的“北宋五子”之一。

少年转身下山，飞身上了一匹白马，不一会儿来到一处农舍门口。少年下马，熟悉地叫道：“蔡婆婆在吗？”从农舍中走出一位五十多岁的妇人，热情地说道：“哎呀，是张公子来啦，你可好久没有到我这里来了。来，快进来坐！”少年走上前握住妇人的手说：“蔡婆婆，我父亲过世了，我们要回原籍应天了，今天是来向您辞别的。您的救命之恩，我一定铭记。这些银两，您收下，蔡婆婆保重！”妇人闻听此言，顿时泪眼婆娑：“张大人是个好官，你们一家人都是好人！张大人为我们做了这么多事，怎么说走就走了呢？他是为我们老百姓累的啊！”

十二年前，张载还不到四岁，随任知州的父亲来到涪州。刚刚落脚，他就染上了重病，是居住在北山上的蔡婆婆用当地草药把他救了回来。对蔡婆婆的救命之恩，张家人一直铭记在心。

离开蔡婆婆，少年纵马奔驰。呼呼风声在耳畔划过，十几年来的涪州生活一幕幕在头脑闪现：在涪州虽然物质生活艰苦，但精神上是富足的，父亲为涪州的治理煞费苦心，与当地民众同甘共苦，俸禄多接济了穷人，父亲的真诚与才干赢得了涪州官民的认可。一方水土养一方人，自己三岁多到涪州，涪州的山川风物哺育着自己的身体，浸润着自己的灵魂，让自己树立起“立德、立功、立言”的雄心壮志。真的应该好好感谢这一方土地、这一方人啊！

不知不觉间，张载回到家中。有许多认识和不认识的人在家中吊唁父亲。从涪州到应天，山高路远，大家都知道张家没有多少积蓄，得知他们去意已决后，便委托一位长者将大家凑的盘资转交。

第二天，张载带着母亲和三岁的弟弟张戬，踏上了回乡的征程。

故事来源：故事来源于《涪州志》，流传于涪陵区。

收集整理：何利乔

小程颐发奋为学

程颐是我国宋代著名理学家、教育家，不仅行为端庄、人格高尚，而且学富五车、满腹经纶。照理说，这样的人一定是从小聪明伶俐、勤学好问。然而，事实却恰好相反：幼年时的程颐是个贪玩好耍、不喜欢读书的孩子。

程颐有个十分重视子女教育的父亲，还在程颐和哥哥程颢四五岁的时候，父亲就给兄弟俩请了当地的两个名师，一人传授礼、乐、书、数知识，一人教骑射、御技。程颐更有一个教子有方的母亲，她自幼聪颖过人，好读史书，博古通今，平等待人，对奴婢视如己出，不准家人打骂奴婢，屡次收养被遗弃的婴幼儿，还擅于配制药物，救济贫病之人。在母亲的言传身教下，程颢、程颐兄弟俩养成了节俭的好习惯，饮食、衣服从不挑三拣四。

然而，兄弟俩的性格却迥然不同：程颢性情温和，沉默寡言，终日手不释卷；程颐生性活泼，贪玩好耍，总是静不下心来读书。平时，程颐一点儿也不高兴哥哥那沉默寡言的样子，还常常取笑哥哥是个不谙世事的“迂老夫子”。

有一次，母亲侯氏偶染风寒，程颐陪母亲去看郎中。母子俩顶着炎炎烈日，行走在荒山秃岭间。途中，母亲口渴难耐，程颐找遍四周，也没有找到一处泉水、池塘之类可以饮用的水源。母子俩继续往前赶路，又走了很长一段路，来到一片干枯的枫树林。枫林中的树木早已枯萎，只剩下一株株光秃秃的树身，兀立在阳光下。

或许是前几天刚下过一场雨，母子俩居然在一棵百年老树腐朽的树洞中，找到了小小一凼尚未干涸的雨水。水面上，满是泥土和朽木屑。母亲渴得实在不行，也不管三七二十一，俯下身子就将那一凼水喝了个底朝天！

说来也奇怪，自从喝下那些雨水之后，母亲的病情居然减轻了许多。

为什么朽木中又脏又陈的雨水，却能够缓解母亲的病痛呢？程颐百思不得其解。

回到家里，他把这件事对哥哥讲起。

程颢听后，思索片刻，问道：“母亲饮水的那个树桩，是一棵什么树呢？”

当听程颐回答说是枫树，程颢摇晃着小脑袋，慢条斯理地解释说：“古代医书中早有记载：枫树皮煎水喝，具有行气止痛、除湿袪风的功效，对于气滞血瘀造成的肿痛和脾湿所困造成的食欲不振、消化不良，都有很好的治疗作用。或许朽木中沉积的雨水，正好对上了母亲的病症。”

从这件事中，程颐深受启发，他感觉到自己孤陋寡闻，远不如哥哥的学识渊博。从此以后，程颐发奋读书，刻苦钻研，终于成为一代哲人和鸿儒。

故事来源：流传于涪陵区及其附近地区，曾收录于《中国民间文学三集成·涪陵市资料集》。

收集整理：倪德生

程夫子点《易经》

九百多年前的一个夏天，一个雷雨交加的夜晚，在涪陵北山北岩石壁上一个新开凿的石洞里，一位老人正襟危坐在几案前，一丝不苟地翻阅着一部厚厚的书卷。他一边翻阅，一边提起毛笔在书卷上批注圈点，石洞外面的风声、雨声、闪电、雷鸣，好像都与他无关。

这个老人是程颐，我国北宋时期著名的理学家、教育家，他与胞兄程颢共创“洛学”，为理学奠定了基础。

相传程颐的母亲一天夜里做了一个梦，梦中和官人一起逛花园，走到一棵梧桐树下，抬起头，看见树上有一个雀窝。他俩正准备爬上去掏鸟窝，忽见远处有两只金凤直朝花园飞来。金凤越飞越低，在程夫人身边盘旋一周，朝着她怀里扑来。程夫人赶紧将金凤紧紧搂住。没过多久，程夫人怀孕，生下了长子程颢。隔了一年，又生下次子程颐。

兄弟俩自小聪明伶俐、发奋勤学，每晚熬夜读书到三更。有一年，大年三十夜晚，两兄弟还不休息。这时，进来一素衣女子。程氏兄弟问她：“你来做什么？”女子含笑道：“奉太阴真君嫦娥仙子之命，特来给两位文曲星君掌灯。”说罢，用手指在粉壁墙上画了一个圆圈，圆圈顿时放出光华，清亮无比，照着弟兄俩夜读。

十四五岁，程颐与哥哥程颢受学于理学创始人周敦颐；二十四岁，入京师太学读书；三十余岁，大量接受学生，从事讲学活动；五十岁不到，便成为“著书立言，名重天下，从游之徒，归门甚众”的硕儒；五十二岁，应诏入京，受命为崇政殿说书，其职责是教年幼的皇帝宋哲宗读书。

本来，程颐由一介布衣一跃成为帝王之师，已经尊荣至极，只要按部就班，就有享不尽的荣华富贵。可他却经常利用向皇帝讲书的机会，议论时政。这就自然引起一些人的嫉妒和反感。没过几年，就被罢官。在他六十五岁的时候，又被贬到涪州，交地方官管制起来。

程颐以年老多病之躯，来到当时的瘴雨蛮云之地涪州，可谓离家万里、举目无亲！

好在还有一个叫谯定的涪州籍弟子。在谯定的帮助下，他在涪州城对面的北岩石壁上开凿了一个石洞，自己便在洞内著书立说，研究学问。他正在翻阅和圈点的，便是被称为“中华文化之源”的《周易》。他在给它做批注，加标点符号呢。

恰在此时，他被一个似是而非的句子难住了，几次提起笔来都落不下去，实在不知道在哪里断句为最佳。他绞尽脑汁、冥思苦想，也始终没有个结果。突然，天上一声惊雷炸响！程颐握笔的手猛然一颤，笔尖在书卷上点出了一个淡淡的墨痕。等他回过神来，看那加点的地方，正是最佳不过的断句之处。

可见，心怀虔诚者，神鬼亦助之。

就是在这个石洞内，程颐完成了理学代表作《周易程氏传》。到南宋时，其学说被朱熹继承和发扬光大，形成影响我国达数百年之久的官方显学——程朱理学。

从此，涪陵北岩作为程朱理学的发祥地而闻名天下。自南宋以后的数百年间，天下学子追慕程颐之名，纷纷聚集到这里来，或埋头读书，或潜心著述，或孜孜为学。涪陵北岩，一时间成为书声琅琅的乐土、弦歌悠扬的圣殿！与此同时，那些路过涪陵的文人雅士、学者名流，大多也要停下脚步，专程到北岩去游览、去凭吊。

故事来源：流传于涪陵区及其附近地区，采风于涪陵区义和镇。

收集整理：倪德生

程颐过江闻道

人生一世，总是被时代大潮裹挟着前进，欲独善其身者，往往身不由己。北宋绍圣年间，程颐就被党争的潮流冲到了当时的蛮荒之地涪州。好在他多年讲学，桃李遍天下，来涪即得到门生谯定相助，在涪陵北岩普净院居住。普净院背靠北山，面对长江，掩映在一片苍翠蓊郁的绿荫中。撇开被贬这件不愉快的事，这里虽然远离朝堂，但也远离了纷争，是一个净心养性的好地方。加之宦海沉浮，对世事看得通透，来到这里，刚好可以静下心来，完成多年的夙愿——研究《周易》。

山中日月长！一日，程颐在注易过程中，思路受阻停滞不前，遂起身远眺。奔流的江水，江边码头星罗棋布的船只，来往不绝的人群，纷纷映入眼帘。此时，魏晋时期阮籍驾小车漫无目的出行的场景，浮现在他眼前。他当然不会如阮籍那么放浪形骸，但决定像阮籍一样，随处走走。

于是，搁下手中的笔，走出书斋，信步来到码头前。

正有一小舟停在码头等待人们上船。他快步跟上坐船的人群，随船出去了。

多年经史子集的浸润，来涪之前贵为帝师的背景，让程颐自然透露出一种异于常人的气质。这种不同，被一个同船的老汉看在眼里。老汉被气度不凡的程颐所吸引，暗中关注着他的言行举止，程颐却浑然不觉。

小船在江面行驶一段时间，风渐大。小船逆风而行，已不如刚出来时那么平稳。

风势愈来愈猛，江面被激起千重波浪，浪涛不断拍打着船舷，小船随风浪剧烈颠簸。随着船的颠簸，人们也开始大呼小叫、哭天抢地！

程颐看着慌乱的人们，心想：他们也许是生活在这个相对封闭的地方，少见大风浪吧。想自己从京师到涪陵，一路走来，不知经历过多少风浪！朝堂上你死我活的争斗、机关算尽的权谋机变，比起眼前的风浪来，有过之而无不及。不也过来了吗？即使真的在此葬身鱼腹，自己早已年过花甲，一生以诚敬之心为学为人，以一介布衣为帝师，殚精竭虑训导年幼的哲宗皇帝，完全是为了辅助国君实现尧舜之治啊！扪心自问，仰不愧于天，俯不怍于人。罢罢罢，阎王要你三更去，不得留你到五更，随他去吧！此时，程颐的思绪也如这小船，汹涌起伏着。

直至呼号声渐止，他才发现，船已平稳到岸了。于是，随着人群踏上岸边。

一直关注着程颐的那位老者走上前来，问道："这位先生，刚才船遇到危险的时候，大家都惊慌失措，为何你却像个无事人一样？"

程颐还沉浸在刚才的冥思里，随口便答道："心存诚敬而已。"

老者随即说道："心存诚敬固然是好，但不若无心。"

"此话怎讲？"程颐问道。

"在这个充满诱惑、欲望、权力和争斗的世上，即使你做到了诚敬，做到众人皆醉而我独醒，然而，木秀于林，风必摧之，又怎么对抗世俗的浊流？善恶皆在一念间，不若修心养性，看淡一切，这样就能安时而处顺，百事随缘。风浪再大，又奈我何？"

程颐听了这番话，心知遇到了高人。欲与他深入探讨，老者却并不理会，径自扬长而去！

老者的话让程颐领会到：自己应该在体悟、心性上面下功夫，将心性的修炼融入自己的学说中。顿时，出发前受阻的思路，被老者的一句话贯通。于是，他迫不及待乘船返回居所，将"心性修炼"几个字写入自己的著作之中。

故事来源：故事来源于《民国重修涪州志》等典籍，流传于涪陵区及其附近地区。

收集整理：张霞

程颐和机关共凿点易洞

老石匠很老了，刚招了一个幺徒弟。涪州人把师傅招的最后一个徒弟叫“幺徒弟”，也叫“关门徒”。老石匠姓机，关门徒弟姓关。

有一天，衙门贴出告示：涪州贬来个京官，京官要打凿一个石洞，急招懂得机关的两位石匠。

石匠们都不敢去揭榜，关徒弟一看，大大方方揭了，径直走进衙门去，找被贬京官程颐，说是要签凿洞合同。

程颐见这么快就有人揭榜，心中非常高兴。要知道，程颐急于打凿的石洞，是他用来做易学研究的工作室，非常考究。所以，他在告示里，只简单要求石匠懂得机关而已。至于复杂的事，只有等到见了面再做交代。没想到，刚贴出告示就有人揭榜来见，程颐当然心情不错。

两人一见面，程颐就问：“揭榜的师傅，你懂得机关？”

徒弟说：“大人，我们师徒俩一辈子，我懂机，师傅懂关。合起来，叫全懂机关。”

程颐觉得这个人性情开朗好玩，就对他说：“我们简单点，你回答我三个问题，都对了，工程归你做。错一个，你就回。”

关徒弟说：“要得。”

程颐问：“天是啥形状？地是啥形状？”

关徒弟说：“天圆地方。”

程颐问：“《易经》讲了多少卦？”

关徒弟答：“八八六十四卦。”

程颐又问：“为何首卦为乾？”

关徒弟从来没听人讲过这个问题，急忙说：“程大人，我们来包工，本是师徒两人，你的三个问题，哪个说也该给我师傅留一个。你说是不是这个理？”

程颐知道关徒弟答不上来，但也觉得可以一试其师水平，于是点头应允了关徒弟。

关徒弟风风火火从程颐处出来，急忙找到师傅，拉上师傅，边走边告诉了程京官考题之事。

机师傅看徒弟急慌慌的样子，便安抚说：莫急莫急，早就听说程京官是个大好人，想必不会为难于师的。

程颐见所来师傅是个老者，便和颜悦色道："老人家，真不知道你会光临指教，先坐先坐。"

机师傅坐下后双手作揖说："知道程大人大人大量。不过，秉公办事理所应当。"

程颐道："老人家一言一行，尽显涪州人文风范，下官正想就一些问题，请教一下涪州人的态度，也好以此来匡正匡正下官的粗浅认识。"

老师傅道："程大人赐教。"

程颐说："我问过一些有钱人，他们说，土地是为买卖存在的。不知道涪州人对这种说法，有没有一种另外的说法？"

关徒弟一听，怒气冲冲地说："有钱人尽会胡说!"

机师傅见徒弟又显急躁情绪，立刻轻轻咳了一声说："程大人，徒儿年轻，不甚明礼，还望海涵。不过，话说回来，我们当真也不同意那些有钱人的看法。地大物博，是夸地的功劳哩。想一想，地也该夸。它不但承载万物，养育百畜，运行有序，它还万世不朽。但话说回来，地虽伟大，比起天来，它可就又不足挂齿了。天是多大？日月之行出其中，金木水火土，还有二十八宿，万星分列，天都一以统之。所以，八卦之首为乾，其次才为坤。八卦，实为序天地伦常，演四时万物之变。此为涪州人心中的《周易》也。"

程颐听老者所言，心中想，易理之学，还得多向民间调研。当然，打凿点易洞的工程，自然就放心交给了机关师徒二人，并与二人精心合计了一番。

不出一月，机关师徒将点易洞凿造完毕。竣工那天，程颐请来了八方人马，人们都听说京官程颐亲自选将，打造了一个高妙无比的点易洞，大家都想一睹为快。等到程颐揭开一块大大的红布，宣布竣工揭幕，现场人无不失望之极：不就是一个普通的石洞吗？

程颐却说："在场诸位，你们或许是不会夸赞这个石洞的。因为它跟我们看见的日月星辰一样，普通到你看不到它的伟大。但是，它的确伟大啊！”

程颐顺手抱过一个旁人的小孩。这小孩似乎刚学会了说话。程颐将小孩抱入洞内，给了一丫竹枝，让小孩拿着转身背向洞外而立。然后，程颐退出洞外十步开外。

程颐静立之后，机关师徒走来也立定在距小孩十步之遥，与程颐并排而立。

这时，有个声音问小孩：“离洞最近有几个人？”

小孩回答说：“三个。”

众人一惊：小孩可是背对着洞外的啊！

那个声音又问：“这三个人排列成了什么形状？你能指一指你面前墙壁上相同的錾痕吗？”

那小孩用手里的竹枝指了指面前的洞壁。这时，更奇怪的事情发生了：小孩面前石壁上的所有錾痕，都不断金光闪闪起来。须臾，几条錾痕突显而出，形成了一个乾卦，与外面三人排列的形式刚好一致。

众人一阵惊呼！原来，那些洞壁上的錾痕凿纹，居然仙隐着一个乾卦。

似乎还必须让大家惊叹到底一样，刚才那个声音继续问小孩。洞中小孩居然按照问询，在洞壁中依次指出了六十四卦全象图。并且，每出一卦，都会顷刻金光四射，同时伴以悦耳的天籁之音。

等到大家一浪一浪惊呼完毕，才发现程颐和机关师徒早已离去。众人全都虔诚跪拜！

当众人转身之时，整个石洞似乎微微颠了一下。认真看去，点易洞顷刻半点神灵之气俱无，跟大家刚来的时候见到的一模一样。

一只点水鸦鹊飞来，停在石洞门楹上，拉出一串鸟粪，石洞似乎多了些自然生命之气。

有人就问：难道点易洞就只显过这一次灵吗？

故事来源：流传于涪陵区一带，采风于涪陵区江北街道点易社区。

收集整理：杨爱平

程颐注《易》之地——点易洞

碧云与程颐

程颐被贬到涪州，不想浪费光阴，很快就在北山一岩壁凿出一个石洞。程颐把这个洞用来做自己的易学研究工作室。工作条件略备，他就不舍昼夜地开始了读写。

遗憾的是，这个石洞根本不具备生活条件，很快，他连填饱肚子都成问题了。

那天夜半，程颐强忍饥饿，才写了一行字，头一昏，就一下倒在了案头上。

恍惚中，门外走进一个十五六岁的女孩子，女孩的提篮里装满了食物。她摆好饭菜，把程颐扶到餐桌前。

女孩见程颐不动筷，以为他是饿得动筷的力气都没有，伸手就要喂他。

程颐忙以手势制止，问："为何烦劳你为我送来如此美食？"

此时，正有一群俗名饿老鸹的鸟从林中惊起，大叫着飞过洞前的夜空，“饿啦——饿啦——”的叫声尤其入耳。

女孩对程颐说：“大人，你听，连鸟都知道为什么呢。”

程颐见女孩回应智慧，言说简洁聪敏，于是再不探听，埋头就是一通饱食。

等到程颐吃饱喝足，女孩边收拾杯盘入篮，边对程颐说：“大人，我一是受人之托，二是仰慕大人才华，才心甘情愿为大人备办饮食。我和大人之间，只有饮食联系，半点不沾人格气节的边。你我两人虽然分属男女，但我们不会建立男女私情，因此贞不贞、洁不洁与我们仍然无关。”

程颐听言，不假思索回道：“在理！不过，若照我所说，就更加在理。”

女孩说：“大人请讲，小女子遵命就是。”

程颐说：“你为我备办饮食，如果我不据实付费，我们之间还是带有授受不亲关系。所以，付费的事由我定夺，烦请不要推辞。”

女孩微微一笑，通达地点头应允了程颐。收下银两，提了饭篮，一溜烟走了。

等到程颐坐下来之后，他才想起：女孩姓甚名谁？家住何处？受何人所托？为何来去如此及时？很多基本问题都没搞清楚呢。

因为对备办饮食一窍不通，没多久，程颐又饿得晕倒在地。

女孩就在此时再次出现。与上次不同的是，她做的饭菜越发符合程颐的口味。

程颐边吃边与女孩闲聊，他觉得，这孩子太明事理，又能准确体会自己的心思。

女孩收拾好饭篮，再一次走了。这一走，程颐脑海里多了些信息：女孩叫碧云，家住不远处的多林村。自幼孤儿，被人收养长大。养父母目前外出做生意，不在涪州，因此碧云也是单身一人生活。

不知不觉，碧云为程颐送餐送饮已近半年。在这半年里，程颐觉得自己精神勃勃、体力充盈，工作效率高了不少。

这天，又是女孩送了饭菜来。程颐快乐地吃喝完毕，对女孩说，他想随同前往多林村，看看碧云家院落。没想到的是，这女孩一下正了脸色，率真地说：“大人，我两人本来就只有饮食上的供需关系，单纯得很。希望大人还是不要知道得太多为好。”

就是那天，碧云告诉程颐，她最近两天有事，程颐只能自己将就些饮食了。

过了两天，女孩没露脸；再等了两天，女孩仍然不见。耐着性子又勉强等了两天，女孩真若石沉大海一般。说好只是两天，却消失了整整六天！程颐觉得，再不找到她，这个孩子就会彻底离开自己了。

于是，子夜时分，程颐打上火把，向女孩平时送饮食来的方向走去。只有一条独路，程颐想，一定会很快走到多林村的。

但是，天上怎么突然没有星星了呢？瞬间工夫，大雾怎么就堆涌上来了？

程颐初到涪州，根本没见识过长江边上的大雾，他还没来得及设想后果，就看不见半步路距离外的任何事物了。程颐毫无应对之策，只能顺路小心翼翼往前行走。他希望大雾及早散去，早一刻找到那个多林村。可是，走了两三个时辰，几乎筋疲力尽了，他仍然被浓雾包裹着。

没迷路才怪！程颐被什么激灵了一下，他立即坐下来，决定再不瞎窜。

刚坐下，就听见远处传来一阵鸡啼。浓雾顷刻无影无踪，四周一片清晰：原来，已经来到北山之巅。

北山脚下，长江顺流东去；大江对岸，涪州城清晰入眼。走了半夜，居然登上涪州高峰，是惊是忧是疑是思，程颐说不出心中的子丑寅卯。于是提起嗓门，信口来了两句："问雾何浓迷双眼，疑腿有劲登独峰。"

程颐吟诵刚落脚，身后传来一个声音："伊川先生，清晨吟得好诗！碧云这厢受教了！"

程颐猛见到碧云，很是吃惊！

碧云似乎比程颐更加相信，这是一次巧遇。因为她出了趟远门，从寓居外地的养父母那里赶回来，没想到程颐居然登山到此。

然后，他们就说着笑着向村里走去。

女孩一如既往继续给程颐送饮食。

三年时间转瞬即逝，程颐已经完成了《周易程氏传》初稿。此时，皇帝也宣布召他马上回京。

这天，程颐请来了所有的涪州朋友。他庄重地告诉大家：这是自己在涪州的最后一次请客，这次宴会就在北山上的多林村举行。

多林村？朋友们第一次听到这个地名。

多林村其实就在北山西侧，距程颐点注《易经》的洞穴不足十里。说是叫村，其实只有一座五间长排茅屋。

程颐率朋友到达的时候，碧云早已带着好几个人在厨房忙碌了两个时辰。

程颐进入村庄后，他发现，在这五间长屋的前后左右，散布着大大小小的台地。他找来一把锄头，在那些台地随意掏刨后发现，这些台地居然是一座又一座古老的宅基。他不停地翻寻那些人工斧凿的断石残片，终于，一块刻有四个篆字的石条摆在他面前——“堕林多林”。

这四个字，给了程颐准确的判断依据：“多林”就是“堕林”。

堕林是古代巴国太重要的地方了：这里农业发达，农产品堕林粉为全国最优，每年进贡朝廷。到了汉初，堕林突然从历史中消失得干干净净。

程颐带来的所有朋友都围住程颐，讨论非常热烈：“堕林为什么突然消失的呢？”

程颐摇了摇头：“没有准确的说法。只不过，唐朝时白居易的弟弟白行简在他的一篇笔记中说，是堕林村人的一个长老，结识了一个狐仙，最后被乡人定为‘失大节’。于是堕林人蒙垢含尘，族人因此四散，或许改名‘多林’也是因此吧？”

大家对程颐的见解表示赞同。

这时，厨房通知大家：酒菜上桌，可以开筵了。于是，一群人谈笑风生朝筵席走去。

谁也不会想到，变化会在顷刻之间发生。

程颐正在设想，怎样把碧云介绍给这帮朋友。突然，有一个人从大路上急速跑进多林村，一头闯进了厨房。

一种不祥之兆涌上程颐心头！他不敢声张，急忙快步向厨房走去。

程颐闯进厨房的时候，那个急速进村的人还在紧张的气氛中没有解脱出来，另外几个帮厨的人也垂手而立，似乎正等着碧云发话。

碧云见程颐进来，连忙露出笑容：“程大人，今天这个宴会我无法参加了，你自己和朋友们一块尽兴吧。我急于离开的原因，你就别问了。

宴会结束，我会告诉你的。”

说完，碧云给其中两人示意。他们过来，陪着程颐去了宴会厅堂。

一帮文人朋友见程颐入席，立马吵吵闹闹、胡吃海喝！宴会在热烈的气氛中进行着。

一刻钟过去了，似乎没事发生；又一刻钟过去了，仍然没事发生。忐忑不安的程颐借故走出宴会厅。他发现，那些帮厨的人只留下两个服务的，其余的人与碧云早已消失得不见踪影。

程颐找到其中一个留守人员，说：“兄弟，你必须告诉我，今天这里究竟发生了什么？”

那个人立刻跪在地上，说：“大人，按主人的吩咐，还有一刻钟我才应该交给你的。既然你这么心急，现在就给你吧。”边说，边双手呈上一封信。

程颐见是碧云落款，便匆匆接过，急速抖开信笺：

程大人：事出仓促，实话简说。我是你二十年前曾救过的江洋大盗碧春山的女儿碧云。受先父遗嘱，特来报答恩人。多林村有同名同姓女，随父母外出，我便借此名义落脚于此。本想善始善终服侍大人返京，没想传来坏消息：我族世仇探得我潜身于此，纠结蛮伙，恐在一个时辰之后血洗多林。我走之后，多林会免于屠戮。若一日之内不见碧云信息，大人切勿多待，迅速离开此地！碧云跪辞。

浏览完毕，程颐急速回到宴会厅，把这个信息通报给了各位友人。

正当众人不知所措，室外呼啦啦涌进一大批眉目凶狠的人。来人中，一个老者手持法杖、腰悬铜铃，目光在一群文人身上刮过。老者说自己是川东老道孟鬼矢，此番前来多林村，专门缉拿千年狐狸精碧云。

说毕，手袖中倒腾出一方灵符，往正堂门上用力，灵符被他飞贴于门楹。只听他鼻腔发声，口中用劲一吐，一道火光呼呼喷射出去。

老者一串动作，的确吓坏了一帮文人雅士。

程颐却熟知此类机巧。只见他走上前去，从道士背匣里取出一个瓶子，背身倒腾两下之后，转过身来，撮嘴一吐，一条长长的火龙居然吐得比道士还漂亮。

老者见状，双手一揖道：“敢问……？”

有年青文友趾高气扬回道："此乃朝廷大师程颐程大人。"

程颐趁此道："国有国法，家有家规。涪陵虽是僻壤，也在大宋律令施行之内。不许任何人乱动私刑！"

老者一帮人见程颐威武不屈之状，也没理由再做理论，于是，折转方向，呐喊着："捉妖杀鬼！捉妖杀鬼！"

一路奔出多林村去了。

故事来源：流传于涪陵区一带，曾收录于《中国民间文学三集成·涪陵市资料集》。

收集整理：杨爱平

程夫子缉盗劝学

程颐老夫子在涪陵城北岸的钩深书院收生授艺，有时也到乡间了解民风，查看民情。

这天，程夫子去了北岩后山的沙背沱。他来到一户人家，只有一对老夫妇和一个小孙娃在家。程夫子与两个老人长谈，直到天色已晚仍未察觉。老夫妇就要程老夫子留宿。程老夫子本不想叨扰农家老人，但经不住老两口苦苦挽留，就留下来了。一来天黑路崎岖；二来亦想借此享一享江村夜趣。

老两口说江边楼下潮湿，便让出自己在楼上的床要程夫子住。程夫子却坚拒不受，坚持留住在楼下。

程夫子初宿江边，久久不能成眠！正辗转反侧之际，忽听楼上有响动，好像有什么东西掉在楼板上，还滚动了一会儿。接着，就听小孙娃哭喊着："爷爷，我的核桃掉了！"又听爷爷说："乖孙娃，睡吧，我明早起来就给你找！"小孙娃便咿咿呜呜地抽泣起来。又听见婆婆说："老头子，给他找回来吧，这核桃是他爸拉船带回来的。他要了两三年，白天晚上都拿在手里，不拿着就睡不着觉。”小孙娃的哭声就小了下来。接着就听爷爷说：“都是你娇惯出来的!”稍后，又听爷爷“哎哟”呻唤了一声：“背时的核桃，落在我鞋里了。给，拿到!”随后听见孙娃儿“嗯”了一声，楼上就静下来了。

楼上静下来了，楼下的程夫子却更睡不着了：明明听见核桃从床上掉在楼板上，还滚了一会儿。不在床下就应该在床外，怎么会在老爷爷的鞋子里头呢?

程夫子想到此处，猛地一惊：楼上有贼藏着！就藏在老夫妇和孙子睡的床下。

怎样才能抓住这个贼呢？程夫子正在思索。

忽听屋外有人拍着大门，大声地喊：“有贼！有贼进家了！有贼进屋偷东西了!”

程夫子一惊：这是演的哪出戏啊？贼喊捉贼？啊……对……对！肯定是贼喊捉贼!

被惊醒的老两口连同孙娃子都掌灯下楼，四处查看。程夫子也随之起床跟随着查看。

四人楼上楼下看了个遍，老爷爷甚至爬进床底去看了，但什么也没有看见。大家只好各自回房间睡觉。

程夫子躺在床上想：奇怪！这贼藏到哪里去了呢？他翻来覆去睡不着，索性爬起来，独自在楼下寻找。

查了一遍，没见贼影。可第二遍他发现，灶门前被扒出的柴草显出人为的痕迹——柴草自倒不会如此规则。他走近一看，发现一个墙洞。狗洞吗？主人没喂狗啊。程夫子将手伸出洞一摸，想探探洞外是否堆有柴草。手却被荆棘刺痛了。

程夫子顿时明白：是两个盗贼“撞槽”了!

两贼不同道，但都想盗窃同一家。先来的已经掏洞进了屋，后来的不服气，就在洞外堆上一堆蒺藜，再故意弄出大的响动，让屋里的贼被抓住。

原来，盗贼中也有暗害同道的不良贼呢!

程夫子继续掌灯在屋中查看。查到水缸时，他略做停顿便揭开了缸盖。他看见，一只大水瓢稳稳扣在缸中。

程夫子疑窦顿生：水瓢在缸中，应该是仰着的啊。水缸中肯定有人！

程夫子微微一笑，用手使劲将水瓢背向下一按，顿时，水缸便咕噜咕噜直冒气泡。手一松，水缸中就冒起一个人来！

出水人用手抹了一把脸，喷出一口水，又捂住嘴巴打了一个喷嚏，便垂下双手低着头，颤抖着等待发落。

程夫子一看，此贼原是一个细娃儿，好像还在哪里见过。

但是，程夫子不想让他觉得已被识破，今后不好见人，便想放他一马，让他逃走。反正又没偷到财物，今后找到了训导他一顿就行了。

年轻贼向程夫子跪下了，程夫子就示意让他快从墙洞逃走。年轻贼去试了一下，却摸着头回来，他用右手食指往左手掌上戳——示意墙洞外有刺！

程夫子一拍后脑勺，立即抓起一个缸钵扣在他头上。意思是让他用缸钵把刺顶开，人就拱出去了。

年轻贼顶着缸钵对程夫子鞠一躬，就从墙洞拱出去。接着，还把缸钵从墙洞递了进来。

程夫子对着墙洞点了点头，对年轻贼递回缸钵的行为示以赞许，脑中泛起了“孺子可教也”的心语。

程夫子把缸钵放回原处，又轻轻放回灶前的柴草掩住盗洞。第二天，早早辞别老夫老妇就走了。

程夫子走在回来的路上，突然，昨天晚上那个年轻贼如剪径的强人，从路边草丛中跳出来，对着程夫子就叩响头！

程夫子急忙伸出双手去扶他起来。一看，年轻人的额头上已起了一个血包。程夫子心想：这孩子还有点儿男子汉的血性，是棵好苗！本想和他聊几句，不想他却含着两眼泪水，给程夫子鞠了一躬，转身就跑了。

又过了两天，年轻人来到程夫子讲学的钩深书院，还提了五个鸡蛋。一进门，放下鸡蛋，向着程夫子鞠一躬，转身就要离开。

程夫子拦住他，同他一道出来，边走边聊。

从他口中，程夫子知道了他的情况：他的父亲和兄长都是跑水上的活，一次船过滟滩堆翻船，兄死爹伤，娘又体弱。他被人裹胁，第一次上“道”，就被程夫子逮住了。

次日，程夫子到他家去，留下点银两，让他免费到书院来读书，闲时帮忙打扫书院。

年轻人在书院待了一个月。最后，还是悄悄离开了。

程夫子到他家询问。他爹说：“他自认不是读书的料，再读也枉然。他去跟船帮了。他让我转告您老，他这辈子就是再苦再累再险也要走正道！宁愿像他哥一样死在滟滩堆上，也再不会去干偷鸡摸狗、穿墙逾垣的勾当!”

程夫子边往回走，边长吁短叹：“哎！人的性格，取决于他的出生。性格的形成，是他人生的各种经历所致；性格的好与坏，取决于一个人的心。性情如果动摇了，那么就是心动了。这大概就是所谓的感情吧？”

回到书院，程夫子提笔写下几句话：“在天为命，在义为理，在人为性，论其所主为心。其实，只是一个道!”

写毕，程夫子仰身靠在椅上，缓缓嘘出一口长气，两行热泪夺眶而出。

故事来源：流传于以涪陵城为中心的涪陵区一带，采风于涪陵区江北街道。

收集整理：陈曦震

程颐与涪陵学派

宋哲宗绍圣四年（1097）丁丑岁尾的某天，山寒水瘦，江风凛冽。一艘木船停泊涪州官码头。在弃舟登岸的人流中，两个差役紧跟一位风骨嶙峋的老人，步履匆匆。

他们走过长长的河边碛坝，绕过竹棚搭建的临时河街，爬上几段石梯进入北门。随后，进入正北街、孝义坊，向州署衙门走去。他们从洛阳出发，一路风尘仆仆颠簸了一个多月，现在终于到达这座陌生的江城。

这位老人，就是曾任朝廷经筵讲官、崇政殿说书的大儒程颐。

程颐犯了什么罪，又因何来涪州？

宋仁宗明道二年（1033），程颐生于湖北黄陂。他还有一位比他大一岁的兄长程颢，也生于此。那时，父亲程珦任黄陂县尉，母随父任。

宋仁宗庆历六年（1046），周敦颐任南安司理参军，程珦慕名前往拜访。见周敦颐气貌非常，遂令两儿拜周敦颐为师。周为硕师大儒，知识渊博，气质高迈，注重对孩子的品德教育，也善于给他们丰富的文化滋养。

宋仁宗嘉祐二年（1057），26 岁的程颢考中进士。25 岁的程颐却因该年选取的举子解送京师名额减半，给减掉了。

两年后，又因为朝廷有令：朝考全部取消。程颐再次被挡在终考门外。

科举入仕的途径落空。此后二十多年，程颐一直以传道授业和著书立说为己任。在笔耕舌耕里精耕细作，培养了大批优秀学子，也写出许多理学著作。

宋哲宗初，在宰相司马光、吕公著等老臣的极力推荐下，53 岁的程颐被破格提拔授通直郎、充崇政殿说书，直接给 10 岁登基的小皇帝宋哲宗赵煦上课。

然而，一介书生的程颐不熟官场规矩，议论褒贬，无所顾忌。他对三代以来的历史有褒有贬，对北宋以来的政治多有批评，因而得罪朝廷大员。哲宗也认为他妄自尊大、多有不逊，便下诏遣送去涪州“编管”。

程夫子落难涪州时，他已 65 岁，幸好有涪州籍门生谯定接纳安慰，陪伴左右。寻得北岩普净禅院，在此遮风挡雨，有屋可居。然后授徒讲学，潜心注《易》。

涪陵群峰际天，万水奔流，大江东去，黔水南来。如此山水，洗却了胸中郁闷尘埃，点燃了智慧的火花。程颐文思泉涌，口吐珠玑，谪居三年，不仅完成《周易程氏传》的写作，还培养了大批理学传人。据载：程颐创立的宋代理学有七大派系，其中涪陵系单是谯氏门人和再传弟子就有两百多人。涪陵学派兴盛了一百六十多年，对涪州士风民俗及教育文化的影响极其深远巨大。

程朱理学影响中国近九百年，智慧光芒穿越历史，思想价值跨越时空。当年，程颐的人生苦旅，为涪陵这座江畔古城留下了历久弥新的精神财富，使这座文化之城青春焕发，蓬勃向上，永远向上。

故事来源：故事来源于《宋史》《宋元学案》《涪州志》等古代典籍，流传于涪陵区一带。

收集整理：李世权

涪州墨梅

在民间，有一副流传甚广的对联："松竹梅岁寒三友，桃李杏春风一家。"梅花在我国有三千多年栽培历史，梅花的颜色通常是红褐色。然而，在我们涪陵，却有一种淡墨色的梅花，涪陵人称之为"墨梅"。墨梅不仅颜色与众不同，而且香气格外淡雅、清馨，还透着一股淡淡的墨香。

黄庭坚所题"钩深堂"石刻

最先的时候，涪陵的梅树也开红花，也同一般梅花一样的香气。事情的变化，是从北宋著名文学家、书法家黄庭坚贬谪来涪州之后开始的。

宋哲宗绍圣年间，黄庭坚遭奸人陷害，被贬谪来涪。在涪陵期间，是黄庭坚一生中最艰难困苦的时期。然而，他对涪州大地充满了感情和热爱。他自号"涪翁"，始终坚持以积极乐观的态度生活，坚持指导涪州文艺青年创作，坚持在穷乡僻壤传播文化。

一方面，他心游尘世外、寄情山水间，白鹤梁、北山坪、锦绣洲、马援坝……两江交汇处的许多名胜古迹，都留下了他的足迹和墨迹。另一方面，他心系百姓，同涪州官员和士民打成一片，为老百姓做了不少好事和实事。当时，涪州有一位名叫蔺大节的人，家境比较殷实，喜欢结交有识之士，非常重视乡里子弟的教育。那年，他与潼川人于说一起，在乌江东岸建了一个学堂，开初取名为“鲁基堂”，但又觉得不是那么贴切和妥当。几番考虑之后，他们决定来拜谒黄庭坚，请他给学堂取一个名字。黄庭坚被二人造福桑梓的精神所感动，经过认真思考，决定以孔子“有朋自远方来，不亦乐乎”之义，给学堂取名为“朋乐堂”。同时，他还为此写下了散文名篇《朋乐堂记》，以资赞扬和鼓励。

正当黄庭坚在涪州的时候，北宋时期另一位哲学家、教育家程颐也因“元祐党争”被贬谪来涪州编管。

程颐落脚于北山脚下的普净禅院，一边在北岩石壁上凿洞注解《周易》，一边在石壁附近设馆讲学。黄庭坚对这位年长自己 12 岁的哲人和兄长十分敬重，专程到北岩去拜访他。同是天涯沦落人的两位大师遇在一起，真有说不尽的千言万语！

一番酣畅淋漓的宴饮之后，黄庭坚乘兴提笔，在程颐讲学处的石壁上，写下三个苍劲有力的大字——“钩深堂”，取《周易》中“钩深致远”之意。题写完，他走到附近的一口水池边，将毛笔和砚台拿到池水中清洗。说来也怪，本来清澈透底的一池山泉水，一下子就被染成了墨黑色。

然而，更奇怪的事情还在后头呢：水池边几株红花灼灼的梅树，次年初春时却开出淡墨色的花朵。它的香气也不同寻常，细细的，凉凉的，比先前更加清馨淡雅，还透着一股淡淡的墨香。春风吹来，好几里外都嗅得见。

涪州的文人雅士们循迹而来，他们一边欣赏着这梅中的稀世珍品，一边在梅树下吟诗作画、对酒当歌。昔日冷冷清清的北岩，顿时变得热闹起来！

文人们把黄庭坚洗毛笔和砚台的水池，叫作“涪翁洗墨池”。都说，水池边梅花颜色的变化，是因为梅树喝了洗墨池里的灵水，沾了涪翁的灵气和智慧。他们给这几株梅花取了个十分雅致的名字——涪州墨梅。

后来，有人对这几株梅树进行嫁接、移栽。于是，涪州大地上到处都有了墨梅的影子。

故事来源：流传于涪陵区一带，采风于涪陵区江北街道永柱社区。

收集整理：倪德生

黄庭坚涪州悟心法

黄庭坚是北宋“苏黄米蔡”四大书法家之一，其草书艺术在数千年历史长河中，都享有崇高的声誉。然而，你或许不知道，他的草书心法，得于他所贬谪的涪州，得于乌江和长江上那些撑篙拉纤的下层劳动人民。

千里乌江涪陵段

宋哲宗绍圣二年（1095），黄庭坚拿到被贬谪“涪州别驾，黔州安置”的诏书后，立即动身启程。二月至江陵，上夔峡；三月至下牢关；四月过涪州，抵黔州。

那时候，从涪州至黔州唯一的道路，就是乘船沿乌江逆流而上。乌江两岸，悬崖叠嶂、水流湍急、江水清澈见底。那一艘小船，在纤夫和篙师的一拉一撑中，飞越了一个又一个险滩。纤夫和篙师们的一唱一和是多么和谐，两岸绝壁和青山绿水是多么美丽，人的美景和自然美景自是一幅绝妙的风景图画！在这些美景中，黄庭坚远离了世俗尘嚣，被贬谪的不快也渐渐淡去。

在美景的陶醉中，他不禁想起一件事：元祐初年，他与苏东坡、钱穆父一起游览京师宝梵寺。午饭后，黄庭坚很是得意地写了几幅草书，苏东坡看后大加赞赏。钱穆父在旁边看后却说："鲁直的字近于俗气。"黄庭坚问是什么缘故，钱穆父说："没有其他意思，只是看起来没有怀素真迹的影子。"黄庭坚心里十分纠结，自此后不再给人写草书。

行船乌江，他在欣赏篙师撑船篙及纤夫拉纤一松一紧、张弛有度的美妙图画中，猛然顿悟：书法也要一步一个脚印，特别要做到心与自然相契合。

到黔州后，他得到了怀素的《自叙帖》。于是废寝忘食，昼夜摹临，对草书更有所得。只是在下笔飞动之时，时常也感到字多随意曲折，意到而笔不到。

后来，黄庭坚移谪戎州，也就是今天的四川宜宾。从涪陵逆长江而上，在船中观察船夫们划船时左右摇摆、动作协调，对书法更有心得："舟中观长年荡桨，群丁拔棹，乃觉少进。意之所到，辄能用笔………入则重规叠矩，出则奔轶绝尘。"

因此，黄庭坚常常对人说，他的草书心法得于涪陵。

故事来源：流传于涪陵区一带，采风于涪陵区江北街道邓家村。

收集整理：汪树权

黄庭坚一字表心迹

黄庭坚是我国北宋时期著名书法家，被时人称为"苏黄米蔡"四大家之一，声名远扬、崇拜者众多。

今天，在涪陵还可以见到他的两处字迹：一处是北岩石壁上的“钩深堂”三个字；一处是白鹤梁上的“元符庚辰涪翁来”七个字。说起来，这两处字迹还有一点儿联系呢。尤其是其中的那个“来”字，表明了书法家当时复杂的心理状态。

白鹤梁上黄庭坚题刻

宋哲宗绍圣二年（1095），黄庭坚因为编纂《神宗实录》得罪了皇帝，被贬为涪州（今涪陵区）别驾，黔州（今彭水县）安置。

这个“别驾”，是个闲官。用今天的话来说，就是“吃空饷”，挂名而不用天天打卡上班。当时，黄庭坚正郁闷不得志，正需要游山玩水释放心情。于是，他心安理得来到涪州，把长江和乌江交汇处的山山水水都游遍了。

在涪州那段时间，恰逢北宋时期另一个著名人物，哲学家、教育家程颐也被贬谪来这里。同是天涯沦落人！两个难兄难弟异乡相见，分外亲热。他俩不仅经常聚在一起游山玩水、品茶喝酒、摆家常，而且黄庭坚还为程颐讲学的地方题写了“钩深堂”几个大字。

本来让你去黔州安置，你却待在涪州不进去，而且行为做事不低调，还在为朝廷罪臣唱赞歌。黄庭坚的行为，叫当时的涪州州官蔡宾十分不满。他向朝廷奏了一本。于是，不能继续过这种优哉游哉的“吃空饷”日子了，黄庭坚只好动身去了黔州。

又过了几年，皇帝突然想起了被冤枉贬谪的黄庭坚，便下道圣旨宣他回京，拟重新任用。

圣旨来了，黄庭坚心里却在彷徨徘徊：来这偏远的涪州是因为皇帝，把我从涪州叫回京城的还是皇帝。回京城吗？是祸是福？去还是不去？留还是不留？接下来究竟命运如何呢？

想到这些，黄庭坚内心烦躁，很为苦闷！

恰好，那段时间长江水位下落，涪州城前面鼎鼎有名的白鹤梁露出了江面。于是，黄庭坚约上几个朋友，载酒乘舟来到白鹤梁上解闷散心。

一阵吹风听涛，一阵喝酒行令。观摩前人题刻时，便有朋友提议，请黄庭坚在白鹤梁上留下墨宝。

眼见朋友已把墨磨好，笔也递到了自己手上，黄庭坚只得挥毫题字。

写什么呢？就写是什么时间自己到这里来吧。时间“元符庚辰”，自诩“涪翁”，这六个字一气呵成，挥毫而就。然而，当写到最后一个字“来”的时候，百般愁结顿时涌上心头。略微思考，一个“来”字，竟然被这位大文豪、大书法家写成了怪怪的错别字—— 这“来”字分为连体的上下两部分，上面是“去”，下面是“不”。一个“去”，一个“不”，到底是去，还是不去，书法家当时百般纠结之心理跃然纸上！

故事来源：流传于涪陵区一带，采风于涪陵区江北街道二渡村。

收集整理：陈正权

黄庭坚和盼盼

北宋时候，偏远小州涪州，从京城来了一个别驾。这“别驾”是个什么官呢，说直白点，相当于当今地区的副专员。官不算多大，可是，这个别驾却来头不小，他是有名的大文学家、书法家“山谷道人”黄庭坚。

他怎么到涪陵来当“副专员”呢？原来他是遭了别人的陷害。有人说他诬毁先帝，把他贬到涪州，还外加一个“黔州安置”。就是说，在涪州挂名当官，又要到彭水去住。

宋代的涪州，属于边鄙之地，朝廷流放官员的地方。一个 49 岁的长者，又是一个文弱书生，被贬到那里，很多人都认为是必死无疑。所以，黄庭坚启程离开洛阳的时候，来送行的亲友都很悲伤难过，可是黄庭坚却不把这当回事，他反而安慰亲朋好友，说：“四海之内皆兄弟，只要有太阳，有月亮，有星辰，我们都可以在梦中相见。”

黄庭坚到了涪州，虽然名义上是个别驾，可是却只能拿别驾的俸禄，不能过问行政事务。他也就乐得清闲，成天游山玩水，把点易洞、白鹤梁都走遍了，高兴时还在那上头题字。再不然，就找人吟诗作对。涪州人久闻黄山谷大名，来找他求诗的、求字的、吟诗作对的也多得很。

涪州城里有个官妓，名叫盼盼，原本是一个当官人家的千金小姐，后来爸爸妈妈遭奸臣害死了，她也受了牵连，充了官妓。盼盼的模样生得标致，又有学问，琴棋书画、诗词歌赋都很精通。没过多久，就有了名气，远近的人都去找她。而盼盼呢，坚持一点：卖艺不卖身。

黄庭坚到了涪州，听说了盼盼的才艺和人品，就慕名去拜访她。

他们两人，一个才子，一个佳人，很谈得来。仿佛是浔阳江头的白居易遇见了琵琶女，没过多久，就有点“同是天涯沦落人”惺惺相惜的味道。

黄庭坚和盼盼成了知己，却把一个人给气坏了。哪个人呢？就是涪州的州官蔡宾。蔡宾这个人，一点儿本事都没有，却有两大嗜好：一是贪财；二是好色，看到漂亮女子就千方百计想弄到手。盼盼是涪州的花魁，他哪里会放过呢？老早就在打盼盼的主意了。而盼盼呢，根本看不上他，只是因为蔡宾是本地最大的官，不得不有时敷衍他一下，弹琴唱歌应付一下。蔡宾的口水都流了好几尺长，还是只有干着急。黄庭坚到了涪州之后，盼盼和黄庭坚经常在一起弹琴赋诗、品茶作画，完全就不搭理蔡宾了。蔡宾头都气大了，只想找个岔子出一下这口恶气！

这天，蔡宾过河到北岩寺游玩。走到北岩书院，正巧，黄庭坚和盼盼也在那里，正在应书院山长的要求，为书院题写匾额。

话说这北岩书院非同寻常，它从唐代开设，直到宋代，已经有好几百年了，这里出了好多名人雅士。前几年，赫赫有名的儒家大家、理学家程颐贬官到涪州的时候，就专门住在这里研究学问，传授理学，点注《易经》。

黄庭坚到涪州，伊川先生刚好不在。不过，留下了他在涪州的足迹，黄庭坚当然要来看了。这一来，可乐坏了书院的老先生，谁不知道黄庭坚是当今四大书法名家之一呢？现在他来了，正好请他给书院写个匾额！为程颐讲过学的书院书写匾额，黄庭坚当然也乐意，于是叫人磨好墨铺好纸，就提笔运神，开始书写。

他才运笔写了一撇，蔡宾就来了。

蔡宾看到黄庭坚和盼盼，阴沉着脸对黄庭坚点了下头，马上转过身子，色眯眯地笑着想和盼盼打招呼。盼盼呢，盯了他一眼，就把眼睛转到写字上去了。

蔡宾脸上青一阵白一阵。他心想：好嘛，你要这样对我，看我怎么找你算账！

过了一会儿，匾额写好了。众人一看，是“钩深堂”三个字。蔡宾一看，笑了，马上开口说：“别驾大人，你怎么写起白字来了哟!”

不等黄庭坚回答，他抢着往下说：“这‘沟深堂’，是因为它建在北岩的山沟深处才得名，现在你把这‘沟’字写成了‘钩’，岂不是天大的笑话吗？哈哈哈哈!”

黄庭坚没有说话，盼盼开口了：“蔡大人，只怕是你在闹笑话吧。这钩深堂，原本是伊川先生程颐圈点《易经》之处，先生在深奥的《易经》中钩取出博大精深的真谛，此‘钩深’非彼‘沟深’。大人，你说呢？”

众人都晓得盼盼说得对，不过，碍着知州大人的面子，没有说话。蔡宾被盼盼当面扫了面子，心头很气大，叫起从人转身就走了。

蔡宾回到涪州衙门，怒火中烧，咬牙切齿地说：“好个黄庭坚，你行，不光抢走了盼盼，还让我在众人面前出这么大的丑，这口气我一定要出！”

没过几天，他就假传上头的意思，催黄庭坚一个人到黔州安置所去了。

又过了好长时间，这一天，不晓得皇帝怎么想通了，派了个钦差大臣到涪州，传了一道圣旨，说黄庭坚无罪，要他马上回京城去听候调遣。

因为黄庭坚不在涪州，钦差又怕到黔州中了瘴气，就叫蔡宾代他传旨。

蔡宾一听，高兴昏了头！心想：我把这圣旨拿在手头，我肯信你盼盼不听我的不成？

送走了钦差官，蔡宾就静悄悄钻进了盼盼的屋里。

盼盼晓得蔡宾肚皮头装的坏水，不理睬他。

蔡宾是个厚脸皮，随便盼盼怎么不理睬，他就是不走。

后来，蔡宾动起了手脚。

这回可把盼盼惹火了，就要撵他出门。

蔡宾一看，软的硬的都不行，就亮出了“天牌”，拿出圣旨给盼盼看。他对盼盼说：“我看你不要欢喜早了。给你个实话，你若是答应做我的小老婆，我就马上放黄庭坚走。如若不的话，嘿嘿，我只要稍微梗一下，他黄庭坚就不能按时回京城。”

盼盼听了蔡宾的话，恨不得给他两巴掌！

但是转过来一想：黄大人都是五六十岁的人了，好不容易才熬到了今天的出头之日。要是蔡宾硬是从中作梗，一切不就全完了吗？倒不如先成全了黄大人再说。

想来想去，想了好半天，她对蔡宾说：“要我答应你，得依我三件事。”

蔡宾一听，脸上笑开了花！连忙说：“莫说三件，就是三十件、三百件，我也依你！”

盼盼说：“一是马上就派人骑驿马到黔州传旨，接黄庭坚出来，礼送他回京；二是要用涪州的全堂仪仗吹吹打打给黄庭坚送行；三是我要亲自送他一程。”

蔡宾心想，黄庭坚走得越快，我的好事也就成得越早，就答应了盼盼的条件。

没过几天，蔡宾就把黄庭坚从黔州接出来了。这时，正好长江中的白鹤梁退枯了水。

第二天一早，蔡宾在涪州官码头大摆酒席，为黄庭坚饯行。

涪州的满堂仪仗吹吹打打，火炮连天地把黄庭坚从屋里一直送到长江边。在酒席上，黄庭坚和盼盼两人说不尽的千言万语。

蔡宾在侧边不高兴了，就叫人请黄庭坚赶快上船动身。

黄庭坚上了船，盼盼又要蔡宾用官船载她跟着送一程。

蔡宾没办法，只好由她，就招呼下面的人：“送一程就送一程，送到三漩那儿就漩回来。”

官船刚刚划到了三漩的流水上，黄庭坚坐的官船搭流水往下走，盼盼坐的官船借着三漩转回涪州城。不承想，当盼盼背向黄庭坚坐的船的时候，她突然纵身跳进了三漩里。众人还没搞清楚，盼盼就消逝在激流中，早已不见了影子。

故事来源：流传于涪陵区一带，曾收录于《中国民间文学三集成·涪陵市资料集》。

收集整理：夏述华

黄庭坚与北岩流杯池

如果你读过《兰亭集序》，你就一定知道“曲水流殇”这个民间传统习俗吧。文人墨客坐在弯曲的水渠两侧，在上流放置酒杯，酒杯顺流而下，停在谁的面前，谁就取杯饮酒赋诗，故这弯曲的水渠也被叫作流杯池。在涪陵北岩，就有这样的一处所在，据传它跟北宋绍圣年间被贬谪为涪州别驾的大书法家黄庭坚有着莫大渊源呢。

涪州别驾是个多大的官？别驾为州刺史佐官，但是黄庭坚是修《神宗实录》因言获罪贬谪至此，当这个官只拿俸禄，不问政事，且实际是在黔州（今彭水）安置。后因黄庭坚的表哥张向任夔州路（今奉节）提举常平司，当时彭水属夔州路管辖，为避亲嫌，黄庭坚被重新安置到戎州（今宜宾）。

绍圣五年（1098）三月，正是春暖花开时节，黄庭坚带着家眷从彭水出发去宜宾。路过涪陵时，特意弃舟登岸，去看望在涪陵担任涪州尉的堂弟黄嗣直。黄庭坚和堂弟黄嗣直自幼交好，亦兄亦友，两人相见无话不谈，每日把酒言欢。

这样过了几日，黄庭坚向黄嗣直提出辞行。黄嗣直对黄庭坚说：“二哥，你弟我乃一介武夫，酒陪得你，诗文却陪不得你。你再停留几日，我给你引荐一人，此人姓谯名定，自号涪陵先生，人称谯夫子。该人学识渊博，琴棋书画、诗词歌赋无所不通，就住在长江对岸的北岩普净院。

他的老师程颐，人称伊川先生，也在普净院讲学呢！”

黄庭坚一听大喜过望，程颐、谯定的名头他早有耳闻，只是他不知程颐也于绍圣四年（1097）十月，因反对王安石变法而被罢了官，贬至涪州管制。他当即和黄嗣直驾了船，直奔北岩普净院。

程颐、谯定见涪州尉黄嗣直带着他的堂哥、大书法家黄庭坚来访，既意外又惊喜，双方拱手作揖，互致问候。程颐指着自己讲学的普净院招牌，让黄庭坚给重新起一个名字。黄庭坚说道：“先生在此点校《易经》，探赜索隐，钩深致远，依我看，叫钩深堂如何？”程颐、谯定朗声叫好，当即吩咐人拿来笔墨让黄庭坚题写堂名。黄庭坚也不推辞，挥毫写下“钩深堂”三个大字。

题完字，天色渐晚。谯定在普净院里备了酒筵，四人推杯换盏，相聊甚欢，惺惺相惜，相见恨晚。酒至半酣，月上三竿，黄庭坚提议到院外赏月。只见那如华的月光照在北岩之上，从石罅隙涌出的一股清泉漫过脚下石板，被那月华映得熠熠生辉。黄庭坚指着面前的石滩笑道：“此处若仿会稽山兰亭集会，利用这一眼清泉，凿石而造流觞曲水，品茶赏景、喝酒吟诗，岂不快哉？”谯定道：“此主意甚妙，只是此处方寸之地，容不下兰亭雅集之人数！”程颐道：“人生得一知己足也，三五个正好！”黄嗣直道：“二哥你只管画一张图纸来交给我，这事明天我一定给你办成了！”

当夜，黄庭坚留宿普净院。第二天一大早，就被一阵叮叮当当的凿石声惊醒，原来黄嗣直已经安排了工匠，照着黄庭坚描绘的施工图，在那块清泉流过的石板上开凿开来。

不久功成。只见这流觞曲水若“回”字形，长五尺许，宽三尺许，进水处为一尺见方的半月形储水池，储水池底部凿进、出两孔形成暗渠，水流由内向外形成一个大回环后从半月储水池上方绕出，汇入引水沟。环水而坐，三五人正好。

涪陵北山坪有个士人叫蔺大节，亦是谯定好友，这天恰巧来找谯定看他近日新得的一幅《牧牛图》长卷。

是夜，备了酒菜，黄庭坚、谯定、程颐、黄嗣直、蔺大节五人环新建成的流觞曲水而坐，酒至半酣之际，谯定提议开始流杯赛诗。

黄嗣直道："我一介武夫，酒轮子算我的，但诗确实作不好，就给你们当酒司令吧！"

黄嗣直坐到流觞曲水的半月形储水池那端，先拿一块木板堵住出水口，然后打开储水池上孔，让储水池蓄满了水，再拔出下孔的水塞，在水流涌出之际，将盛满酒的木制酒杯放在水面，流水载着酒杯在回字形水渠里晃晃悠悠着向前漂去，待水流平缓之际，只见那一杯酒悬停在了坐在中间位置的程颐面前。众人拊掌大笑，程颐拾起酒杯，捋捋胡须道："那我先献丑了！"只见他一字一顿吟道：

鞭羸百里远来游，
岩谷阴云暝不收。
遮断好山教不见，
如何天意异人谋。①

这首诗表面上说的是程颐在遭贬谪后，不辞山高路远来到涪陵北山坪，奈何阴云密布，遮住了北山的美好风光，天意好像专门与人作对，违背游山之人的意愿。其实暗写王安石变法，像阴云笼罩朝廷，好像天意使得他们胜利，表达了作者坚持保守派立场无可奈何的心情。

程颐吟罢，众人高声叫好。程颐端起酒杯，仰头一饮而尽。

黄嗣直重新给储水池放满水，第二巡酒杯漂到了坐在下首的谯定面前。谯定将酒杯拿起来放到身侧，对众人道："今天蔺大节先生带来他收藏的《牧牛图》长卷一幅，看了颇有些感慨，我就以此《牧牛图》为题献诗一首吧。"只见他捋捋衣袖，清清嗓子，朗声吟道：

日暖随方去，天寒隐有余。
当行非俟牧，可止便安居。
饮食和粗细，周旋契疾徐。
权几虽应用，岂外是如如。

这首诗意思是说，太阳出来就晒晒太阳，天冷了就到屋子里，该走的时候就走，该停的时候就找个地方安顿好，吃饭的时候要根据饮食的

① 此诗名为《游嵩山》，非在北山所作。但在当地老百姓中传说如此。

荤腥清淡或狼吞虎咽或细嚼慢咽，这些都做好了，其他的什么事都不是事。很显然，谯定在借《牧牛图》劝慰他的老师程颐，世上的事儿不要太过计较，该吃吃，该喝喝，随遇而安吧！想那谯定，也是一个很有个性和主张之人，虽然师从程颐，但他们不仅仅是师生关系，更是学侣，共同点《易》，亦师亦友。

第三巡酒杯漂到了坐在上流的黄庭坚面前，黄庭坚呵呵一笑，端起酒杯先自干了，开口吟道：

向上关捩子，
未曾说似人。
困来一觉睡，
妙绝更通神。

关捩子即门闩、门锁的关键机构之处，只有门闩或钥匙对准了，方能打开。这首诗的意思是说，我已经感悟到了人生境界升华的关键所在，但从未曾对别人说起过。那么现在我告诉你们，那就是困了就美美地睡上一觉，你就可以感觉到这其中可以通神的美妙了！黄庭坚用这首诗一方面宽慰失意的程颐，另一方面也表达了自己面对贬谪的平常心，视数度异地安置颠沛流离之苦为人生境界的升华。

当晚，几位北宋大文豪就着曲水流觞，吟诗唱和，喝得酩酊大醉。

此后，黄庭坚作了《赠嗣直弟颂十首》送给堂弟黄嗣直，其中就收录了那晚曲水流觞赛诗会吟诵的《向上关捩子》。他还应涪陵士人蔺大节之邀到其府上作《朋乐堂记》。而谯定也在那晚赛诗会所吟的牧牛图诗基础上，作《牧牛图诗九首》，这也是谯定唯一存世诗作。黄庭坚《赠嗣直弟颂十首》和谯定《牧牛图诗九首》中，都不约而同地引用禅宗偈颂、佛典、公案等，用以说明他们在品茶夜话时悟得的心得与体会，表现的是一代文豪在经历了人生的起起落落、见证了社会的风云变幻后，所感悟到的既平常又深刻的哲理。每首诗的核心，无不指向不受世俗污染的淡泊志向，淡雅地呈现了“平常心便是道”的审美愉悦。

因有好友、美酒做伴，黄庭坚在涪陵一待就是三个多月。直到元符元年（1098）六月，他才告别了堂弟黄嗣直和程颐、谯定等友人，恋恋不舍地去了他的新安置地宜宾。

故事来源：流传于涪陵区一带，采风于涪陵区江北街道邓家村。
收集整理：周铁军

黄山谷北山证前身

苏东坡和黄山谷是志趣相投的好朋友，年轻时，他们曾结伴同游天下名山大川。这天，来到一处深山古刹，遇见了一位高僧长老。据说，这个长老有两百多岁，能知道人的前世今生。

二人拜倒长老脚下，请求指明自己的前世。

长老微睁双眼，把二人仔细打量片刻。他先对东坡说道："你前世为五祖戒和尚。"

苏东坡听了，心服口服。他说：自己曾听母亲讲，母亲在临盆的时候做过一个梦，梦见一个僧人到家里来，僧人的身材比较瘦弱，还有一只眼睛是瞎的。自己在七八岁之前，也常常梦见自己是个僧人，往来于陕西一带。

接着，长老又对黄山谷说道："你的前身是一位女子。我暂且不把详情告诉你，等你今后到了涪州，自然有人会告诉你。"

黄山谷听了，不以为然。他在心头想：苏大胡子的前身是得道高僧，我怎么是个女子呢？更何况涪州为蛮荒之所，不是遭贬谪，有谁会到那个地方去啊？

过了多年，黄山谷因为修《神宗实录》，遭奸人陷害，被贬为涪州别驾。来到涪州没几天，他就做了一个梦。梦中，有一女子对他说："我是一个涪州女子去世后的灵魂，我的坟墓在州城对面的北山上。在有生之时，我经常诵读《法华经》，并向神灵许愿：希望来世变成男子，且具有博大的学识和智慧，成为名动天下的人。现在，学士你就是由我转世来的啊。这几年，你不是患有狐臭的毛病吗？那是因为埋葬我的棺材腐朽了，有一群蚂蚁在我两腋下筑巢而引起。你只要去北山上找到我的坟墓，打开之后除去蚁穴，你的毛病自然就可以痊愈。”

第二天，黄山谷独自爬上北山，根据女子梦中的指点找到了那个坟墓。打开之后，看见棺木已腐朽，在尸骨两腋位置果然有两个巨大的蚁巢。黄山谷清除了蚁巢，换了一副崭新的棺材，再刨土把坟墓重新掩上。

这件事过了没多久，他狐臭的毛病就痊愈了！

后来，黄山谷把自己经历的这个事情刻记在涪州城前面的白鹤梁上。只是因为江水侵蚀，这段题刻早已湮没了。

故事来源：根据宋人何薳的《春渚纪闻》中相关资料改写，故事流传于涪陵区一带。

收集整理：倪德生

谯夫子注水寓学

谯定（1023—？），字天授，宋代四川涪州人，自号“涪陵先生”，人称“谯夫子”，著名理学家，巴蜀理学之一“涪陵学派”的开创者。

谯定一生充满传奇色彩：年少之时喜好佛学。后拜郭曩氏为师学易，尽得郭曩氏真传。再后来，赴洛阳拜一代理学大师程颐为师，程颐毫不保留地传授其毕生所学，谯定大受裨益，学问修养日臻升华。学成后，回涪陵北岩讲学授业，直到一百多岁仍在传授易学。最后谯定不知所终，有人说他活了130多岁，也有人说他得道成仙了。

谯定是程颐的学生，后来，他又教导朱熹的老师胡宪、刘勉之等人，对程朱理学的发展起到了承上启下的关键作用。

宋哲宗元符三年（1100），谯定离开家乡涪州，到京都汴梁传播易学。京都太学生胡宪、刘勉之等人听说谯定跟随程颐多年，深得易学之道，便拜谯定为师。

胡宪跟随谯定学习易学，学了很久却感觉没有什么收获。他有些彷徨了！于是，在一次晚饭后师生闲谈时，他便问谯定是什么原因。谯定没有直接回答他，却在自己刚刚吃过饭的空碗里注满了水，然后让胡宪再往里面注水。胡宪说，先生碗里已经装满了水，我注进去的水怎么盛得下呢？谯定便将自己碗里的水倒掉一半，再让胡宪往里面注水。胡宪很快就将自己碗里的水注入程颐的碗中。

谯定说："一个人的头脑里，如果装满了杂乱无章的东西，就不可能接受新的知识，也不可能有独到的见解和建树。只有摒弃糟粕，才能吸收精华，使人明智。我们的情绪，千万不要被自己所不能左右的事情影响；我们要做的，就是克制住不安的情绪，尽力做自己能做的事情。"

胡宪似有所悟，感叹道："所谓学有所成，硬是要在克服自己的私心杂念上下苦功夫啊！"从此，他心无旁骛，专心学易，不受外界影响，不求外人所知。

胡宪、刘勉之在谯定的倾心教导下，逐渐懂得世界的奥妙和人生的道理，思想境界也发生了深刻变化。他们厌倦科举，无意仕途，学成之后告别同窗，回到福建老家潜心治学传道。后来，朱熹跟从他俩学习，终成一代理学大师，成为程朱理学的集大成者。这时候，人们感叹："这都是谯定的承先启后之功啊！"

故事来源：流传于涪陵及其附近地区，采风于涪陵区江北街道点易社区。

收集整理：倪鹤霄

尹子读书遇狐精

南宋绍兴四年（1134）秋天，一个明月朗照的夜晚。灿烂的月光洒满巴国大地，洒满涪州古城，洒满与古城一水相隔的北岩，洒满北岩上盛开着桂花的桂树林。

在北岩石壁下一间狭小的书斋里，一位峨冠博带的读书人独坐窗前，双手捧着一本厚厚的书卷朗声诵读。室内，晕黄的油灯光映照着他清癯的身影；室外，明月如水，桂树婆娑起舞。清风明月中，桂花的香气格外醉人！然而，这一切好像对他都没有吸引力，他完全陶醉于书卷的魅力中，一个人兴致勃勃地念着、读着！

这个读书人名叫尹焞，宋代著名理学家，后人尊之为“尹子”。他读书的书斋，名叫“三畏斋”。

或许有人要问：尹焞是河南洛阳人，为什么却到了千里之外的涪州呢？

要回答这个问题，还得从尹焞的身世讲起。

尹焞出生于世居洛阳的书香门第、仕宦之家，年轻时曾拜一代大儒程颐为师，为程门嫡传弟子。如果不出意外，尹焞也一定是效仿历代祖宗，走读书入仕、报效朝廷的人生道路。然而，北宋末年的“靖康之乱”，金兵南侵，尹焞的家乡被攻陷，全家人不幸遇难。尹焞本人死而复苏，幸被仆人救出。他一路辗转，只身避难来到涪州，拜谒北岩恩师讲学之处。此时，距程颐离开涪陵已 36 年，程颐去世也已经 27 年了。睹物思人，物是人非，尹焞不禁潸然泪下！

他决定：就在先师曾经讲学的地方定居下来，闭门读书。

于是，他请人筑起一间书斋，并依据《论语》中“君子有三畏：畏天命，畏大人，畏圣人之言”之意，给书斋取名为“三畏斋”。从此，尹焞便在这间小小的书斋里，与青灯古卷为伴，开始了孤寂冷清却又自得其乐的读书生活。

这天，他正兴味盎然地读书，突然响起了敲门声。深更半夜，在这远离尘嚣的地方，谁还来拜访呢？

尹焞打开门，门口站着一位年轻女子。女子约莫十六七岁，清瘦的身材，穿一身青衣，头顶挽着高高的朝天髻。看见尹焞，女子羞怯地低下头。问她是谁，也不回答。

尹焞看见她独自站在门外实在可怜，便将她让进屋里坐下，还从茶壶里倒了一盏茶搁在她身边。自己又埋头读书了。

女子一边咂着茶水，一边偷偷窥视屋内的陈设：一张书桌、两把椅子，外加一张单人床，便是书斋内全部家当。书桌上，摆放着笔墨纸砚和一摞摞书籍、手卷、文稿。

她情不自禁站起来，走过去，拿起那些书籍、手卷和文稿，津津有味地摸玩着、观看着、欣赏着。

突然，她像触电一般，把手上翻看着的一本古书重重摔在地上，口里发出奇怪的声音。然后，转身跑出门，迅速消失在无边月色中。

正在专心读书的尹焞，被这举动吓了一大跳！望着女子远去的背影，他疑惑不解：她遇到什么了？

他放下正在诵读的书卷，站起来，整理案头上被女子弄得凌乱不堪的书卷和手稿。顺手将女子扔到地上的那本书捡起来，他发现：那是一部《周易》。

第二天，女子没有来；第三天，女子还是没有来。

第四天深夜，书斋外又响起敲门声。尹焞开门一看，又是那位青衣女子站在门口。

这次，尹焞没有让她进屋，而是对她正色道："你是谁家女子，半夜三更出来，也不怕父母担心吗？你还是早些回去吧！"说完，尹焞关上门，又回到窗前的书桌旁，继续读书。女子站在门外，几次敲门，他都不理睬。

见尹焞始终不愿开门，女子走到窗口边，与尹焞隔窗相望。可是，尹焞依然埋头读书，还是对她不理不睬！见尹焞始终不理睬自己，女子索性从窗格的缝隙中伸进一只手，抓起书桌上的笔墨纸砚就要往窗外拖。

尹焞实在不能忍受！他一手抓住女子伸进来的手，一手拿起批注书卷的朱砂笔，在女子的手心画了一个朱红色的太极图。

顿时，奇怪的事情发生了：女子伸进来的纤纤素手，像吹气球一样迅速膨胀。片刻工夫，就长得像一把蒲扇那么大，再也不能从窗格中拉出去。

与此同时，女子的身体也在迅速变化：一身青衣消失了，花容月貌消失了，高高的发髻消失了……一只尖嘴、秃须、大耳朵、长尾巴，浑身青灰色皮毛的狐狸出现在面前。它朝尹焞跪下，不住地磕头告饶。

尹焞问它是何方妖孽，为什么到这里来捣乱。

它告诉尹焞：自己是北岩桂树林中修炼五百年的狐狸精，名叫“青衣”。同自己一起修炼的，还有一位名叫“碧云”的姐姐。只医当年程颐在这里点注《周易》，碧云对他一往情深，却得不到程颐的理解和回应，碧云姐姐因此抑郁而终。于是，自己便对读书人心生怨恨！当尹焞来这里闭门读书，自己就化身为年轻女子，深夜前来骚扰。希望使尹焞乱心乱性，不能安心读书、学有所成。

尹焞又问它，为什么看见《周易》就惊慌逃走？

它说：自古邪不压正，《周易》被称为“大道之源”“天下第一奇书”，其间蕴含着宇宙万物生存发展的道理及无穷无尽的变化规律。它就像一面照妖镜，任何魑魅魍魉、鬼怪妖魔，在它面前都会原形毕露。这，也是今天自己手心被朱砂笔画了一个太极图，便现出原形的原医。

尹焞对它讲：自己年过六旬，又遭逢国破家亡的旷古之变，早已是寒崖枯木、心如死灰。因此，企图用红颜美色使自己行为迷失、乱心乱性，只能是枉费心机！至于自己的先师程颐，更是悟透人间正道的奇士高人。他怎么会沉迷于儿女情长之中呢？更何况人世间“孽缘”二字，孽便是缘，缘便是孽。碧云自己心生孽缘而亡，既不能怪程頤不领情，更不能由此而怨恨天下读书人。

青衣认真倾听教诲，不住地颔首点头。

尹焞告诫它：在这里修道，就得潜心修炼、心无旁骛，千万不可三心二意，动了凡心。更不可做出伤天害理的事情，枉费了五百年修炼来的道法。

青衣向尹焞发誓：一定铭记教诲，心无旁骛、潜心修炼。并表示，从今以后只吃素食、不吃荤腥，以赎清从前所犯的种种罪孽。

尹焞见青衣真心认识错误，便拿起毛笔，蘸上墨汁，把它手心那个朱砂太极图轻轻涂抹覆盖。

于是，青衣的手逐渐变小，最后从窗格的缝隙里收了回去。它双手合十，对着尹焞恭恭敬敬行了三个礼，便转身离开了。从那以后，青衣再也没有出现过。

据说，也是从那时开始，北山上的狐狸只吃山花、野果、松子、蘑菇等素食，不再伤害生灵。

故事来源：流传于涪陵及其附近地区，采风于涪陵区江北街道点易社区。

收集整理：倪德生

龙　树

在北岩的悬崖峭壁上，生长着一株千年古树。那是一株需要三四个人才能合抱的黄荆树。

古树挺立在光滑陡峭的石壁上，脚底没有一抔泥土立足，四周没有一丝泉水浸润，千百年来，它就这么艰难而顽强地生长着。它的根须一头扎进岩石的缝隙中，一头穿岩裂石而出，攀爬在崖壁上面，盘曲如虬龙一般，成为北岩上一道不可多得的风景。

古树旁边石壁上，有一幅宽约 2 米、高约 1 米的题刻，镌刻着两个遒劲有力的繁体楷书“龙树”。题刻左下方的落款，依稀可辨“王十朋”三个字。

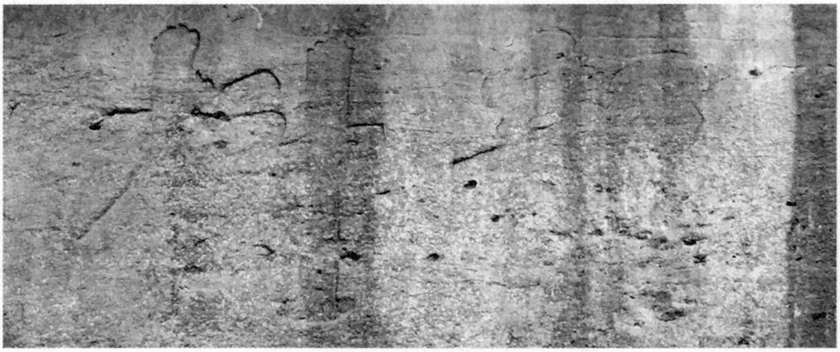

王十朋所题“龙树”石刻

这个王十朋是谁？为什么在这里题写这两个字呢？

王十朋（1112—1171），字龟龄，号梅溪，浙江乐清县人，南宋著名政治家、诗人、爱国名臣。年轻时，在家乡创办梅溪书院授徒。46岁高中状元，先后在南宋中央朝廷及饶州、夔州、湖州、泉州等地任职。王十朋是个爱憎分明的人，他在县城读书时，已是满腹经纶，又写得一手好字，声名早已传遍全县。县城里住着一位姓钱的官员，肚子里没有几滴墨水，却喜欢结交名士，为自己装装门面，抬高身价。他三番五次找王十朋索要题字，王十朋实在推脱不掉，便给他写了一首诗："钱家鱼肉满箩筐，百姓糠菜填饥肠。享福毋忘造众福，升官莫作殃民郎。"弄得官员灰头土脸，很没有面子。王十朋还是个一心为民的好官，他在泉州任职期满，离开时男女老幼一路相送、一路挽留、一路哭泣，百姓为了留住他，甚至把他必经的桥梁都给拆了。

王十朋在夔州任知州那些年，由于涪州隶属夔州路管辖，因此，他常常到涪州公干，并专程到涪陵北岩，缅怀程颐、黄庭坚等先贤大师。

这天，王十朋来到涪州，下榻于北岩脚下程颐曾经居住过的普净禅院。

夜里，他做了一个梦：一位老态龙钟、长发长须的老人来到身边，眼里流着泪，口里喊着"状元公救我！"王十朋问他是谁，有何事相求。老人说，自己是北岩石壁上的一棵黄荆树，已经生长了一百多年。由于自己生长的地点紧邻程颐讲学的钩深堂，有幸能够每天恭听程老夫子讲学论道，日久天长，自己也悟到了宇宙万物生存之理。加之百余年来金风玉露滋润，吸收天地间阳光月华之精气，自己已经修炼成精，可以随时随地幻化成人形。然而，玉皇大帝知道后，却说自己是不入流的树精藤怪，破坏了成仙得道的规矩。明日午时三刻，便要派雷神来将自己击毁。王十朋不解地问："我怎么能救你呢？"老人回答说："状元公乃天上文曲星下凡，与雷神同列仙班。倘若是能够在雷公面前讲一讲情，雷公不看僧面看佛面，睁一只眼、闭一只眼，事情或许就能够应付过去。"

第二天，王十朋一大早就起来了。在北岩石壁上，他果然看见了那棵老态龙钟的黄荆树。一阵晨风吹来，树叶沙沙作响，树枝不停地摇摆，好像是在向他打招呼呢。

再仔细观察那棵树，脚底没有一点儿泥土，完全是扎根于悬崖峭壁中。然而，在如此艰难的环境，它却不屈不挠、顽强地生存着！它的一部分根须穿透坚硬的岩石，吸收其中的水分和养料，更多的根须则裸露在岩石外，屈曲盘旋、攀缘上升，像一条活灵活现的虬龙在岩壁上爬行。

王十朋情不自禁说道："这分明是一条破壁而出的虬龙啊！哪里是什么树精藤怪呢？"

他提起笔，在崖壁上题写两个大字——"龙树"，并署上了自己的姓名。

那天中午，本来是碧空万里的天上，突然狂风呼啸、乌云密布、暴雨倾盆！一道道闪电，划过长空；一声声惊雷，在四周炸响。说来也怪，在那场闪电雷鸣中，那棵岩壁上的古树却连一片树叶都没有伤到。

一年又一年，它完好无损地站立在那里。直到八百多年后的今天，它还是那样顽强地站立着！

故事来源：流传于涪陵及其附近地区，采风于涪陵区江北街道永柱社区。

收集整理：倪德生

陆放翁北山遇仙

南宋乾道年间，陆游奉诏入蜀。入蜀之前，他曾在陕西南郑有过短暂的戎马生涯，这对于一心渴望投身疆场建功立业的陆游而言，正是大显身手的时候。然而，正当他踌躇满志之时，朝廷发生重要人事变动，主和派占了上风，陆游的军旅生活戛然而止。

一腔报国之志无所施展，陆游转而探幽访古。听闻四川涪州有一位隐士名叫谯定，已有 130 多岁，不仅学识渊博，而且见识过人，平日隐居山林，很少有人能够见到。陆游便乘兴前往涪州，去寻访谯定的踪迹。

这一日，陆游来到涪州城内，随即乘船过江去北岩。过江后，他沿着一条蜿蜒的小道前行。抬头望去，湛蓝的天空下，北山林木葱茏，徜徉其间只觉得神清气爽。越往前走，他发现人烟越稀少。见天色渐暗，陆游决定回程。然而，掉头才发现，来时之路已被茂密的草木遮掩，陆游只得借着昏暗的天日，凭记忆疾步而行。天色越来越暗，陆游心头有些焦急，加快前行脚步，隐约之间见远处有灯光闪烁，便往光亮之处奔去。及至近前，借着灯光，陆游看清是一间依山而建的小屋，屋内一白须皂袍老者正全神贯注挑灯夜读。看老人读得认真，陆游不忍打扰，在小屋门口站了一会儿，终于按捺不住，咳嗽两声，开口说道："老先生，这厢有礼了！我游览北山美景，却不想至山林深处，忘了来时之路。请问此处可有回涪州城的路？"

老者抬头，见来人虽有疲态，眉宇间却有一种清雅气质，言谈举止也谦逊有礼，对他心生好感，便答道："现在即便找到回去的路，也无过江的船了。先生不若在此歇息一晚，明早再回吧。"说着便把陆游请进小屋，拿出茶水和饮食招待。

陆游一面随老先生指引进屋，一面打量屋内陈设：一张书桌，桌上有笔墨纸砚、一些书及手稿，旁边几把椅子，靠墙壁有书架，架上摆满了书。看到这些，陆游心想：老先生一定是个知识渊博的人。

待陆游吃过后，两人便天南海北聊起来。陆游发现老者学识不凡，每每一些自己百思不得其解的问题，老者总能轻易道破。老者发现陆游也是一个饱读诗书、济世忧民、志向远大的人。于是，两人知无不言，言无不尽。

陆游就自己最关心的问题问道："不知先生对现今时局有何看法？蒙古铁骑入侵我神州大地，然主政者苟且偷安，一味主和。这样下去如何才能光复中原？"

老者沉吟半晌，缓缓道："当今乱世不堪，最痛苦的莫过于老百姓。先生正当盛年，学识丰富，若不能征战沙场，也可凭一己之力报效朝廷，哪怕身为州县小吏，能尽力为百姓做些事情也好。"

不知不觉，两人就谈到了半夜时分。老者似乎还不知疲倦、兴味十足。陆游听得老者谈话，平生报国无门、壮志难酬的不平之气被消解了不少。心结既解，走了大半日的他便觉困倦袭来，不知不觉趴在桌上睡着了。

第二日清晨，陆游醒来，见屋内已空无一人。出洞四下寻找，也不见昨日老者。他不禁懊恼不已：还未请教老者高姓大名，还有好多想请教的地方呢。

回首山洞，见石壁上写着“读易洞”三个字。这不是谯夫子读《易经》的地方吗？自己一心结识谯夫子，难道昨晚是谯夫子幻化成神仙，圆了自己见他一面的梦吗？陆游暗自思忖。遂在附近伊川祠堂、钩深堂、三畏斋凭吊一番，然后便回涪州城去了。后来，陆游还根据这段经历写了一首诗：

寄谯先生

寄谢谯夫子，今年一出无。
万缘随梦断，百念与形枯。
云护巢松谷，神呵煅药炉。
凭高应念我，白首学征租。

故事来源：流传于涪陵区江北街道一带，采风于江北街道二渡村。
收集整理：彭梽刚

扆夫子涪州留迹

“人过留名，雁过留声！”一个人来世上走一遭，总要给后人留下点儿什么。凡夫俗子尚且如此，作为南宋时期一代经学大儒的涪州人扆渊，除了给我们留下那灿烂的思想和不朽的著述，还留下了什么东西呢？

扆渊（？—1250），字亚夫，号莲荡，宋代涪州人。扆氏家族世居湖北襄阳，后因战乱，举家迁居四川涪州涪坪山（今涪陵区义和镇境内）。扆渊从小聪明好学，对四书五经特别感兴趣，老师教过的课文都能倒背如流。

早年，扆渊投身于历史学家、四川眉山县人李焘门下，从事经学和史学研究。中年以后，不远万里前往福建建阳考亭书院，受业于著名理学家、教育家朱熹，学习理学。因学习用功勤奋而有志于当世，深受朱熹器重。在朱熹任官长沙时，得以跟随前往，继续受业于岳麓书院。直到庆元元年（1195）初，才“尽得其说以归”。

回涪陵后，夏渊从偏僻的涪坪山移居涪州城，在城东长江南岸的吴公溪卜居建宅。而且就在返回涪陵的当年，参加了州举。当时，由于朱熹正遭受权臣排挤，朱熹的学说遭到贬斥，夏渊虽然文理优长，却名落孙山。等到后来朱熹及其学说受到人们普遍尊崇的时候，夏渊年事已高，再也没有参加过科举。因此，尽管他胸怀远大抱负，富有盖世才能，却始终没有取得任何功名，终身都是一介布衣。

自宋理宗绍定元年（1228）起，夏渊应邀担任北岩书院堂长达 20 多年。他担任堂长后，深感责任重大，为了把书院办好，他一方面加强书院管理，登台讲学，对学生严加课督，延请名师讲学；另一方潜心学问研究，将朱熹之学与乡里之学融会贯通，促成了朱熹学说在四川的传播（即所谓“闽学入蜀”），形成了独具特色的理学思想体系——“夏学”。在夏渊的推动下，北岩书院声名远播，远近来此求学者络绎不绝。此时的北岩书院，与东湖书院、象山书院、濂溪书院齐名，并称南宋时期“四大书院”。

夏渊以布衣之身，继承和发扬光大前人的理学思想，成为独树一帜的理学大师、蜀中一代名儒。同时，他潜心经营北岩书院达 20 多年，为涪陵教育做出了不可磨灭的贡献。其弟子阳枋评价他：“《易》由先生而有传，岩因先生而有光。”真是恰如其分！

夏渊与谯定，共同构筑起涪陵优秀人文精神传统的重要两极，从而赢得数百年来涪陵人民的尊敬和怀念。由于他为人正直、学问渊博，所以深受弟子们的爱戴。他讲课的时候，总是门庭若市、座无虚席。人们都亲热地称呼他“夏子”或“夏夫子”，把他同孔子、孟子一样看待。

夏渊的出生地涪坪山，被人们称为“夫子坪”；夏渊在涪陵乡下曾经居住和设馆讲学的一个小山，被人们称为“夏子山”；夏渊在涪陵城内居所旁的吴公溪，被人们改称为“夏溪”。

这些地方和地名，至今犹存。“夫子坪”在义和镇的镇安社区境内；“夏子山”在涪陵新区境内、义和镇东面；“夏溪”是乌江的支流，在涪陵城东注入乌江。只是由于时代久远，加之这个“夏”字又是一个生僻字，日久天长，在一代又一代人嘴里就念走了样，把“戛子山”叫成了“罐子山”；把“戛溪”叫成了“灌溪沟”。

故事来源：根据《涪州志》（同治版）相关内容改写，流传于涪陵区一带。

收集整理：倪怀本

考亭悟道

南宋时期，涪陵北岩书院堂长戛渊在任 20 余年，潜心教学，诲人不倦，促成了朱熹理学思想在四川的传播，使北岩书院声名远播、盛极一时，前来求学者络绎不绝，可谓“门生遍四海，桃李满天下”！

戛渊能成为著名的教育家、理学家，和他的成长及求学经历密不可分。他从小天资聪颖，勤奋好学，为了弄清楚一个问题，常常不分昼夜、废寝忘食。“朝闻道，夕死可矣！”戛渊常常把这句话挂在嘴边。

为了对易学进行更加深入的研究，南宋光宗绍熙三年（1192），已人到中年的戛渊背井离乡，不远万里奔赴福建建阳考亭书院，投身于理学大师朱熹门下求学。

师从朱熹之后，戛渊深知自己年岁已长，要想学有所成，必须比别人付出更多的心血和汗水。他把所有的精力和时间，全部用在读书和钻研学问上。除上课外，几乎整日足不出户，钳口不言，吃饭时手不释卷，睡觉时圆木警枕。可是，一段时间下来，戛渊的学业进步并不明显，人却消瘦了一大圈，性格也变得更加孤僻。

朱熹看到了戛渊的问题，一天把戛渊找来，问他：“你从数千里之外来见我，是为了什么？”

戛渊一时不知该怎么回答，便说：“既然拜先生为师，一切听从先生教诲。”

朱熹语重心长道："我看你近日常常衣衫不整、蓬头垢面，却在苦读《春秋》。然而，《春秋》说的是天下之事，现在你不去理会自己身上的事，却想去理会天下事，这不是舍近求远吗？一室之不治，何以家国天下之为？学者读书，一定先要把自己身边的事做好。先脚踏实地，再仰观苍穹；先修身律己，才能治世律人啊！"

听了老师的教诲，夏渊恍然大悟！从此以后，他开始改变学习方式，从自身修养做起，从身边的学问做起，一步一个脚印，不务虚名，笃实好学。虽一生未取功名，却终成蜀中一代名儒，赢得了数百年来涪陵人民的尊敬和怀念。

故事来源：根据《涪州志》（同治版）相关内容编撰改写，流传于涪陵区一带。

收集整理：倪鹤霄

周煌初登北山坪

涪陵有句老话，叫作"好个涪陵城，生坏北山坪"。这句话，听起来就是讨厌北山坪。讨厌它什么呢？当然是它的又高又陡，不利于人们日常生活。其实，任何事物都至少还有另一面。就拿北山坪来说，老话还有另外一句："重阳不上北山坪，眼睛耳聋腿不灵。"重阳登高，自古习俗。涪陵人从来就只有登北山坪这个高。

这一年，周煌进入十三岁，在湖北当县令的父亲来信说："煌儿已大，宜离乡锻造。"

爷爷周墨潭是深明大义之人，早就想到有此一举。只是，爷爷还想让周煌离乡之前再振胸怀。所以重阳这天，借着过节习俗，领着从未到过北山的周煌，准备登山一游。

来到山脚，周墨潭说："煌儿，爷爷告诉你，我登高山，从来不随意。

每登一次必须做到‘五要’。”

周煌自幼崇拜爷爷，就问：“我要跟爷爷学。哪‘五要’啊？”

周墨潭说：“一要定时，不长绵吊线；二要有趣，以便记住；三要唱歌，唱本地山歌，涪陵话是走到哪个坡，就唱那里歌。”

周煌认真听，爷爷却不往下说了。

周煌聪明地望了爷爷一眼说：“还有‘两要’，爷爷等会儿说？”

爷爷在周煌脑门上弹了一下，笑着说：“就你懂爷爷。”

于是，两爷孙就商定：半个时辰登顶到松屏列翠；中途唱自己搜到的山歌；同一时间内，周煌上山两次，爷爷只上一次。有趣的是，周煌上两次必须跟爷爷这一次是同行，不能分开的。

周煌知道，前面“两要”不是问题。后面这“一要”，是爷爷在考自己。对周煌来说，动这点脑筋也不难，爷爷是要求周煌走路比爷爷快一倍多一倍，但又不能跑得无影无踪，要看上去是同行的。周煌想：这也好办。用快一倍的速度，走到爷爷前头二十步，又返回爷爷身边，又快走二十步，再返回爷爷身边。如此循环往复，那不是爷爷登一次山，周煌就登了两次山？这样还随时可以和爷爷摆龙门阵。

周煌问爷爷：“是这种方法对吗？”

周墨潭说：“对。除此法外，还有没有别的办法？”

周煌说：“爷爷不问，孙儿就没再想。爷爷一问，孙儿才又想到一种办法：孙儿把爷爷背一半，爷爷自己走一半。那孙儿不是相当于登了爷爷两倍的山路吗？”

两爷孙说说笑笑，周煌前一程返一程的，登山就跟做游戏似的，没多久，两爷孙就到了三倒拐歇凉亭。坐下之后，周煌就问爷爷，我们家乡的路上怎么就这么多叫三倒拐的？还有刚才那段陡路，叫百步梯。叫百步梯的也多得很。是怎么回事呢？爷爷见孙儿爱动脑筋，就鼓励说：“事事留心皆学问。你这问题，爷爷还认真问过几个修路老者。他们告诉我，我们川东，普遍是这种山形地势。同样的地形修同样的路，取同样的名儿，一是便于推广筑路经验，二是便于修路预算造价，三是给走路人同一个心理准备。好处还多呢。”周煌对爷爷的回答很满意，高兴地说：“爷爷什么都懂。就跟《说文解字》一样了。”周墨潭听了孙儿的话，心头跟喝了蜜似的。但他还是很认真地说："山外有山，你要记牢。"

这时，传来一阵山歌声：

砍柴砍到艳山红，

偷菜偷到鸡啄虫。

不穿衣服咪蚊咬，

衣服单薄莫怪冬。

歌词多少认命，但曲调都跳脱欢愉，听不出半点困苦。

周墨潭说："煌儿，孔圣人说，诗可'兴、观、群、怨'，可察民风、观民情。你唱一支山歌，让爷爷看你平时都搜到些什么民情？"周煌张嘴就唱：

扯船上滩劲莫歇，

没得裤带打条蛇。

没得盐吃喝口尿，

没得被条盖树叶。

爷爷问："你为啥喜欢这支山歌？"

周煌说："这些人，再苦都乐观呢。"于是，又得到了爷爷的表扬。

两爷孙倾心交谈，不知不觉就登上山顶，来到"松屏列翠"这一景点的正面。这是北山之巅了。松风有情翠色多意，长江如带缠绵山脚。偏西阳光回照东天，空气透亮，似乎一望可达万里。周墨潭兴致一来，随口吟出：

才伴孙儿北山巅，

即济心海云帆远。

家闾宜拓国门路，

桑梓须怀天下山。

周煌虽只十三未满，但早已在爷爷教导下熟记四书五经，吟诗作对也粗通章法。听爷爷爽性之作，也顿生诗意，不觉吟得八句，以松枝书于足下。爷爷看去：

吾爷送我北山头，

孙娃回赠当无休。

十年幼学承庭训，

一朝东去面壁稠。
虽温羽翼恋更漏，
即衔青鸟出峡游。
若非巫山云雨隔，
敢笑江南十二州。

爷爷高兴地看完孙儿新诗，朗声诵曰："此乃为爷登山四要也！呵呵呵呵……"原来"四要"是登山要作诗呀！竟然在不知不觉中，两爷孙忘年神交，已达无须一点通灵犀境界了。那么，爷爷的登山第"五要"是什么呢？

只见爷爷从他的口袋里取出一瓶涪州百花露，孙儿周煌从自己的小口袋里取出一双酒杯，两爷孙举杯开怀，大笑说："干杯！"

故事来源：流传于涪陵及其附近地区，采风于涪陵区龙桥街道荣桂社区。

收集整理：杨爱平

周煌登北山

那一年，周煌的父亲去世了，他向皇帝请假辞官回涪州办丧事。办完了丧事，就留在老家守孝三年。

这天，闲来无事，他便走出家门，独自一个人去爬涪州城对面的北山坪。由于是在守孝期间，他的身上穿着粗麻布短衫，脚上穿的也是一双竹麻草鞋。那一身打扮，就和一个涪陵乡下的老头儿没有多少差别。

北山坪山高坡陡，道路狭窄。周煌费了好半天的工夫，终于登上了山顶。

正是春光明媚的时节，蓝天上飘着几朵白云，挂着暖暖的太阳。远处的山峦罩着薄薄的雾霭，一层比一层暗淡，一层比一层模糊。纵览北山坪脚下，却是一幅桃红柳绿、草长莺飞的繁忙景象！

北山顶上，有几个涪州城内的秀才出来春游。他们围坐在山顶草坪，一边喝酒，一边谈笑，一边作诗。

周煌觉得好玩、有趣，也跟着凑了过去。

听他们作的那些诗，无非是咏花吟草、离愁伤春之类的东西，内容和格调都没有什么新鲜的地方。可是，几个秀才却自我感觉良好得很呢！彼此在那里高谈阔论、互相吹捧，好像自己就是李白再世、杜甫重生。

看到他们那自高自大、自我陶醉的样子，周煌忍不住偷偷笑出了声音来。

几个秀才回过头，看见这个穿一身皱巴巴的粗布短衣、土里土气的老头儿，居然敢嘲笑自己。他们气不打一处来，纷纷对周煌说道："你是什么人，竟敢来嘲笑我们？有本事，你也来写几句啊！"

周煌怯生生道："我、我、我不会写字，只会说诗。我说出来，你们来写，行不行？"

众秀才齐声说好。

于是，周煌咳嗽了一声，清了清喉咙，念出了第一个诗句："一上一上又一上"。

秀才们听后哈哈大笑："这也叫诗吗？"

周煌毫不理会，继续念道："一上上到山上头"。

几个秀才笑得前仰后翻："哈哈哈！你这是哪门子意思啊？"

周煌一本正经道："我是说，我费了这么大的工夫，走了这么长的山路，才爬上这么高的山顶上来。你们，连这个都不懂吗？"

几个秀才终于忍住了笑声，说道："一首诗至少得有四句啊，你要凑足四句哟！还有两句又怎么说呢？"

周煌举头望天，环顾四周春光。然后，凝视着迷雾重重的远方，朗声念道："若非巫山云遮住，望尽江南十九州。"

吟罢，周煌对众秀才拱手告辞，昂然而去。只留下那如洪钟、如惊雷般的声音，在春日的天空里久久回荡！

全场一片寂静！秀才们一个个脸上都露出羞愧的神色。在愧叹自己诗作平庸的同时，他们被眼前这个其貌不扬的老头儿深深地折服了。

故事来源：流传于涪陵及其周边地区，采风于涪陵区龙桥街道荣桂社区。

收集整理：倪德生

巧解意对

所谓“意对”，是对联的一种特殊形式，就是将对联的意思不用语言和文字表达出来，而是通过人物的行为动作或自然界里事物的发展变化来表达。在我们涪陵，至今还流传着周煌当年登北山巧解意对的故事。

北山雄奇壮阔，巍然屹立在万里长江之滨，与涪陵城隔江相望、遥遥相对。从涪陵城这边看过去，北山上悬崖峭壁、壁立千仞，不愧为一座险峻之山。然而，当你爬上山顶后才发现，北山顶上的另一面却是一望平阳、坦荡如砥，根本就看不出一点儿山的迹象。源于此，涪陵的文人墨客给北山取了个富有诗意的名字——半边山。

周煌年轻的时候，有一次邀约了几个好朋友去登北山。沿着山溪小径逆流而上，来到半山腰，他们看见了悬崖峭壁上的一块石碑。石碑上刻着一行文字：“半边山，半段路，半溪流水半溪涸。”

这是哪位前人留下的遗迹呢？

同游者中，有人向大家说起这行文字的来历：北宋绍圣年间，黄庭坚因修纂《神宗实录》得罪了当朝权贵，被贬为涪州别驾。有一次，好朋友苏轼专程来涪州看望他，二人结伴攀登北山坪。途中，黄庭坚说出了“半边山，半段路，半溪流水半溪涸”作为上联，让苏轼对下联。苏轼沉吟片刻，口里宣称：“对不出来。你就把这行文字刻到石壁上，让后来之人对吧。”于是，黄庭坚就将这句话刻在了这里的石壁上头。几百年过去了，至今还没有人对出下联来呢！

听过这番介绍，看了看这行文字，又望了望周围的环境，周煌不禁莞尔一笑："诸位有所不知，其实，这个下联苏学士早已对出来了。"

众人莫名其妙，问他苏轼的下联是什么。

周煌说："当初，苏学士让黄山谷写下这行文字，并刻碑于此，就是在对下联啊。只不过，他不是用语言文字在对，而是采用的'意对'手法。"

众人还是不解其意。

"你们看这块石碑、这行文字，还有这只有上联、没有下联的半副对联。苏学士的下联就是'一块碑，一行字，一句成联一句虚'啊。"

众人听后，顿时恍然大悟，纷纷点头称赞。

故事来源：流传于涪陵及其周边地区，曾收录于《中国民间文学三集成·涪陵市资料集》。

收集整理：倪德生

石豆的来历

在北岩景区的核心景点点易洞内，有一幅四字行书题刻——"伊洛渊源"。书法风骨洒脱、筋力老健，一笔一画无不蕴含着深厚的力力。

这幅题刻为清代涪州诗人、书法家石彦恬所书。

石彦恬（1790—1861），字麟士，号素翁，清代涪州长里白桃溪（今涪陵区白涛街道三门子村）人。嘉庆二十一年（1816）中举，先后在四川、福建等地为官，晚年回乡任北岩书院山长。石彦恬一生的最高成就是在书法艺术上，100 多年后的今天，其书法作品依然有极高的艺术价值和收藏价值。石彦恬一生勤政爱民，关心民间疾苦，石彦恬和石豆的故事，在重庆、福建一带广泛流传。

石彦恬在福建仙游县当知县的时候，有一次，县里一个富商在县城最高档的餐馆请他这个县大老爷吃饭。

菜上完后，石彦恬看见最中间那个盘子里稀稀拉拉地摆了二三十颗胡豆。他觉得十分好笑：这么高档的宴席，居然用一盘胡豆当主菜，而且还只有那么稀稀拉拉的几颗。

于是，他就像在老家吃胡豆那样，一个劲儿不停地往嘴里拈。那盘胡豆眼看就被他吃了将近一半。

同桌的人们面面相觑，但碍于他这个县大老爷的面子，都没敢说话。

回来的路上，贴身跟班对他说："老爷，您今天在席上有些失礼哟。"

"哪点失礼？"石彦恬不以为然。

"我们福建把胡豆叫作'福参'，是宴席中最珍贵的一道菜。这次是招待贵客，才上了这盘菜。一盘总共不过二三十颗，只有等主人喊'请'之后，客人才可以伸筷子去拈。而您不等主人喊就动筷子，并且一个人就吃了将近一半。您说失礼不失礼？"

石彦恬听后哈哈大笑："呵，原来还有这么回事啊？在我们四川，胡豆遍地都是，喂牛喂马勉强要得，喂猪还嫌它不长膘呢！"

于是，他让书童回到涪州，运了满满一麻袋胡豆到福建来。同时，还从老家请来了几个会种胡豆的庄稼人。石彦恬把这些胡豆分给乡民，让那几个庄稼人教山民们怎样播种，怎样施肥，怎样收获。

当年，胡豆就在福建仙游获得了大丰收。

不出几年，家家户户都种上了胡豆。从前达官贵人宴席上的珍馐佳品，如今上了寻常百姓的餐桌。当地人为了纪念石彦恬，就给胡豆取名为"石豆"。

故事来源：流传于涪陵及其周边地区，曾收录于中国戏剧出版社出版的《涪陵民间文学》一书。

收集整理：倪德生

题匾戏绅粮

石彦恬的书法出名后，远近慕名来求字的人不少。

北山坪上有一个姓罗的绅粮，不读书、不识字，胸无点墨，却用400石谷子捐了个“候补知县”的空头衔。于是，仗势欺人，横行乡里，耀武扬威！

罗绅粮的家里新修了一处宅院，大门上面还缺少一块匾额，就来求石彦恬帮他题写。

石彦恬根本看不起他这种人的为人，就想借机嘲弄一下，让他出一番洋相。石彦恬一挥而就，随手写下4个字：“德弼硕容”。

能够得到石彦恬的墨宝，罗绅粮如获至宝，将它制成了一块又大又长的匾额，挂在大门口。家里来了客人，总要引到匾额前面看一看，评论一番；逢人便吹嘘，石彦恬与他是“铁哥们”。

然而，许多知道罗绅粮根底的人，看了这块匾额都忍不住窃窃私笑。原来在“德弼硕容”这4个字里头，还包含了另外4个字：“四百石谷”。这不是在暗中嘲笑罗绅粮这个“候补知县”是花了400石谷子买来的吗？

故事来源：流传于涪陵及其周边地区，曾收录于中国戏剧出版社出版的《涪陵民间文学》一书。

收集整理：倪德生

徐邦道出生

清朝的时候，涪陵不叫涪陵，叫涪州。为了好记，我们今天还是说涪陵。

涪陵有个北山坪，北山坪有个寺庙，叫李林寺，离李林寺不远的地方有个院子，叫徐家院子，徐家院子住了五家人，都是徐家几大房的兄弟：徐老大、徐老二直到徐老幺。

徐老幺家的媳妇是个孕妇，马上就要生孩子了，还在坡上干活。她的肚皮突然绞来绞去痛，她赶忙甩了锄把就往家里走。刚刚走到大路上，离家还有几十步远，孩子就出生了。当时只有大嫂在家里，大嫂慌了，儿大步跑过去，抓住脐带咬了一口，孩子就顺顺利利地脱开了母体。大嫂抱起孩子一看，是个男孩儿，眼睛都笑成了豌豆角。幺媳妇没听到孩子的哭声，有点心慌，她闭着眼睛喊："把孩子倒过来提着拍屁股。快点！"大嫂本来比幺媳妇还懂，一时只顾高兴就忘记了，于是赶紧倒提着身体拍屁股，可是拍了两三下，还是没有反应。这下子，两妯娌都慌了手脚，大嫂又拍了几下，还是不行。

两妯娌在这个时候，可以说是满坛子的泡萝卜——抓不到姜（缰）。就在她俩快要落脉的时候，突然路上冒出来一个和尚。这个和尚左手拿个葫芦，右手拿个拂尘，走到两妯娌跟前。这时候，和尚说了一句话："施主不用害怕，我是来救这个小生命的。"两妯娌已经顾不得那么多，几乎是异口同声地说："感谢你！快点！"和尚摇了几下葫芦，用手在婴儿脑袋上摸了一会儿，又用拂尘在婴儿的上方扫了几下，口中念念有词。过了一会儿，只听得小孩子"哇"的一声哭出声来……两妯娌激动得满脸滚热、眼泪汪汪！正准备感谢和尚，只见和尚却像风一样飘走了，只留下一句含混不清的话："状元……呜……"风吹得呜啦呜啦的，后面的话根本听不清楚。后来，她们到李林寺和其他地方去找过那个和尚，连影子都没有。

这个孩子生在路上，是邦字辈，他的父亲就给他取名叫"徐邦道"。

因为和尚丢下的话模模糊糊，大嫂和幺媳妇怎么说都说不清楚，全家人都认定这个娃儿将来肯定要中状元，可是最后那个尾音到底是个什么字？乌、吴、武、务？……管他的呢，依照状元去想、去做。常言说，人有个美好的愿望，也是好事。

当然光有愿望也不行。徐邦道出生后七八天还不会吃奶，像六月黄天沙谷子头的秧秧，蔫耷耷的，把他的爹妈急得不行！看了几个郎中，可一点儿好转的迹象都没有。

一天深夜，徐母突然又想去找那个和尚。她抱起徐邦道就走，本来寺庙就在隔徐家院子不远的地方，她走了半天都走不到，好像还在翻山越岭、趟河过桥，费了好大的力才走进寺庙。可是哪有什么和尚，整个庙子空荡荡的，一个人都没有，徐母的心缩成一团。等她进去后，大门却"嘎吱"一声关上了。这时，她身后传来一个声音，很像几天前那个和尚的声音："没事了，回去吧。"大门又"嘎吱"一声开了。徐母"啊"的一声，吓出一身冷汗——原来是在做梦。

无巧不成书，第二天徐邦道就会吃奶了，样子也越长越乖。七八岁的时候，他长成了一个人见人爱的乖娃娃。

故事来源：流传于涪陵区江北街道一带，采风于江北街道李寺村。

收集整理：杨卫平

徐邦道葬母

徐邦道不到十岁的时候，一场突如其来的瘟疫横扫涪州大地。好多家庭都是一屋一屋地死去，徐家也不例外，父亲、大哥、二哥、母亲都相继去世。

前几个亲人去世，还有其他的亲人共同掩埋。等到母亲去世的时候，就只剩下尚未成年的徐邦道一个人了。

他想找左邻右舍来帮忙，但左邻右舍很多都死去了，就算活着的，也是只有出气、没有进气，哪里还有力气安葬别人！

徐邦道在自己的头顶上插了一根草标，打算卖身为母亲买一副棺材。可是，在官道上站了三天时间，连问都没有人问一声。

万般无奈之下，徐邦道决定自己把母亲背出去掩埋。他用稻草搓了一根草绳，把母亲的尸体拴在自己的背上，一路连滚带爬往山上去。一个尚未成年的小孩，背着一具大人的尸体爬山，可以想象有多么艰难！他走几步歇一歇，走几步歇一歇……好不容易走到对门山坡脚一个叫"犀牛凼"的地方。正在歇气的时候，突然乌云翻滚、狂风大作，伴随着闪电雷鸣，一场大雨倾盆而下！瓢泼似的雨水，浇得人眼睛都睁不开，把徐邦道淋成了一只落汤鸡。他是再也没有气力继续往前面走半步了！

脚下有个水凼，迫于无奈，徐邦道只好用双手把水凼刨成了一个大坑，将母亲的尸体连同那根草绳一起放进去。然后，又在周围刨了一些泥土，把尸体勉强盖上。做完这些，徐邦道顶着大雨，急急忙忙赶回家去。

雨过天晴，徐邦道来到掩埋母亲的地方，打算把母亲的坟头垒高一些。可是，眼前的情况却把他吓了一大跳：成千上万只蚂蚁衔来泥土，正在为母亲垒坟。坟头已经垒起了半人高，蚂蚁还在不停地衔泥土。小邦道乐得清闲，也就没再管这件事情。

后来，徐邦道外出投军，凭着战功一路晋升，不到三十岁就升为参将，头上戴的是三品顶戴花翎。那一年，他专程回乡省亲，祭扫父母的坟墓。同他一起回来的，除了一大群随从侍卫，还有几个他专门请来的风水大师。

一群人来到徐母坟前，几个大师把罗盘架起一吊，眯起眼睛把周围的地形一测量，不约而同齐声叫好！大家都说，这是出王侯将相的阴宅。

就在大家齐声叫好的时候，有一个风水师却轻轻摇了摇头，他说："此处名叫'犀牛凼'，老夫人长眠之地正当犀牛口唇，且旁边有一眼清泉注入。身居此穴，乃是世间少有的佳城。只不过，倘若安葬老夫人时有一把稻草相伴，让犀牛既有水喝、又有草吃，那就再好不过了。"

听了这话，徐邦道心头暗暗高兴！因为只有他知道，当年埋葬母亲的时候，他是把那根草绳连同母亲一起埋下去的。

后来的事情，大家都知道：徐邦道由参将而副将，由副将而总兵，最后升到了一品提督，真正做到了"出将入相，位极人臣"！

故事来源：流传于涪陵区江北街道一带，采风于江北街道李寺村。

收集整理：倪德生

涂邦道拜师

六月间的太阳，刚一出来，地上就像烤上了一盆火。临近中午时候，整个大地就成了李老君的八卦炉，烤得人汗流浃背、口干舌燥！

这时候，在涪陵江北的一处农家院坝上，一个孩子却在操练枪棒。

孩子十来岁光景，赤裸着上身，打一双赤脚，把身边那一排刀、枪、棍、棒，每一样依次拿在手中挥舞得像一阵风。“嗨！嗨！嗨！”的吆喝声很远都听得见。

吆喝声吸引了一个过路的老和尚。和尚沿着吆喝走了过来，站在院坝边，看着小孩操演。

开初，看见有人来观看自己的表演，小孩子便有些洋洋得意，操演起来也更加虎虎生威。可是，过了好大半天工夫，自己都精疲力尽、累得气喘吁吁的了，老和尚还是一动不动站在那里，既没有一句夸奖的话，也没有离开的想法。小孩子便有些厌烦起来！

他放下枪棒，抓起地上的衣服，一边擦着汗水，一边在嘴里哼唱着一首儿歌：

和尚和尚，东游西逛。

一个筋头，翻上屋梁。

偷银没银，偷粮没粮。

开门出来，偷个尿缸。

想不到，他的哼唱却被老和尚听得真真切切。和尚微微一笑：“谁教你唱这些乱七八糟的东西？”

“我们这里的娃儿都这样唱啊！”小孩一本正经回答。

“没银、没粮，施舍一碗水喝总可以吧？”老和尚没有责怪他，却向他讨要水喝。

“没有茶水，只有凉水。”

小孩转身进屋，不大一会儿工夫就端出来一碗凉水，递到和尚手中。

老和尚接过那碗凉水，却皱起了眉头。因为他发现，水面上漂着几片干谷草叶子。

和尚这会儿真的是生气了！

他责备这个孩子“有娘养、无娘教”，小小年纪，居然这样没有礼貌！

听了老和尚的责备，小孩委屈地哭了！他说，自己本来就没爹没娘。而且辩解道，之所以在凉水里放几片谷草叶，是为了喝水的人好呢！夏天在外面走路，五脏六腑都滚烫发热，如果端起一碗凉水一口气喝下去，必然伤肝伤肺。要是在水面上放几片谷草叶，让人一边把谷草叶吹开，一边慢慢喝水，不仅可以把五脏六腑的热气吹出来，而且还可以让喝水的速度慢一点儿，凉水对身体的伤害就不那么大了。这个方法，还是自己的娘没死的时候教的呢！

老和尚听了小孩的解释，知道自己误解了孩子的一片好心。他拉着小孩的手，问：为什么说自己没爹没娘呢？

小孩告诉他：自己名叫徐邦道，今年十一岁，就是这个院子里的人。三四年前一场瘟疫，父母和哥哥都死了，全家只剩下自己一人。是一个习武的堂伯父收留了自己，自己一边给伯父家放牛割草，一边跟着伯父习武练功。冬练三九，夏练三伏。跟着伯父勤学苦练这些年，学到了不少拳脚套路。今后，自己还要凭这些本领杀敌报国呢！

老和尚仔细倾听着小孩子讲述。听完，他摸着小邦道的头，说："你练的那些拳脚套路，都是没有用的花拳绣腿，算不得真功夫，更不能用来杀敌报国！"

听到有人说自己练的是花拳绣腿，小邦道哪里服气！他仰起头，望着这个骨瘦如柴的老和尚，挑衅似的说道："你敢和我比试吗？"

"怎么个比法？"老和尚含笑而答。

"你说！"徐邦道不甘示弱。

"我看，刀枪棍棒就不比了吧，免得伤人。我站在这里，随你拳打脚踢，如果我的身子摇晃一下，就算我输。"

"你输了怎么办？"

"拜你为师父。"

一想到这个一大把年纪的和尚将要拜在自己脚下，喊自己师父，徐邦道禁不住洋洋得意！

老和尚提醒他："要是你输了呢？"

"我也给你磕头，拜你为师啊！"

"说话算数？"

"绝不反悔！"徐邦道特地与老和尚击掌三下。

老和尚将手中的钵盂和禅杖放到一边，整了整袈裟，站到院坝中央。徐邦道运足力气，挥拳朝他身上打来。

"咚咚咚……"一连打了十几拳，老和尚岿然不动。

小邦道怎么肯服输呢？他决心用伯父教的绝招“徐家腿”来制伏这个和尚。他深深吸了一口气，气运丹田。然后，又将这些气运到腿上，铆足平生力气，抬腿向和尚踢去。

第一脚踢在老和尚膝盖上，只听见“嘣”的一声响，仿佛踢在石头上一样，徐邦道的脚尖一阵麻木；第二脚踢在老和尚大腿上，只听见“嗤”的一声响，仿佛踢在皮囊上一般，徐邦道感觉麻木到了腿根；第三脚踢在老和尚的肚子上，什么声音都没有，可徐邦道的脚尖却被老和尚的肚子掐住了，任凭他怎么拉，也拉不出来。

老和尚轻轻一鼓气，掐住脚尖的肚皮微微松弛，徐邦道的脚尖倒是拉出来了，可身体却向后退了十几步远，然后重重倒在地上！

小邦道愿赌服输。他爬起来，跪在老和尚面前，规规矩矩磕了三个响头，亲切地叫了一声：“师父！”

从此，徐邦道在老和尚的指教下，学习刀枪剑戟、弓马骑射；学习峨眉派武术动静结合、内外兼修的方法；学习排兵布阵的技巧……老和尚还特别传授了他峨眉派武术的独门绝技——“字谜”功夫。

徐邦道的本领得到突飞猛进的提升。十四五岁，就成为武艺高强的斗士，周围几十里，已经找不到与之抗衡的对手；十七八岁，被涪州富商重金聘为镖师和护卫，走遍天下，无人能敌；二十岁那年，徐邦道外出投军，开启了戎马倥偬、壮怀激烈、名垂青史的人生之旅。

直到后来，徐邦道才知道：传授自己武艺的那个老和尚、自己的师父，原来是著名的武林大师、峨眉山白云寺高僧心量禅师。

故事来源：流传于涪陵区江北街道一带，采风于江北街道李寺村。
收集整理：倪德生

徐邦道练功

武林中有句行话：“练武不练功，等于一场空。”意思是说只练习武艺，却不练习功夫，练出来的就是没有用的花拳绣腿。所谓“武艺”，指的是武术上的拳脚套路；所谓“功夫”，指的是练武之人自身的素质和体能。

徐邦道十一岁，跟峨眉派武术大师心量和尚学习武功。然而，大师既不教他拳法，也不教他腿功，只是每天让他做三件事情：一是天不亮就叫他起来，把家里的一头小猪抱到长江边去洗澡，然后又抱回家；二是整个上午都让他趴在水井边，不停地伸手把井水抓起来；三是让他拿一双筷子去茅厕屋，用筷子夹里面飞着的苍蝇、蚊子和飞蛾。

一开始，小邦道觉得挺好玩。可慢慢，问题就来了。

先说那头猪，开始只有几斤、十来斤重，抱着它下河去、上河来都轻松自如。但没过几个月，它就长到几十斤重；过了一年，又长到两三百斤。一个十一二岁的小娃娃，抱着它下河去还稍微可以对付，最不能奈何的是洗澡之后抱着它回来。要知道，回来的路可都是四五里陡峭笔直的上坡啊。中途，师父还不准停下来歇气。徐邦道每次回来，都累得汗流浃背、气喘吁吁，骨头都散了架！

再说那抓井水和夹飞虫的事情，不仅单调乏味，毫无趣味可言，而且茅厕屋里屎尿横流、臭气熏天，待在里面就简直喘不过气来！

可是，师命难违啊！再不愿意，小邦道也必须天天坚持下去。

徐邦道像这样刻苦练习了三年，不知不觉间，就显露出效果来了：那头已经长到四五百斤的大肥猪，他抱起来上坡下坎如履平地，抱着回家脸不红、气不喘；刚开始在水井边抓水的时候，他一把抓起来只有几滴水，后来，一掌拍下去、抓起来就是满满一桶水；筷子夹飞虫，最初他几乎是一个也夹不着，但后来却能够一夹一个准。

看见徐邦道的功夫练得差不多了，这天，心量和尚把他叫到身边，传授了他几套拳脚套路，并教给他一些行军扎营、排兵布阵的方法，然后告诉他：“你的本领已学到家，现在就可以出师了。”

说完，心量和尚收拾起自己的几件行李，云游天下去了。

望着师父远去的背影，徐邦道心头十分纳闷：拜师学艺三年，难道就学这点东西吗？

他越想越窝火！

走出门来，看见打谷场上躺着个石磙，少说也有三五百斤重。徐邦道抬起腿，对着石磙一脚踢去。哪晓得，石磙却像毽子一样飞了起来！飞过打谷场，飞到了村后的树林中。

徐邦道急忙跑过去，想把石磙搬回来，却被树林里几株碗口粗的杨树挡住去路。他伸出两手，抓住树干一薅，一株株杨树就像拔葱一样被拔了起来。

“我才十四岁，难道我真有这样大的神力吗？！”徐邦道自己也不敢相信。他哪里知道，他的力气和手劲儿，都是他每天抱着肥猪去河边洗澡、长年累月在井边不停地抓水练出来的啊。

您或许要问：“用筷子夹苍蝇、蚊子和飞蛾，又练出了什么功夫呢？”

据说：有一次，徐邦道奉命守一座城。他端一把太师椅坐在城楼上，手里拿一双铁筷子。敌军的乱箭像雨点一样射来。他却不慌不忙，飞来一支，他用铁筷子夹断一支；飞来一支，他用铁筷子夹断一支……直到敌人的箭全部射完，也没有伤到他一丝皮毛。

故事来源：流传于涪陵区江北街道一带，采风于江北街道李寺村。

收集整理：倪德生

徐邦道习武

在北山坪的时候，徐家一直还算殷实富足，但由于连年灾害，家道已经有些衰落。徐邦道九岁的时候，又遇到一场特大干旱。本来按俗话说，“天干三年吃饱饭”，才不是那么回事。

清朝天干的时候，不像现在，有电视、报纸可以了解全国的情况。他们以为外地没天干，徐家院子以及所有同乡一家一家拖家带口到外地逃难。那逃难的才叫多，真正的人山人海，没走多远徐家几兄弟就走散了。徐邦道一家三口走到湖北，逃难的人群中又突然暴发瘟疫，人一堆一堆地死，徐邦道的爹妈也双双死去，这时徐邦道不足十岁。徐邦道一路讨饭，经过湖南、贵州，辗转回到涪陵老家。一看，房子东倒西歪，到处是青苔，到处是蜘蛛网，一个院子只剩大伯屋两三个人，凄惨得任谁看到都要流眼泪。

你别说，大伯这个时候还在为徐邦道做状元梦，他省吃俭用，托人把徐邦道送到附近一个私塾先生那里去认几个字。徐邦道本来还想读书，可是怎么都读不进去。先生说，算了算了，让他去做别样。他大伯又把他送到李林寺，让他帮庙里做些杂事，顺便又让和尚教他习武。徐邦道才练了一个多月，那些动作挎式硬是像那么回事。

不知道什么原因，徐邦道自从开始习武，总是手脚不歇的，他每天晚上都把庙门口的两个石狮子搬到门中间，第二天让和尚来恢复原位。他还经常跑到菩萨塑像后面去撒尿，大殿上去偷吃供果，气得庙里的人吹胡子瞪眼睛。这时候，庙里来了一个云游高僧，在李林寺挂单。高僧不仅用办法制服了徐邦道的捣乱行为，还教会了徐邦道佛家的智慧以及大刀、弹弓、射箭等武功。后来，高僧走了，庙里的长老看不惯徐邦道，徐邦道也离开了李林寺。

徐邦道离开李林寺后，到云南云游过，到河南少林寺帮过工，还到垫江当过抬脚儿。

徐邦道 19 岁那年，涪陵遇到一场特大的冰雹。冰雹有碗口大，打烂房子，打烂庄稼，打死人畜，老百姓的日子过得相当困苦。大家都知道，饥寒起盗心。强盗也钻出来了，土匪也钻出来了，有钱人纷纷请保镖来保护自己的财产。徐邦道有一身好武功，自然而然找得到饭吃。徐邦道还不单单是给人当保镖，他还组织了护卫队，经常去接单子，帮人押送贵重物资，像盐巴、布匹、粮食之类。

有一次，在押送物资经过丽江茶马古道时，徐邦道中了山匪的埋伏。他和弟兄们拼死搏斗，不料被一个漂亮的女土匪用飞弹击中手膀子，众土匪来势汹汹、一拥而上，把徐邦道捉住了。

在押送徐邦道回山的路上，徐邦道从侧面看女土匪的样子，左看右看，觉得眼熟。是谁呢？她就是徐邦道十年前在垫江当抬脚儿时，从老虎嘴巴里救出来的马小妹。马小妹当时在垫江一个茶店子当童工，她背茶叶过山路时，被大猫拖走了，大猫就是我们说的老虎。正好遇到徐邦道帮别人挑行李从对面过来，徐邦道朝大猫大喊一声：“打死你个狗日的！”就毫不犹豫冲上去跟大猫搏斗。大猫甩了马小妹就朝徐邦道扑过来。徐邦道趁势抓住大猫的前脚，用脑袋抵住它的下巴，用膝盖反复顶撞它的小肚子，后来和大猫一起滚到水田里，大猫被徐邦道按倒，活活闷死在稀泥巴里。

马小妹是跟姑姑出来躲债的，姑姑又拿不出什么东西来回报恩人，只好对徐邦道千恩万谢。徐邦道显出一副行侠仗义的样子说：“大丈夫见义勇为，区区小事，谈哪样谢字。”姑姑说：“人生有缘，说不定还有再会的时候。”

没想到一混就是十年，居然以这种方式相遇。徐邦道认准了马小妹后，朝马小妹大声喊道：“马小妹！”马小妹猛然转过身。徐邦道又喊道：“垫江！大猫！你认不出我了？”徐邦道长得威武雄壮，两道剑眉，再加上救命之恩，哪有认不出的道理，只是刚才人多嘈杂，马小妹完全没有留意。

见过之后，那叫说不尽的春风秋雨，数不尽的寒来暑往。最后，马小妹把队伍交代给手下，跟着徐邦道回到了涪陵老家。马小妹以恩报恩，二人结成了夫妻。

故事来源：流传于涪陵区江北街道一带，采风于江北街道李寺村。
收集整理：杨卫平

徐邦道从军

咸丰五年（1855）二月，清廷调四川兵勇赴湖北与太平军作战，在川东招募乡勇。徐邦道作为乡勇参加了这次活动。天刚亮，徐邦道来到军营，把门营丁挡住了他，盘根问底，他只说是应募投军的，便无多话。这引起了士兵的疑心，认为他是敌人的奸细。言语间双方发生了冲突，营丁们把徐邦道一绳子捆了，绑在营门口的马桩上，并派人报告了营官。

营官出来，听了徐邦道申辩，叫几个团勇退下，命令哨长将栓在营前马桩上的徐邦道放了。

徐邦道眼睛里虽然充满怨气，但制住了这心中的怒火，谢过了营官和哨长。营官见徐邦道气度大，心里赞赏这位年轻人。问明徐邦道的家底，得知他是涪州云里徐氏族人，本是武举世家，便免了徐邦道的营考，收为团勇。徐邦道就成了楚军的一名团勇。

徐邦道的什长原是马帮中人，入伍前是个盐贩，精通拳术与器械，长于软兵器类的线锤（即流星锤），在大小河小有名气。他敢打敢拼，在营考中得了第一。什长走江湖贩私盐时，曾与峡江悍匪相搏，打聋了一只耳朵，巫山人称他为盐聋子。什长天性粗鲁好斗，见自己小队来了个会武的青年，就要抢手比个高低。

什长身高一米八，膀大腰圆，浑身都是毛，体重 200 多斤，自幼练的是下川东流行的四川南拳，即僧门拳，双手异常灵活，技击重手，且臂力过人，每与人斗，吼声如雷，从气势上压倒对手。徐邦道瘦长如竹，被什长小瞧了。什长出手就是一个崩拳，直捣徐邦道心窝。徐邦道以一字马迎拳，“艮”的一声将拳头反弹回去，挫伤了什长的手腕。什长不待徐邦道还手，又一记凤眼锤点击徐邦道太阳穴。围观的团勇顿时哑然，生怕出人命。徐邦道扬手拧腕制住什长。“海”的一声发力，将什长举在空中抛下，什长落败。孰料什长空中团身落地，没有挂红倒桩。两下扯平。营内围观团勇齐声为二人喝彩。二人亦互相钦佩，成了知交。

经此一斗，什长这才知道，徐邦道是从名师学过艺的“扁卦行”高手。徐邦道在做护卫前，教他武功的不仅有峨嵋山心量禅师，他还曾得到达州康道人的指点。因其手指如钩，自号神指。康道人教会徐邦道一种功夫，主要有隔山劲、嗨字劲、清字劲和太子功。徐邦道用“艮”字劲对付什长的崩拳，就是从太子功化出来的。

徐邦道虽然是个新兵，却得到哨官、哨长的重视，常被派出去哨探。由于他有江湖阅历，记忆力强，会说两广、贵州的土话，且计谋多，遇事沉着、决断，善于应变突发事件，团勇都愿与他同哨。每次回营，都得到营官褒奖。

当年，徐邦道就当上了什长。

徐邦道在楚军中参加了一系列战事，有勇有谋，多次立功，不久又被提升为哨长。再后来，又立军功被提升为参将。最后，他一路成长，升为二品总兵、一品提督，时人称之为“徐军门”。他在涪陵城建造的府邸，人称“军门府”，直到十几年前涪陵旧城改造才被拆除。

故事来源：流传于涪陵区江北街道一带，曾收录于中国戏剧出版社出版的《涪陵民间文学》一书。

收集整理：吴朝弟

徐邦道血战金州

“倭寇有大炮，我有徐邦道。徐邦道，徐邦道，摧毁倭寇的大炮。官兵黎民齐动手，打得倭寇嗷嗷叫！”这是一首流传于辽东半岛的歌谣，它歌颂了徐邦道指挥军民抗击倭寇的战绩。

1894 年，甲午中日战争爆发，一路日军在花园口登陆后，直扑金州城。金州是旅顺、大连的门户，一旦金州失守，旅顺、大连将无险可守。而当时金州守军力量薄弱，形势十分危急！

刚刚率军进驻大连湾布防的涪陵籍总兵徐邦道，深知金州失守的严重后果，毅然率领本部 2000 余人驰援金州。

徐邦道在金州进行了一系列部署：将金州的青壮年男子编为民团，并派遣自己的亲兵担任民团首领，日夜操练；将金州的铁匠集中起来，日夜打造兵器；率领本部官兵在金州城外抢修工事、炮台；将金州的妇女、儿童组织起来负责站岗、放哨、盘查往来可疑人员，并负责为前线军队和民团送饭、送水。

11 月 4 日，日军先头部队与徐邦道派出巡逻的一支骑兵部队在金州城外相遇，两军顿时展开激烈战斗。徐邦道得知前线交火后，亲自率领 300 名士兵驰援。日军依仗其武器精良，向清军发起猛烈攻击。徐邦道指挥军队依托有利地形做掩护，多次打退敌人的进攻。双方军队激战两个时辰，日军丢下几十具尸体后被迫后撤。

徐邦道退休后在涪陵的故居——军门府

两天后，大批日本援军抵达金州城外。日军架起大炮向清军阵地猛烈轰击。徐邦道一面指挥炮兵利用仅有的数门土炮向日军阵地发炮还击，一面派人火速前往驻守在金州附近的守将赵怀益求援。他哪里知道，贪生怕死的赵怀益听到日军抵达金州后，早已收拾起金银细软，带着他的老婆和孩子逃跑了。双方炮战一小时后，清军的炮弹全部打光。日军见此情形，向清军阵地发起冲锋，大批日军如潮水般地冲来。徐邦道手持令旗，亲自指挥战斗。清军官兵利用手中的大刀、长矛、弓箭、鸟铳等落后武器与装备精良的日军开展了殊死搏斗。大量日军被清军消灭，但是清军自身也伤亡惨重。更不幸的是，一支日军偷偷绕到清军阵地左侧，向清军发起进攻，并打伤徐邦道手下得力干将周鼎臣。为避免腹背受敌，徐邦道只好指挥军队退回金州城内。

见清军向城内撤退，大批日军尾随来到金州城下。日军架起云梯，不顾一切地沿着城墙向上爬。徐邦道指挥清军和民团利用事先准备好的巨石砸向日军的云梯，又用铁叉推倒云梯。城内居民抱来大量柴火，浇上桐油、松脂，点燃后扔到城下焚烧敌人。日军攻城两个时辰，并无一人进入城中，反倒在城下留下一大堆尸体。恼羞成怒的日军指挥官命令炮兵，集中所有炮火猛烈轰击金州城墙。尽管金州城墙坚固，但也无法承受如此猛烈的轰炸，不久，城墙被炸出了一道十多米宽的缺口。日军便拼命向城墙缺口处冲锋！危急时刻，徐邦道令城中妇女、儿童、老人紧急向后方转移，自己率清军和民团冲出城墙缺口与敌人展开肉搏战。

徐邦道从小练就一身好武艺，只见他手提大刀左劈右砍，顷刻间几个日本兵的人头已被他砍落在地。清军士兵见主将如此英勇，个个抖擞精神，奋勇杀敌。金州城外的农民也手拿锄头、铁锹纷纷加入战斗。日军指挥官见形势不妙，急忙命令部队向后撤退。在不远处督战的一队日军用快枪朝清军疯狂射击，掩护前线日军后撤。由于日军火力太猛，加之日军已后退，徐邦道下令官兵退回城内。

徐邦道率军回城，立即抢修被炸坏的城墙。可是，还未等城墙修理完毕，日军又集中火炮对城内清军阵地进行疯狂轰炸。同时，大批日军援军不断开到金州，他们手持快枪如潮水般向城墙缺口涌来。城内军民死伤惨重！

徐邦道见自己手下的士兵和民团数量不断减少，而救兵迟迟不来，他明白要想守住金州城已不可能。考虑到城内老弱、妇女和儿童已安全撤退，他决定放弃守城，带领队伍向旅顺转移。

当晚，徐邦道下令，将营房内灯火全部点燃，同时下令城中所有士兵和民团悄悄地向后方转移。

第二天天亮后，敌人再次向金州城发起进攻。当他们冲进城后才发现，城内军民早已撤离，他们所占领的只不过是一座空城。

徐邦道指挥的金州阻击战，多次打退日军的疯狂进攻，击毙、击伤日军数百人，同时，还击毙了日军副大队官大野尚义，使日军遭遇了自开战以来的首次失利。

故事来源：流传于辽宁省及重庆市，根据相关历史资料改写，曾收录于涪陵区文联编写的《涪陵故事》。

收集整理：倪德茂

马氏夫人解围救夫

二十世纪七十年代，涪陵县世忠公社（今涪陵区江北街道）的社员群众在兴修水利时，挖到了一个古墓。墓主人是个女的，刚刚挖出来的时候，尸体都还没有腐烂，皮肤颜色同活着的时候一样。她身穿一品夫人朝服，头戴凤冠，脚上穿的却是一双由钢铁打成的铁靴。那双铁靴起码有二十斤重，更奇特的是，鞋尖就像两把尖刀，锋利无比。

她是谁？为什么是这样一身打扮呢？

文物部门的专家考证，墓主人就是清末甲午战争名将徐邦道的二夫人——马氏。

说起这个马氏夫人来，那故事可就长了。

早年，徐邦道还没得时的时候，在贵州、云南一带给别人当抬脚下苦力。有一天，路过一道山梁，突然听到前面有人惊呼："大猫咬人了！大猫咬人了！"紧接着，就见一只老虎叼着一个小孩，迎面朝自己跑来。

徐邦道顾不得多想，放下挑子，抽出扁担就同老虎搏斗。老虎重重地挨了几扁担，丢下小孩就跑开了。徐邦道抱起孩子一看，是个眉清目秀的小女孩，浑身上下除了额头上被虎爪抓了一道口子，其他地方都完好无损。

这时候，女孩的父母和邻居也赶来了。他们一边给孩子包扎伤口，一边千恩万谢，感谢徐邦道的救命之恩。他们告诉徐邦道：小女孩姓马，今年才 10 岁，刚刚是在地里割猪草，被大猫叼走了。多亏壮士相救！

孩子的父母非要留徐邦道去家里住几天。可徐邦道却是一副行侠仗义的派头，毅然告辞而去。

又过了好些年，徐邦道改行做了镖师。这天，他押镖行走在云南茶马古道。突然，前面一阵锣鼓响过，便有一队人马从山林里冲出来，拦在路中间要收"买路钱"。为首一名红衣女子，骑一匹白马，持一柄大刀，脚上那双铁靴又尖又长，少说也有二十斤重。

看来，是遇见劫道的响马了！

徐邦道挥刀上前，同红衣女子打得难解难分。突然，他看见女子额头上的一块伤疤，顿时想起什么。他稍微放慢了攻击的节奏，情不自禁叫了一声："马小妹！"

哪晓得红衣女听到这一声喊，也停了手。原来，她就是当年徐邦道从虎口里救下来的小女孩。想不到才几年时间，就长成了水灵灵的大姑娘。

二人重逢，真有说不尽的话！

马小妹告诉徐邦道：自己被救下没半年，父母亲就在一场瘟疫中双双归西。是附近山上一位绿林首领收养了自己。首领把自己当亲生女儿一样对待，将平身武艺都传给了自己，尤其传授自己“铁靴破阵”的绝杀武功。掌握了这个功夫，纵有千军万马围得水泄不通，自己也可以随意杀进去、随意杀出来。后来，首领在一次战斗中牺牲，大家便推选自己做了这支队伍的头领。真是想不到，在这里遇见救命恩人！

马小妹无论如何都要徐邦道去自己的山寨里住几天。徐邦道推脱不掉，只好跟她上了山。

山寨里，杀猪宰羊，盛情款待。在一个明月当空的夜晚，两个酒酣耳热的男女单独在一间屋里，马小妹以身相许，把自己给了徐邦道。由于徐邦道已有妻室，马小妹便和徐邦道约定：甘愿做二夫人。

新婚宴尔的日子过了半年，马小妹把山寨交给了二当家的，自己跟着徐邦道回到涪州老家。

在老家，马小妹对徐邦道讲：一个男人，不能陷于儿女情长而迷失了平生志向。当今乱世纷纷，国家正是用人之际。你有一身本领，就应该去投军报国，凭着一刀一枪的搏杀建功立业，觅得封妻荫子。

在马小妹的劝说下，徐邦道外出投军。不到十年时间，就由士兵升为带兵将领。马小妹则一直留在涪州老家，同徐邦道的大夫人一起操持和管理家务。

有一年，徐邦道率本部人马与乱匪作战，被几十万乱匪围困在孤城之中。内无粮草、外无援兵，情况万分危急！

消息传到涪州，马小妹立即率领家乡子弟兵，火速赶往前线。在前线，看见乱匪像蚂蚁一样，密密麻麻把一座孤城围得密不透风。敌人没日没夜轮番攻城，攻击声、呐喊声、呼救声、惨叫声、刀枪搏击声、檑木炮石的爆炸声……好几里外都能听见。

马小妹手持大刀，披挂上马，脚上穿着那双又尖又长的铁靴。她让子弟兵紧随其后，自己一马当先，向着敌阵冲过去。只见她时而纵马挥刀，时而腾空踢腿，迅疾如下山猛虎，矫健如出水蛟龙！乱匪离得远的被大刀劈倒，离得近的被铁靴刺中，风卷落叶般纷纷坠地。马小妹硬是在层层包围中杀开一条血路，冲到了孤城下面。

徐邦道看见援军到来，立即打开城门率军冲杀出来。两股军队合在一起，战斗力大大增强。乱匪渐渐不支，纷纷溃散逃走。这一仗，徐邦道他们大获全胜！

后来，朝廷论功行赏，徐邦道擢升一品提督，马小妹诰封一品夫人。从此以后，昔日的马小妹，成了货真价实的“马氏夫人”。马氏夫人去世后，人们给她穿上一品朝服，并按照她出征时的模样，穿上了那双又尖又长的铁靴。

故事来源：流传于涪陵区江北街道一带，采风于江北街道李寺村。

收集整理：倪德生

甲午战争中的徐邦道

因为与马小妹传奇相遇，便产生了恩将恩报的爱情。徐邦道本来是有家室的，所以只好把马小妹纳为二夫人。

他们两人重新修复李林寺，又开了一个武馆。徐邦道不断招兵买马，将队伍扩大到三四千人。

徐邦道是在鸦片战争之前出生的，在他60岁的时候，中日甲午战争爆发。徐邦道的队伍被清朝政府收编，李鸿章叫徐邦道当总兵。那时全国人口很少，总兵相当于现在的省军区司令员。我们的故事开始讲的和尚丢下的话——“状元……呜……”，实际就是武状元。现在的人60岁就该退休了，徐邦道60岁还要上前线指挥打仗。日本人占领我们的河山，杀害我们的同胞，还说为了东亚共荣。所以一说打日本，徐邦道咬牙切齿，周身都是气力。

徐邦道在跟日本人打仗的时候，他左边的旅顺、右边的大连，两个防守都是怕死鬼，一开战，看到日本人那个架势，不顾阵地，直接逃跑了，只剩下驻守金州的徐邦道跟日本兵血战。艰难激烈的战斗持续了七天七夜，因为缺乏后援，徐邦道被打得弹尽粮绝，两边死的人一堆一堆的，真正的血流成河，河上可以划船。

后来徐邦道向上司请求增援。因为徐邦道是货真价实的武将，为人耿直，不会耍心眼，被同僚乱告刁状，因此，他不但得不到援兵，反而被李鸿章骂为笨蛋。李鸿章说："人家打不赢都撤退了，你非要硬拼做什么？简直不把士兵的生命当回事！"金州的老百姓都看不惯军队内部那些小人，自发到城墙上援助徐邦道守城。最后还是寡不敌众，金州最终被日寇占领。

因为金州失守这个原因，徐邦道被革去官职，暂时留在军内。你看，不撤退说你是笨蛋，失守又遭革职，都是从一个人的嘴巴头出来。徐邦道想不通，人也迅速衰老，不久他的背上又长了个痈疽，实际上就是打仗受了伤，感染的一种毒疮。徐邦道很快就死了，死的时候不足 60 岁。死后有很多正直的人为他说情，朝廷就给他平反，以他生前的官职抚恤。他的二夫人马小妹亲自从涪陵到辽宁，把他的灵柩接回现在的北山坪安葬。

现在的辽宁金州史书上，除了徐邦道的抗日事迹外，还有一首民歌，是这样说的：倭寇有大炮，咱有徐邦道。官兵百姓齐动手，打得鬼子哇哇叫。

故事来源：流传于辽宁省及重庆市一带，根据相关历史资料改写。
收集整理：杨卫平

义马坟

涪陵的老人们讲：从前，在涪州城南门外的山坡上，就是今天叫"南门山"的地方，有一座用石头垒砌的大坟。坟墓坐南朝北，与北山隔江相对，像一个巨人站在高冈上，恋恋不舍地眺望着江北广阔的土地。坟墓的四周，还有青砂条石砌成的围墙。坟墓前面，有一块高大的石碑，上面刻着三个大字——“义马坟”。

原来，这坟墓里埋的不是人，而是一匹马，一匹被称作“义马”的秦陇名驹。

要知道义马坟的来历，还得从清末涪陵籍名将徐邦道说起。

大清同治元年（1862）二月，头戴清军参将花翎的徐邦道回到涪州老家省亲，并祭祀父母坟墓。徐邦道和自己的亲兵卫队驻扎在江北老家的徐家大院。

乡亲们对这位昔日的破落子弟、而今的三品大员格外刮目相看。徐邦道心头也满是衣锦还乡、光宗耀祖的荣耀。每天，除了走亲访友，他便是骑着那匹心爱的秦陇名驹，在老家旁边的马道子上跑马射箭、操演武艺。远离戎马倥偬的疆场搏杀，回到温暖的故乡怀抱，日子过得惬意极了！

然而，舒心闲适的太平日子还没有过上几天，就到了尽头。

这天早晨，徐邦道刚刚操演结束，骑着秦陇名驹信马由缰往家里走，便有一队人马迎面飞奔而来。到了跟前，他们纷纷拜倒在徐邦道身边，为首一个绅士模样的人向徐邦道双手递上一封书信。

徐邦道看过书信得知，太平天国翼王石达开率几十万大军由湖北来凤进入四川境内。一路势如破竹，已经抵达涪州，屯兵于乌江东岸，即日便要攻城。涪州城危在旦夕！知州姚宝铭一边修书向四川总督骆秉章告急求援，一边派人请徐邦道出山阻击太平军。

家乡有难，岂有不救之理？徐邦道立即集合亲兵卫队，骑着那匹秦陇名驹，匆匆往涪州城赶去。

到城内得知，太平军的军营从乌江口一直向上游延伸，连绵近百里，与城内清军形成隔江对峙的局面。白天，旌旗招展，鼓角相闻；夜晚，灯火辉煌，刁斗声声。太平军浩大的声威，令涪州守军惊慌失措！

面对危局，徐邦道迅速制定守城方案：乌江岸边的居民悉数迁入城内，拆其房屋的砖石、木头修筑水城；军民备足粮草，几道城门悉数关闭，任何人不准随便进出；城墙四周高筑炮台，令兵丁、民团日夜轮番防守；将涪州民团编为10个大队，每队由自己的一名亲兵做统领。为了鼓舞士气，徐邦道每日抽调数十名勇士，由自己亲自率领，渡过乌江、绕到敌后，打探太平军虚实，骚扰敌军营垒。

一日，徐邦道率20余名兵士，去江东凉水铺探哨。在那里，陷入了三四百个太平军的包围之中。他挥舞双刀跃马出战，两军交战于凉水铺大溪东岸。

由于众寡悬殊，徐邦道无心恋战。他命令兵士首先撤退，自己且战且走，从容断后。当他策马来到溪边，恰逢溪水陡涨，一时间不能过去。这时，有几个太平军士兵已经追了上来，他们拼命拽住徐邦道坐骑的马尾巴。那匹久经沙场的秦陇名驹，欲前不能，连连后退。

万分危急之时，徐邦道果断挥刀砍断马尾，策马跃过山溪，脱身而去。秦陇良驹跑过的地方，洒下一路鲜血！

等他们渡过乌江回到城内，刚刚到达涪州衙门前面，那匹忠勇的名驹便因失血过多，轰然倒地。

它睁着一双大眼睛，凝望着自己的主人，泪水在眼眶里不住地打转！它几次想站起来，可没有一点儿力气；它想萧萧嘶鸣，可发不出一点儿声音。它的喘息越来越急促，呼吸越来越微弱，最后完全停止了呼吸。可是，它的双眼却始终不愿意闭上！

太平军撤退后，徐邦道将自己的爱骑埋葬于州城南门外的山坡上，并亲手书写“义马坟”三字墓碑，立于墓前。

故事来源：流传于涪陵及其周边地区，采风于涪陵区义和镇。

收集整理：倪德生

徐邦道硬扛的故事

徐邦道自幼习武，得到的教导总是两个字：硬扛。有一年，邻居小伙伴犯“狗牙疯”，不咬到人就癫狂不止。其父痛斥痛揍仍然不改病灶。徐邦道为了救急，伸出自己的手臂，让小疯伴狠咬。他自己痛得泪水打转，终究没有退缩。小疯伴咬了他三天，居然再也不犯狗牙疯了。大家纷纷夸奖徐邦道，小小年纪，心善而能硬扛，将来必成大器。

接连几年，国祸家患不断，徐邦道父母也在这样的多事之秋相继离世。迫于生存，徐邦道进了离家不远的李林寺，一面帮些杂活，另一面仍然跟着寺僧练功习武。

这一年，来了一个游僧，名为心量，是著名的峨眉派武功大师。心量大师看见徐邦道的当口，徐邦道正在苦练趟刀山。一只竹刀刚好断进徐邦道脚掌。心量大师亲眼看着这个小子痛得满头汗水，但都不哼不哈亲自拔出的全过程。心量大师欣然收下了这个硬扛小子为徒。

据说，心量大师当时就只吩咐徐邦道做好一件事：每天把一只百来斤重的猪娃抱去长江边洗一次澡，中途不要歇息。交代完毕，心量大师一去三年，再次返回时，徐邦道已成彪壮青年，那猪娃早成三百斤以上的大肥猪，徐邦道仍然坚持每天抱着它去长江边洗一次澡。往返十余里，不停不歇，徐邦道居然大气也不喘一下。心量大师当着全寺僧众说：好徒好前途！自此，心量大师悉心教导徐邦道武功战事，师徒俩留下了无数动人的故事。三年之后，徐邦道学成出师，走上了以武报国的道路。

1894 年，中日甲午战争爆发。这时，徐邦道已任总兵之职。在李鸿章的命令下，徐邦道来到抗日主战场旅顺、大连。经过一番详细分析，他决定亲率两千拱卫队驻防咽喉之地金州，在城东一个叫土城子的地方布好伏兵，开启了中日甲午战争中至关重要的土城子保卫战。

果然，日本人的偷袭就从这里开始。虽然做好了准备，但由于武器太差，援兵不到，一开战，双方就处在势均力敌的状态中，狡猾的日本人见这支部队与之前遇上的中国军队不同，并非一触即溃。他们就专打指挥官徐邦道。终于，徐邦道肩负重伤，血流不止。日本兵见状，立即组织进攻，企图一举拿下胜利。但是，让他们想不到的是，徐邦道手挥大刀，第一个跳出战壕，战士们见状，纷纷呐喊冲锋，勇猛得让日本人心惊胆战。就这样，土城子战场一下打破了平衡。在连续三天的战斗中，徐邦道带伤战斗，决不后退半步，日本兵连连败北，死伤惨重，心理上受到极大的打击。从此，他们再也不敢小看清军了。

徐邦道因此声名远播，成了甲午战争中孤军奋战获得大胜的抗日英雄。现在，在当年的战场，人们还为徐邦道塑像立碑，以此纪念这位坚强勇敢的民族英雄。

后来，因为清政府腐败无能，最终签下了丧权辱国的《马关条约》，甲午战争以大清帝国战败而告终。

第二年，徐邦道因伤疮不治去世，走完了英雄的58年人生历程，给后继者留下了不灭的“硬扛”精神。

故事来源：流传于涪陵及其周边地区，采风于涪陵区江北街道。

收集整理：杨爱平

南送溪水北送山

涪州古人不平凡，知恩图报心路宽。

送礼就要送大礼，南送溪水北送山。

话说北宋开宝年间，有一位下江人名叫吴光辅的来涪州任太守。此公其貌不扬，轻车简从，素冠布衣，身材偏瘦，只有那对眼睛炯炯有神。一撮山羊胡须挂在腮边，有点儿仙风道骨。他走在大街上，和一个乡下老者差不多，其实年龄还不到五十呢。

他来的时候正是早春二月，春耕春种的关键时期。这吴太守，到州署报到安顿下来后，就带一二随员下乡去了。他下乡做什么？那时叫采风，就是搜集民意，就地解决问题。来涪州之前，他已在北方和中原任过州县官吏，深知农业生产的重要。催耕催种、兴修水利是他的主要工作。

不看不知道，一看吓一跳！都说涪州主官不好当，单是农村这一块，就让他吃惊不小。涪州地形复杂多样：有沿江河谷，有坪上台地，还有后槽高山。上下高差大，季节悬殊，出产也不一样，收田赋地丁税款差别尤其大，贫富差距更是惊人……吴太守用了差不多三个月时间，才把全州地盘跑遍。东到后坪、桐梓、木棕河；西到羊鹿、丰盛、铁瓦寺；南到车磐、龙洞、黄柏淌；北到界尺、太平、栏马坟……管辖范围相当于今天涪陵区面积的两倍。一圈跑下来，太守身上肉都掉了好多斤。

转眼进入六月，城里酷热难当，通夜难眠。吴光辅执一把蒲扇，几次在宅院外看天。这段时间，雷阵雨偶尔来袭，东边日出西边雨，长江、乌江也次第涨水，河街竹篷店铺多被洪水卷走。城内老百姓却爱到江边看热闹，甚至在岸边戏水打闹，像过节一样，少有愁眉苦脸。吴光辅认定：这个城的人与别的地方不同，辈辈代代与水相伴，对水有特殊情感，旷达乐观，心胸空灵，会过日子。诉讼少，贤人多。但愿天照顾，无灾情。

突然半夜狂风大作、暴雨倾盆，天光云影一亮，电闪雷鸣压顶。吴光辅正挂念乡下几处悬崖边的草房被风吹走，不料却传来城郊西门外那片棚户区被山洪卷走，人员伤亡不计其数……

吴太守带一伙州署僚属兵壮冒雨赶赴现场，只听到呼啸狂吼的山洪，和偶尔传来的哀哀呼救响成一片。火把被摧毁，灯笼被浇灭，大地一片空蒙，世界变得狰狞恐怖！由于这一片是陡坡，山洪更是借势狂奔，真正的飞沙走石，摧枯拉朽！人根本不敢靠近，所有的救援都无从说起……一道电闪照亮夜空，只见吴太守老泪纵横，一言不发。

天亮以后，雨停了，但山洪还在苟延残喘。

吴光辅再次出现在水灾现场，见到处是断壁残垣，破砖烂瓦，在石缝中卡死的小孩和猫狗……场面惨不忍睹。他命令有司、差役、兵壮、属员等分工合作，及时搜寻受难者遗体，让生者有饭吃有衣穿，伤者得到救护医疗，资金由国库银垫支。

然后，他邀请本城三老耆旧一道沿山溪直上，调查山形水势及灾难形成的原因，探讨彻底治水的办法。

他们踏泥泞，过沟渠，攀岩爬坎，直上十里开外的望州关山顶。回望涪州城，只见草色灰线的石板大道左弯右拐，由望州关一路直下懒板凳、堡子城、三清观、南门山；另一石板大道由小关，下红庙、马援坝、易家坝，到仰天窝。这两条山脊中间夹一条水沟，由望州山直下，在南山以西，直贯长江龙王沱。真不敢相信，这么一条温柔窄小的溪沟会有那么狂暴的破坏力！三老说，平时这条山沟都有一溪清水长流，供半城人淘菜洗衣浣纱，也供孩童们戏耍。溪中多螃蟹鱼虾，夏天有蛙声催眠。易家坝以上以下多有稻田桑麻，溪沟两岸，时有渠堰分叉。本是古城一脉清澈甘甜的圣水，但因收水面积大，山势陡峭，三五年间总会发生一次大灾。小溪沟野性十足，入城一段在沟岸三四十丈宽幅疯狂漫灌，总会房毁人亡。山洪来得快，去得也快，一般不会持续太久。

回到城内后，吴太守又详细察看了南门山一带的地形地貌，又多次找三老贤达和市民一起讨论治水方案。于是，一套彻底解决城西棚户区水患的大胆方案终于形成。

那就是：改变这条溪沟的走向。在州城南门外深挖一条沟渠，将开挖的土石方运到南门以西，在川祖庙一线垒高坝，阻挡溪水直接沿关庙巷一带下长江，而是引导溪水往东绕过南门山流进城东北的乌江。

方案一定，得到全城市民的拥护。当然也有少数人反对，说是破坏了千百万年的风水样貌。吴太守不为杂音所动，发动群众当年秋天动工，次年春天完成，州城人民有力出力、有钱出钱，全力以赴，参与新的河道沟渠疏导工程建设，彻底消灭了这条山溪造成的水患。同时，也改变了城市发展的格局，由原先街巷大多是从江边向山上纵向延伸，变成横向交叉发展的格局。

吴光辅在任上竭力惠泽百姓，造福人民，得到涪州人的衷心拥护和爱戴。几年下来，他的身体拖垮了，头发花白，疼病缠身，不得不申请辞官解组。卸任时，市民遮道攀辕，含泪送行，不舍贤太守离去。

吴光辅的离去，把对贤太守的长长思念留给涪州人民。先是有人提出给吴太守立一方德政碑，很快达成共识，德政碑就立在州署东门外。过了一段时间，大家觉得对吴太守还欠点儿什么，于是一致决定：把改造疏浚后的小溪命名为“吴公溪”。溪水长流，让涪州后辈儿孙永远记得吴太守的恩德惠政。

吴光辅离去三十余年后，他的孙子吴信仲又来涪州当太守，再次唤起涪州百姓对老太守的思念。于是，大家集资给吴光辅建了一个纪念堂，位置就在东门外吴公溪边，名叫“吴公堂”。春秋两季祭祀之时，以公祭的形式祭奠吴公。

后来，有一位涪州太守继任者，是皇室成员，有点儿天不怕地不怕的习气。他知道吴光辅的事迹后，也深受感动，贴出布告，发动大家动脑筋、想办法，要给吴太守送大礼，报答他的大恩大德。布告一出，全城轰动。有人决定送只打鱼船；有人决定送半船自贡盐；有人决定送一船楠木树；有人决定送百丈真丝绵；有人决定送三罐老窖酒；有人决定送新窖醋十罐；有人决定送六套灯笼裤；有人决定送三捆毛尖烟……这些礼物，知州皆不满意。

突然有个叫花子排开众人，高叫：“我有大礼不花钱，包他使用万万年。”

知州问：“是啥子宝物哟？”

那乞丐屁颠屁颠地跑到知州面前，悄悄咬了一阵耳朵。

知州听后，哈哈大笑：“高，实在是高！”

那礼物是什么呢？就是将大江以北的雄山——北山坪的铁柜山送给吴光辅，山名就叫“吴君山”。城南有吴公溪，江北有吴君山。一水一山，一阴一阳，这个大礼的确厚重！

有道是：江山不老，绿水长流。其时，吴光辅已去世五十年了。

故事来源：根据《涪州志》（道光版）等相关资料改写，流传于涪陵区一带。

收集整理：李世权

精忠杨载

“一树开五花，五花八叶扶。皎皎峨眉月，光辉满江湖。”

这是一首流传于我国武术界的歌谣，说的是与少林武术、武当武术并称为中国武术“三大名宗”的峨眉武术。其中，“一树”即指峨眉武术；“五花”指峨眉武术的五大支派；“八叶”指峨眉武术的八种武术风格。

在峨眉武术的五大支派中，排名第二的就是流行于川东一带的“点易派”。点易派武术因涪陵北岩的点易洞而得名，其活动区域则以点易洞为中心，遍及整个川东地区。

点易派作为峨眉武术的一个独立门派，既吸收了道家的动功，又有佛家禅修的基础，将各种拳术、器械套路及散打技艺结合在一起，独创了动静结合的练功方法。众多习练者以学习点易武术为手段，修心练性、健体强身，学成后经世致用，报效国家社稷，在中华民族的历史长空中，写下了灿烂不朽的丰功伟绩！

这里要给大家讲的杨载，就是点易派武术的杰出代表。

杨载，宋代涪州人，自幼在涪陵北岩习练武艺，深得点易派武术“内外兼修、刚柔相济”的精髓，武术技艺随年龄增长而迅速提升。

长大后，初为朝廷小吏。靖康二年（1127），金兵南侵，首都汴京沦陷，徽钦二帝被俘，中原百姓家破人亡、苟活于水深火热中。杨载毅然投身于主战派将领张浚门下，跟随张浚南征北战、抗击金兵。

南宋绍兴五年（1135）的一天，杨载向已经升为丞相的张浚请缨：“请丞相给我两百名勇士，我一定能够杀入敌营，手刃汉奸卖国贼刘豫。”

张浚被杨载精忠报国的决心感动，又知道他是个足智多谋、武艺高强的人。于是，命他带领一批有勇有谋的忠勇之士，诈降于金国，趁机收集敌方情报。

杨载带领 10 名勇士诈降到金国，收集了大量金兵和伪齐政权的情报，为张浚在采石（今安徽马鞍山市）一带击败刘豫军队，建立了功勋。同时，杨载还实施反间计，让金国对刘豫大为不满，并最终将其废除。

刘豫和伪齐政权被废除后，杨载本来还想留在金国继续潜伏。但此时，他带来的 10 名勇士已牺牲了 8 人。他深感力量不足，于是返回南宋。

张浚因杨载不惧生死、深入敌营收集情报的功劳，任命他为丞相府参军。张浚又把杨载的事迹上报朝廷，朝廷任命杨载为达州永睦县知县。杨载在任上秉公执法、惩办奸恶、奖励生产、体恤百姓，一向有清廉之政声。

故事来源：根据《涪州志》（道光版）等相关资料改写，流传于涪陵区一带。

收集整理：倪德生

张师范重建三畏斋

清晨，阳光灿烂、花香四溢，正是一年春光明媚的好时节。刚刚上任涪州知州的张师范，便想乘兴登临北山，借此眺望涪州，纵览其深厚的历史文化积淀。

于是，他打点好登山行囊，兴致勃勃只身前往。

一路上景色宜人，越往上爬，涪州城便渐收眼底，他不由得时时驻足观望。

走着走着，他来到了半山腰闻名已久的点易洞。至洞中，其所见所感，令他诗兴大发，不禁赋诗一首：

烟波洞外一江横，岸帻研经独坐情。

数百年前文运厄，九三爻里系辞精。

时穷党祸符屯遯，道合天人有弟兄。

涪水悠悠通洛水，古贤芳躅暮云平。

一时，洞内洞外回荡着他的声音。

张师范出了点易洞，不知不觉走到洗墨池以西的岩下台坪。只见台坪上有一座小小楼阁，楼阁的四周有些荒凉，杂草丛生，人迹罕至。

北岩三畏斋

他小心翼翼走了进去，发现里面的东西杂乱且陈旧破败，楼阁的墙壁皆是由凹凸不平的石头堆砌，满是岁月的沧桑。他满心疑惑，这是什么样的一座建筑呢，怎么会被这样冷落？

正在苦苦思索，突然外面雷声大作，"哗啦啦"下起了大雨。"刚才还是阳光明媚，怎么一会儿就变了天？再说，阳春三月怎会下暴雨呢？真是一大怪事呢！看来，是这个地方在有心留我。"他自言自语。

走了大半天，人也累了。趁着这一阵大雨，正好在这里歇歇脚。他耐心寻找着蒲团、垫子之类可以坐的东西，可是让他很失望。在靠近石壁的地方，有一堆杂乱的干草。干草也可以当垫子坐坐啊！他满心欢喜地走了过去。

刚刚把那堆草铺平，石壁上，几个斑驳的字迹便显现出来。他赶忙把遮住石壁的干草刨开，仔细读那些文字。原来是一首七言绝句：

少蒙师教指迷津，
老读羲经味入神。
无限青山随意好，
强来骑马踏红尘。

他认真品味着，只觉得耐人寻味、意味深长。

这是谁写的呢？他坐在干草堆上，凝望四周，陷入了久久沉思。

恍惚中，他看见昏暗的楼阁里出现一豆微弱的烛光，在烛光的放大下，一个羸瘦的老者背影填满了整个墙壁。老者匍匐在案，奋笔疾书。张师范不忍打搅，便在一旁默默注视着他。老者写完，撂下笔，起身寻找着什么。一会儿，便见他拿起一颗小石子，在墙壁上刻画起来。张知州兴奋不已，急忙上前询问。可他正要开口，一切便消失了！睁开眼，四周哪有什么老人。原来是自己做了一个梦。

可是，这个梦却一直萦绕在他心头。他不解，这个梦究竟要告诉他什么。

接下来几天，他在方志中搜寻有关北岩的记载。他终于得知：那个荒凉破败的楼阁，名为"三畏斋"，是程颐的弟子尹焞于南宋绍兴四年（1134）避难来涪的读书之处。

原来，那个在梦中出现的老人，就是尹焞、尹和靖、尹夫子！

张师范决定：重修三畏斋。

他首先捐献出自己半年俸银，并动员涪州官商士民捐款。不久，重建的经费就有了着落。他又亲自参与设计、施工、请工匠、督促工程进度……终于，在嘉庆二十一年（1816），三畏斋得以重新修缮恢复。

斋内，供奉了尹焞的木质神像，并在石壁上刻写“尹子读书处”几个大字。斋的北侧，修建了曲廊小轩，将岩上清泉引入石头垒砌的池子里，还在石溪上修建了小桥，往来路径两旁种满绿竹，可谓小桥流水、曲径通幽。重修后的三畏斋，成了文人读书、休憩的绝佳去处。

三畏斋的重建，让尹焞潜心为学的精神在涪州大地传颂，让书香滋润着涪州。从此以后，涪陵人越来越崇尚知识和学问，学习风气日渐浓厚，教育成果日渐丰硕。

故事来源：根据《民国重修涪州志》等相关资料改写，流传于涪陵区一带。

收集整理：陈铭曦

张师范涪州留迹

清朝乾隆年间，江苏常州有个叫张师范的人，因为他生在风景美丽的湖滨，于是就自号为“阳湖”。张师范自小喜欢山水风景，在他二十岁之前，就把江南的名山大川都游遍了。父亲说他只晓得游山玩水，将来成不了器。张师范有些不解地问父亲：怎样才算成器？您心中的“成器”指的是哪种情况？父亲严肃地说：要么你成为一个文人，琴棋书画样样精通，要么你考个科举做个官。张师范说：琴棋书画这个容易明白，考科举做多大的官才行呢？他父亲说：大官你做不了，七品芝麻官你总要做的嘛！

张师范左思右想：我两个都要，既是文人又是官。于是，他开始发愤读书。

古人说：“十年寒窗无人问，一举成名天下知。”可张师范发愤读书，考了几次，却连个举人也没考上，他灰心了。父亲那斜眼看他的情景，时时出现在他眼前，也时时走进他的梦里。可是命运就是这样：不努力，肯定不能成功；努力了，也不一定就能成功。

张师范二十五岁的时候，经人推荐，到军队当了一个小差吏。因为他为人谦虚，工作勤恳，在自己的岗位上多次立功，受到上司赏识，然后一步一个脚印地继续努力，逐步上升，五年之后，朝廷提升他为江西抚州东乡县的知县。《论语》说“三十而立”，看来张师范做到了，并不是像父亲预料的成不了器。有时候也许可以这样理解：“遣将不如激将。”父亲一番苦心，也许是故意这样来激励他。

从古到今，做官都不可能一辈子不换地方。张师范先后在四川的什邡、新繁当知县。不论在哪里，他都能体察民情，施行惠政，老百姓对他评价很高。朝廷根据民意，在年终考核时给他定义为：贤明练达。

嘉庆十六年，也就是 1811 年，张师范被任命为涪州知州。看来，他已经超出了父亲的“芝麻官”标准。

因为那个时候新闻传播落后，张师范当了涪州知州一年，老百姓并不认识他。其实他多次微服私访，到乡下和街巷体察民情，听取老百姓的意见和建议。他心里始终想的是“为官一任，造福一方”。所以，他每次都会把所察所得归纳梳理，和同僚们共商共计，不断更新利民新招。当时，涪州流传着几句民谣：“知州张师范，美名黔水传。心忧百姓苦，为政最清廉。”

嘉庆十八年正月初四，张师范独自一人到白鹤梁游玩，发现石梁上不仅刻着石鱼，还刻着很多诗词。他被前人祈求风调雨顺的仁爱之心折服，一股为民祈祷幸福的激情不禁涌上心头！他伸出食指，在空中描摹石刻的笔画。

江风习习，天色渐暗，他感到眼前的碑刻有些模糊，他以为是长时间注视引起视线不清，于是本能地揉揉眼睛，可还是看不清。环顾四周，才发现太阳早已西下，石梁上只剩他一个人。

还好，因为冬天长江水枯，石梁离岸很近，他喊了一个在附近捕鱼的渔船，把他接回岸上。

没过多久，他便在石梁上刻了一尾石鱼。这条石鱼是白鹤梁上最大的高浮雕石鱼，他还题写了一首很长的诗。

这条石鱼长二米八、宽一米多，厚将近一米，鱼头朝向岸边，像要跃上江岸的样子，实际是对青鱼产卵的描绘，表达了张师范为涪州老百姓祈求丰收的心愿。他希望石鱼能为久旱的涪州求得对农作物有利的雨水，希望白鹤梁石鱼带来永远的丰年。

张师范当涪州知州的时候，还主持修葺北岩点易洞、三畏斋等古迹。他虽然未中科举，但饱读经史子集，琴棋书画，无所不通，在涪陵北岩留下了很多题铭。

嘉庆二十年元旦，张师范再游白鹤梁，为石鱼题写五言绝句："石鲸自有形，跃入蛟龙宅。霖雨及时行，永显濠梁迹。"

张师范在北岩题写的诗，有两首最出名。一首是《点易洞》："烟波洞外一江横，岸帻研经独坐情。数百年前文运厄，九三爻里系辞精。时穷党祸符屯遯，道合天人有弟兄。涪水悠悠通洛水，古贤芳躅暮云平。"

另一首是《致远亭》："一亭致远得嘉名，刺史风流具胜情。谷口鸟声啼处滑，树间帆影过来轻。坡公放鹤空尘鞅，太守环滁寓酒觥。日暮北岩山下望，无边林壑落霞明。"

故事来源：根据《民国重修涪州志》等相关资料改写，流传于涪陵区一带。

收集整理：杨卫平

王仙殉国

在涪陵北岩的众多古建筑中，有一个昭忠祠，是清代嘉庆年间涪州知州张师范奉旨修建。所谓昭忠祠，是为了纪念在保家卫国战争中阵亡的将士而修建的祠堂。

涪州昭忠祠内，供奉的是涪州历代在抵御外侮、抗击内乱中壮烈牺牲的460多个英烈的牌位。其中，第一个便是“前宋殉难州牧王仙”。

这里，我们就来讲一讲王仙的故事——

宋代涪州三台寨东寨门

南宋后期，崛起于北方斡难河畔的游牧民族——蒙古人，时常南下侵占大宋疆土。涪州作为重庆门户和长江上游的交通枢纽，自然成为蒙古铁骑践踏的重灾区。自宋理宗淳祐五年（1245）蒙古大将汪德臣率兵骚扰涪州之后，20多年间，蒙古人累次深入涪州地界侵略和掠夺。

当时的涪州城，本来在长江与乌江的交汇处。但到了宋度宗咸淳二年（1266），在蒙古铁骑的攻击下，实在是难以坚守。于是，只好将州城和州衙门统统搬到了长江上游 40 里的三台寨——今天的马鞍街道东堡寨。从此，涪州三台寨与合川钓鱼城、南川马脑城、广安大良平、大足荣城寨等宋军固守的要塞一起，共同构成坚固的抗蒙斗争防线，抵御着蒙古铁骑横冲直撞的侵凌。

三台寨上的抗蒙斗争一直坚持了14年时间，尤其在钓鱼城陷落后，三台寨成了川东地区抗元斗争的根据地，取得辉煌战绩，也付出了巨大牺牲。在保卫三台寨的众多英雄故事中，王仙英勇殉国的故事最为悲壮。

公元1279年的那个春天，对于风雨飘摇的南宋朝廷来说，实在是一个多灾多难的季节：坚持抗蒙斗争30多年、让蒙古大汗蒙哥殉命于此的合州钓鱼城不幸陷落，重庆府也因叛徒投降而被元军攻破。四川制置副使兼重庆知府张珏、蜀郡都统王仙等忠勇之士，与元军展开了血腥的巷战，终因敌我力量悬殊而惨遭失败。

张珏和王仙各自带领一支军队，顺长江东下，投奔涪州而来。当他们刚刚离开重庆，又遭遇元军拦截，张珏不幸被俘，只有王仙孤身杀出重围，到达涪州三台寨。

此时的王仙，已是遍体鳞伤，浑身上下层层铠甲早已被鲜血浸透。然而，更让他揪心的还是三台寨面临的困境：元军把三台寨当作势在必得的据点，投入大量兵力攻打。就在王仙到达前，这里刚经历了一场惨烈搏杀，战场上硝烟尚未散尽，山坡上、寨墙上到处是敌我双方的尸体。眼下的三台寨，兵力锐减、粮草耗尽，随时都有陷落的危险。

王仙顾不得休息片刻，一到三台寨就立马开展守城布防：加固被毁坏的寨堡、寨墙；充实武器弹药和粮草；分派兵力轮流守城巡逻……当他刚刚布置完这一切，漫山遍野的蒙古军队又开始进攻了。

站在三台寨的最高顶上向四周张望，密密麻麻的蒙古兵比蚂蚁还多，三台寨已经被围得密不透风。大江边、山坡上，到处是随风招展的旌旗，到处是明晃晃的刀、枪、剑、戟。战鼓声、喊杀声、战马嘶鸣声、刀剑撞击声……震得整个山谷都要塌下去！

王仙沉着应战，他告诫守城将士：“不要惊慌！等敌人靠近之后再狠狠地打。”

当蒙古兵冲到距寨墙只有 10 步左右的时候，王仙一声令下。于是，一阵阵檑木炮石、飞蝗羽箭纷纷飞向敌阵！将士们还发明了一种叫“石雷”的守城武器：把一块滚圆的石头掏空，填上炸药、装上引信，点燃之后专拣敌兵密集的地方扔，“轰隆”一声爆炸后，敌兵倒下就是一大片。

三台寨三面环山、一面临水，周围全是陡峭的悬崖，元军每前进一步都要付出惨重代价。为了爬上寨墙，他们搭起了云梯。可那些云梯还没有推到寨墙下，就被宋军的石雷炸得粉身碎骨。即使有一两架云梯好不容易推到寨墙边，即使有那么几个不怕死的蒙古兵好不容易沿着云梯登上寨墙，可他们刚一伸头，就被宋军的大刀削去脑袋。那无头的尸体又沿着云梯“咕噜噜”滚了回去。

横扫中原的蒙古铁骑，一路上不知经历了多少险山恶水，不承想却在这小小的三台寨翻了船。望着那近在咫尺的寨堡，却不能越雷池一步，蒙古人发出狼一样的嚎叫！他们一改过去速战速决的战略，对三台寨采取“铁壁合围，流水攻击”的战略措施，将三台寨围得像一个滴水不漏的铁桶，一批批军队对三台寨轮番进攻。

这一招真可谓狠毒啊！他们知道，在内无粮草、外无援军的形势下，三台寨坚持不了多久。

惨烈的战斗每天都在进行，城内的形势一天比一天严峻：粮食早已吃光，甚至那些棉花、稻壳、秸秆之类凡是能填饱肚子的都吃得差不多了；武器弹药早已耗尽，就连房屋墙壁上的篾片也被拆下来削成了箭杆；兵士伤亡惨重，只要拿得动刀枪的都上了城墙……

此情此景，王仙心如刀绞！

他清楚：在敌人铁桶般的层层包围中，别说没有办法冲出去，就是冲了出去，又到哪里呢？首都临安早在三年前就已经沦陷，重庆府也已经落到了蒙古人手中，附近的钓鱼城、马脑城、荣城寨等据点也一个个被拔除，三台寨早已是一座势孤援绝的孤城。

他深知：在蒙古铁骑的轮番进攻下，三台寨终究是守不住的。摆在他面前的只有两条路可走：或拱手投降；或抵抗到底。前一条路对于自己个人，不消说是一条充满荣华富贵的锦绣前程。就是创筑这三台寨的涪州观察阳立，不也在两三年前投降了吗？投降之后的阳立，还被元世祖忽必烈加封为夔路安抚使，“佩授虎符、赐钞百锭”。然而，一个没有气节和尊严、向强盗俯首称臣的人，活着又有什么意义呢？更何况，为了坚守三台寨，不知有多少忠义之士抛头颅、洒热血。如果三台寨在我王仙手里拱手交给敌人，我对得起他们吗？对得起满城百姓吗？

想到这里，王仙抱定了与三台寨共存亡的决心！

公元1280年春，在南宋灭亡一年时间之后，巴蜀大地上最后一个抗元据点——涪州三台寨，终于被蒙古军队攻破。直面无法挽回的败局，王仙异常冷静。

面对蜂拥而来的敌兵，他毅然挥剑割向自己的喉咙。手起剑落，一股鲜血喷涌而出！鲜血染红了身旁的寨墙，染红了脚下的土地。然而，尽管王仙的颈项已被割断，头颅与身躯只有一层薄薄的皮肤粘连，可他的躯体就是不肯倒下，依然双目圆睁，怒视着侵略者！

四周的元军惊呆了，他们纷纷停下脚步，目瞪口呆地看着眼前的一切。

此时，更加让人意想不到的事情发生了：站立在那里，鲜血已经流干的王仙突然举起两手，将自己的头颅从颈脖上摘下来。此时，他沉重的身躯才轰然倒下！

对此，《宋史・忠义传》载："王仙，蜀都统也。守涪州，北兵攻围无虚日，势孤援绝。宋亡之二年，城始破，仙自刎，断其亢不殊，以两手自摘其首坠死。"

故事来源：根据《宋史・忠义传》等相关资料改写，流传于涪陵区一带，曾收录于涪陵区文联编辑出版的《涪陵故事》。

收集整理：倪德生

明玉珍立皇城

我们涪陵人有句口头禅："好个涪州城，生坏北山坪。"好像是北山坪挡住了涪陵的风水龙脉，限制了涪陵城的发展规模。其实不然，北山坪上地势开阔、眼界高远、历史积淀丰厚，是一块不可多得的风水宝地。六七百年前，大夏皇帝明玉珍就想在这里建立皇城呢！

明玉珍是元朝末年的农民起义领袖。在元末群雄逐鹿的乱世中，明玉珍看准时机，亲率大军从巫峡出发，沿长江一路西进，先后攻克了夔州、万州、涪州等大小城市，进而占领四川全境。最后在重庆称帝，建立"大夏"政权。

据说，明玉珍攻占涪州之后，本来想在涪州称帝，把皇城建立在北山坪上。可为什么又没有成功呢？这就坏在他的厨子说出的一句"破口话"。

明玉珍占了涪州，大军驻扎在北山坪上。他站在北山顶上前后左右一看：近处是一展平的平阳大坝；远处被一层接一层的青山紧紧包围；脚下的长江就像一条长长的玉带，环绕着北山静静流过……这分明就是一块山环水绕、龙脉汇聚的风水宝地啊！看到这些，明玉珍就不想走了。他打算就在涪陵称帝，把皇城立在北山坪上头。

可建都称帝毕竟不像进一趟城、买几根葱和蒜苗那么简单，须得再三斟酌考虑才行。而他又不想把自己心头的秘密对其他人讲，只是自己一天到晚独自在思考：北山坪上建皇城，立得，还是立不得？

他甚至为了这个吃不下饭，睡不着觉。这天，天还没亮他就爬起来，一个人在屋子里头走过来、走过去，嘴上不停地在叨念着："立得呢？还是立不得？——立得呢？还是立不得？……"

这时候，恰好他的厨子在隔壁伙房煮早饭，刚刚掺好了水，把米倒进锅里头。听见明玉珍在叨念"立得，还是立不得"，他以为是在问锅里的米"沥得，还是沥不得"呢，便顺口答道："米才刚刚下锅，还早呢。沥不得！"

听了厨子的回答，明玉珍心头顿时凉了半截！

刚刚有在这里立皇城的想法，就听到这样一句不吉利的"破口话"。看来是天意如此：不能在涪州称帝，也不能在北山坪上立皇城。

于是，明玉珍带着队伍继续西进，最后在重庆称帝建都。

故事来源：流传于涪陵区江北街道一带，采风于涪陵区江北街道永柱社区。

收集整理：倪德生

毛震寿题联明志

涪州的冬天，好像比别的地方来得要晚。时令都过了冬至，北山上依然还是满目葱茏，看不见几片飘零的黄叶。

在北山脚下的周易园内，一位四十来岁的中年人在园中久久徜徉徘徊、流连忘返。他时而在程颐点注《易经》的洞穴前顶礼膜拜；时而站在涪翁洗墨池旁边顾影自怜；时而在读画廊前，对着历代文人墨客留下的题刻浅吟低唱；时而在碧云亭边，望着浩浩荡荡的长江自语喃喃……他是谁？为什么独自在园中久久不愿离去呢？

北岩石壁上毛震寿所题对联

他就是涪州新上任的知县毛震寿。这几天，他正被一件烦心事缠绕着呢。

毛震寿，江西丰城人。由监生报捐入仕，先后在四川彭水、新津、丹棱等地任知县。由于政绩突出，政声良好，前不久又被选派到涪州任知县。

来到涪州，他才发现：地处交通要冲的涪州，不仅行政事务繁忙，而且民风勇武剽悍、违法犯罪事件众多。更有甚者，这些年拖欠国家的赋税钱粮也不在少数。

就在几天前，他专门去看了看设在荔枝园的国家粮库，发现库中存粮比账目上的数字严重不足，甚至在好几个粮仓里，还发现以糠壳充稻谷的情况。

毛震寿发现这些后，没有声张。但是，当他离开粮库的时候，上自管粮的仓官，下至看守仓库的役夫，一个个都用莫名其妙的眼神望着他，好像望着一个不合时宜的怪物。

回到署衙，便有县丞、主簿、师爷等一班属吏来拜访，一阵寒暄之后，就把谈话引入正题，说到了粮库的存粮问题。虽然没有明说，但话语中的意思就是让自己多一事不如少一事，不该管的事情就不要管。

又过了两三天，又收到涪州前任知县的来信。信中，这个前任除了对自己一番恭维，便是与自己套近乎，希望自己高抬贵手。随同这封信送来的，还有一张1万两银子的银票。那意思就再明白不过了。

问题已经十分清楚：这是一起沆瀣一气、上下勾结，共同贪污国库粮食的窝案。

可是，自己到底是管，还是不管呢？

管有管的理由：老百姓一颗粮食一颗汗，一年到头辛辛苦苦种出来的粮食，本应该用于充当军粮、赈济灾荒，岂能让一帮硕鼠中饱私囊！

不管也有不管的道理：官场中的关系盘根错节，这样的案子，说不定还牵涉到更高层次的官员。自己初来乍到，对一切都摸门不熟，如果硬要和这帮人碰，结果必定是凶多吉少。睁一只眼闭一只眼，自己也说得脱，走得开。

这几天，毛震寿一直被“管”还是“不管”的问题困扰着，始终拿不定主意。今天一大早，他才独自一人从城内渡江，来到北山脚下的周易园散心。

以前，只听说程夫子点《易经》的北岩是一片文化积淀深厚的土地。如今踏进来，才感受到它厚重的文化底蕴。那一尊尊哲人的塑像、一处处先贤的遗迹、一幅幅智者的留言……时时撞击着毛震寿的心扉，并在他心灵深处引起共鸣。站在碧云亭前放眼眺望，浩浩荡荡的大江自西向东奔腾而来，一江碧水波光粼粼、清澈透底。顿时，毛震寿感觉五脏六腑都像这江水一样明净澄澈！

“为官一任，就是要为老百姓谋福利；就是要敢于同奸官污吏做斗争；就是要留下清正廉洁的好名声！”他一边喃喃自语，一边在心头暗下决心：回去就写参奏，一定要把那一帮硕鼠绳之以法！

困扰多日的问题终于得到解决，毛震寿心头感觉到从未有过的轻松。他解下佩在腰间的短剑，在北岩石壁上镌刻下一副对联：

官守当为斯民造福，

臣心誓与此水同清。

写完、刻完，他便走出周易园，走下江边石梯，乘舟渡江而去。

此时，正当中午时分，天空中露出冬日里少见的太阳。阳光洒在江面上，一江碧水格外明亮、清澈！

据史料记载：毛震寿在涪州任上，“清廉有声，奸宄敛迹”。三年任满，离开涪州后，他又先后任绵州知州、酉阳直隶州知州、嘉定知府、四川成绵龙茂兵备道、川东兵备道、四川按察使、陕西布政使等职。他始终不贪不占，一直都有清廉之誉。

故事来源：根据《民国重修涪州志》等相关资料改写，流传于涪陵区一带。

收集整理：倪德生

杏坛传薪火

大清同治年间，在涪陵北山的半山腰住着一户姓王的人家。王家有一个儿子名叫王永锡，小永锡快十岁了，从小聪明伶俐。可是，由于家境贫寒，父母无力送他上学读书。一天天、一年年，他干的活儿就是牵着牛儿去北山上放牧。

在北山顶上，住着一位名叫杨华封的老秀才。杨老秀才在自己家里办了一间私塾，教他的侄儿杨宣和附近的十多个孩子念书。

每天早上天还没有亮，王永锡就牵着牛儿到北山上去吃露水草。等到牛儿吃饱以后，他将牛儿拴在一株大树上，自己便跑到杨华封的私塾，站在窗外偷偷听杨华封给孩子们上课。对于先生的讲解，王永锡全都默默记在心里，渐渐地，他的学问得到很大提高。

有一天，王永锡像往常一样，来到杨华封的私塾窗外听课。恰逢私塾内一个调皮学生惹得杨华封发怒。杨华封让那个学生站起来，并让他解释“益者三友，损者三友。友直，友谅，友多闻，益矣；友便辟，友善柔，友便佞，损矣”这句话是什么意思。那个学生抓耳挠腮，就是答不出来。

王永锡站在窗外，见那学生回答不出来，心头很是着急！他不由自主说了一句：“这句话不难解释呀！”

杨华封听到有人在窗外说话，便走出教室。只见一位衣衫褴褛的少年站在窗外。便问道：“这句话真不难吗？那你给我解释一下，这句话是啥子意思。”

“这句话出自《论语·季氏篇》，意思是：有益的朋友有三种，有害的朋友也有三种。同正直、信实、见闻广博的人交友，便有益；同谄媚奉承的人、当面恭维背后毁谤的人、夸夸其谈的人交朋友，便有害。”王永锡回答说。

“是谁教你的啊？”

“是先生您教的呀。我每天在私塾的窗外听您讲课，就学到了这些。”

当得知王永锡长期在自己的私塾窗外旁听，杨华封大为感动！他当即决定，让王永锡每天到私塾来读书，不仅免收学杂费和生活费，还让他搬到私塾和自己的侄子杨宣同住。

杨华封的侄子杨宣与王永锡年龄相当，也是一位聪明好学的孩子。白天，王永锡、杨宣在杨华封的私塾上学。晚上，二人一起写文章、切磋学问。

在杨华封的精心培育下，王永锡和杨宣的学业进步很快。在王永锡十七岁的时候，杨华封认为王永锡和杨宣的学问已经达到一定水准，便准备了一贯铜钱，让他们二人进城参加童生试。结果，二人均考中秀才。

得知自己的两个得意门生都中了秀才，杨华封十分高兴！他特地买了半斤白酒和两斤猪肉，为新秀才接风。

又过了十多年，杨华封更老了，已无精力经营私塾。他便将私塾交给王永锡经营。

王永锡接手经营私塾后规定：凡北山周边无力交纳学费的贫困子弟，均可到他的私塾免费读书。

王永锡终生以教授私塾为业。先后在他的私塾学习过的学子达数百人之多，有的还考取了秀才、举人等功名。

杨华封、王永锡薪火传承，无私培养涪陵学子的故事，在涪陵民间被传为美谈。

故事来源：根据《民国重修涪州志》等相关资料改写，流传于涪陵区一带。

收集整理：倪德茂

贺太璞侍母至孝

贺太璞，字琢山，清代涪州人，同治三年（1864）举人，生性豁达，与人为善，诚信友爱。他对父母极其孝顺，在父母面前总是和颜悦色，从不惹父母生气。

光绪六年（1880）春，他与施纪云一起到京师应试，与施纪云同住一个房间。有一天晚上，他突然感觉心神不宁，翻来覆去都睡不着。他不肯打扰施纪云，一个人独自在外面整整坐了一个通宵。次日早晨，他告诉施纪云："昨夜彻夜不安，感觉心痛，是不是我母亲生病了？"天亮后，他立即启程赶回家乡看望母亲。母亲果然生病，于是他急忙为母亲诊病，亲自熬药喂服，不让家人侍奉。在贺太璞的精心照料下，母亲很快痊愈。

贺太璞晚年擅长医术，其母年老身体不好，他每天早上都要给母亲把脉诊断。稍有不调，则惶惶如有所失，待脉息正常，才会释怀。他还常常为乡亲诊脉疗病，深受乡人赞誉。父母死后，他都坚持守墓三年时间。他雅量高致，宽仁大度，对冒犯他的人都能容纳。

贺太璞勤奋好学，一生致力于程朱之学，毫不懈怠。曾任涪州钩深书院山长，主讲钩深书院十八年，诲人不倦，涪州子弟多受裨益。光绪年间，他在碧云亭撰对联一副：

看碧云亭新霁初开，一笑昂头，出寺钟声破空去；

问黄山谷旧游何处，几回搔首，隔江岚翠扑人来。

此联被列为全国名胜名联三百副之一。

贺太璞严课子孙，其子孙多有才德。他擅长医术，常常为乡人诊脉疗病，为乡人崇敬，被公推为乡贤。

故事来源：根据《民国重修涪州志》等相关资料改写，流传于涪陵区一带。

收集整理：汪树权

张继曾涪州兴学

清朝光绪十二年（1886）三月初，新任涪州知州张继曾带着一名随身书童，雇用了一名挑夫挑着几件行李和书箱，由贵州老家到涪州上任。

一路风餐露宿，即将抵达涪州地界。张继曾对两位随行说："我们先不要惊动城内官员，先去摸一摸民情。"

他们由秋月门入城，只见街道两旁店铺林立，小贩的吆喝声不绝于耳。不时也有一两个乞丐伸手向他们乞讨。

不知不觉，三人来到城内最豪华的酒家醉仙楼前面。楼内人声喧哗，觥筹交错，好不热闹！酒楼大门口，站着一位后生和一个中年男子。每当客人到来，他们便上前迎接。

张继曾他们想进酒楼一看究竟，那后生见三人一副乡下人打扮，便挡在门口不让进去。

酒楼老板见此情形，急忙出来劝解："三位客官，今天酒楼已经被邱学正包场了，请改天再来。"

张继曾向书童使了个眼色道："既然这酒楼已经被包了，我们还是去别处吧。"

三人刚转过醉仙楼，一位刚才看热闹的小贩对张继曾说道："看你们是外地来的吧？你们有所不知，刚才酒楼门口迎客的是邱学正和他的小舅子刘公子。刘公子今年被钩深书院录取了，即将去钩深书院读书。今天，邱学正为刘公子办入学宴呢。涪州城内大小官员、豪商富贾哪个不来捧场？"

张继曾道："我从外省来贵地做点小生意。早就听说钩深书院大名，今日有幸到贵地，定要去参观一下。"

小贩道："客官只要从秋月门出城，到河边码头坐渡船过河，沿北山爬一段山路便到了。"

张继曾他们坐船来到北山脚下，只见山上青松翠绿，小溪潺潺。沿着上山的小路，三人来到一处书院门前。

只见门额上大书"钩深堂"三字，此乃宋代大书法家黄庭坚的手笔。书院内，房舍俨然，树木苍翠，百花绽放，确实是一处读书的好地方。在书院以西不远处，便是点易洞。北宋著名理学家程颐谪居涪州期间，在洞内注疏《周易》，完成理学名著《周易程氏传》。

张继曾一行在书院游览一番后，沿小路来到一座寺庙。只见一位书生衣衫单薄，在庙内读书。此时严冬虽过，但春寒料峭，天气仍然较冷，书生边读书边瑟瑟发抖。

张继曾问书生："如此天气，为何穿得这样单薄？"

书生道："学生是钩深书院学子。书院学费昂贵，学生家贫，交了学费后已无力购置棉衣，每日三餐也全靠寺庙方丈接济。"

"书院每年收费多少？"

"学子交学费的多少，完全由省里学正、县里训导说了算。邱学正的舅子、李训导的堂弟，一个铜钱也没交，但像学生这样无后台的，每年须交纳学费十贯钱。"

张继曾又问："县里每年给学子有啥补助吗？"

书生回答："除每年一百钱的灯油钱，没有其他补助。"

当晚，三人借宿于寺院内。张继曾向书生和寺院和尚详细询问了涪州的其他情况。

第二天一早，张继曾告别寺院僧人，带着书童和挑夫，在书生的带路下离开寺院，直奔州署报到就任。

涪州的大小官员、乡绅、富商，闻知新知州到任，纷纷携带厚礼到州署祝贺。张继曾让书童将礼单收下，并一一详细登记。

中午时分，早已在醉仙楼订好酒席。张继曾也不推辞，带着书生和一帮官员、绅商，浩浩荡荡来到醉仙楼。

当醉仙楼的老板发现新任知州竟然是昨天被自己挡在酒店大门外的外乡人，吓得屁滚尿流，不停地向张大人道歉。张知州宽宏大量，说道："没关系嘛，当时你也为难呀。邱学正的小舅子不让我进去，你敢让我进去吗？"

桌上早已摆满山珍海味，乡绅富贾们纷纷提议请张知州开席训话。张继曾走到酒席前，指着一盘菜问那个穷书生："你认识这是什么菜吗？"

"学生家贫，连一日三餐都无法保障，哪里认识这些佳肴哟！"书生羞涩地回答。

张继曾转向大家："诸位看一下这位钩深书院的学生，天这么冷还穿着单衣。书院每年收取十贯钱学费，交纳学费之后，他连饭都吃不起，只好到附近寺庙寄食。据我所知，钩深书院像这样吃不饱、穿不暖的学子不在少数！涪州一向以重视教育闻名，自我朝鼎革以来，涪州士子考中进士人数居全川之首。在座诸位都是有脸面的人物，在你们家乡还有学子吃不饱、穿不暖，你们心头有何感受？因此我提议，将这些酒席送到钩深书院，送给穷学子们吃。如何？"

众人哪个敢说半个不字！

张继曾接着说："书院学子每年须交学费十贯钱。而有的学子，据我所知，却是一个铜钱也没交。这既不公平，也不利于人才培养。我建议，向社会募集资金，聘请民工在北山开垦荒地三千亩作为钩深书院学田。书院每年所需经费由学田的田租开支，书院不再向学子征收学费。今日，诸位祝贺我上任，共送来白银三百两。我首先代表大家，转赠给钩深书院。另外，我再捐赠钱一千缗。"

众人齐声喝彩："大人此法甚妙，真是一举多得！"

醉仙楼老板因昨天将张继曾拒之门外，感觉过意不去。他首先附和道："张大人关心涪州教育，我等涪州人自当竭力响应。我愿捐白银十两！"

在场的官员和富商见醉仙楼老板带头捐赠，也纷纷认捐。

为鼓励更多人为置办学田捐款，张继曾还亲自撰写了《劝置学田示》，劝导涪州绅士、富人为置办钩深书院学田慷慨解囊。

在张继曾的劝导下，钩深书院的三千亩学田在两年之内便置办完成。从此，进入钩深书院读书的学子们，不再为交不起学费而发愁了。

故事来源：根据《民国重修涪州志》等相关资料改写，流传于涪陵区一带。

收集整理：倪德茂

钟伯良与涪陵乡村师范

1931 年 9 月 18 日，日本帝国主义悍然发动武装侵略中国东北的“九一八”事变。

几天后，消息传到涪陵，在北山脚下的涪陵乡村师范校园内，校长钟伯良召开全校师生大会。他在会上演讲形势，义愤填膺，痛哭陈词。当晚，咯血数盅，一病不起！

12 月 6 日，钟伯良逝世于学校侧边的北岩观澜阁，享年 36 岁。临终，他仍念念不忘教育兴国的拳拳报国之心，念念不忘自己用心血创办的学校，他留下遗嘱：

本人笃信乡治为救中国之唯一途径，故虽身抱重病，犹殚精竭力办理乡村师范学校，培植乡村人才，以图振兴中国民族精神，恢宏中国文化。现心力俱瘁，将成永诀！愿当道诸公尽力爱护斯校，俾资发扬光大；愿在校同人及同学，务须本着牺牲自己服务社会之精神，继续努力！

钟伯良何许人也？为何对涪陵乡村师范学校有如此深厚的感情呢？

钟伯良（1895—1931），涪州罗云坝（今涪陵区罗云乡）人。他的父亲钟相池毕业于成都蚕桑专门学校，主张实业救国，希望儿女们好好读书，将来为国家的兴盛做贡献。在父亲的严格要求下，钟伯良读书十分认真，成绩优秀。他从小立志当一名好老师，为开启国人智慧做出贡献。

中学毕业后，钟伯良以优异成绩考入国立成都高等师范学校。时值第一次世界大战结束，巴黎和会严重损害中国主权，全国掀起了反帝反封建的革命浪潮。其间，四川马克思主义先驱王右木执教于国立成都高等师范学校，在王右木的影响下，钟伯良的爱国主义思想更加强烈，他积极宣传爱国主义，揭露军阀和劣绅残害百姓的罪行，动员商人抵制日货，号召市民拒用日货。同时，他把弟弟钟善辅推荐给王右木。在王右木的影响下，钟善辅走上了革命道路，后来成为著名的工人运动领袖，并为革命献出了宝贵生命。

1923 年，著名国学大师、新儒家早期代表人物梁漱溟在北大哲学系讲授儒家思想，另一位国学大师熊十力也执教于北大。钟伯良慕名前往，投身于梁漱溟、熊十力二位先生门下，成为其高足。在向大师们学习的同时，也同他们一起探讨学术和社会问题，特别是大师们教育兴国的乡村教育思想，对钟伯良影响深远。次年暑假，梁漱溟、熊十力为实践自己对教育的认识和设想，赴山东曹州办学。钟伯良跟随老师一起到曹州，共同办学、读书、讲学。在跟随大师们办学的经历中，钟伯良更加体会到了大师们的良苦用心，学习到了办学经验，体会到了乡村教育的乐趣和重要性，更加激发了他办理乡村教育的浓厚兴趣。

1930 年秋，钟伯良应涪陵县县长谢汝霖邀请，返乡筹建涪陵乡村师范学校。由于他早有振兴教育、改造落后乡村的大志，遂投入全部精力专心办学。从校舍布局到教学计划，从师资聘任到教具、教材置办，无不亲力亲为。

1931 年春，涪陵乡村师范学校正式开学，钟伯良被聘为首任校长。

涪陵乡村师范学校是一所新型学校，走的是梁漱溟“乡治建国，乡治救国”的道路，农村学生占百分之六十以上。学校的口号是“面向农村，深入群众，和群众打成一片，了解群众疾苦，解决群众困难”。学校以培养能吃苦耐劳、有民族精神和“教、学、做”合一的乡村小学教师为基本目标，进而扩大乡村建设的影响，源源不断地输送乡村建设人才，从而逐步改进乡镇地方自治，促进乡治文明，实现乡治救国的宏伟目标。

在学校管理上，校长以下设教务处，并分设生活、行政、学校、教育、乡治、农事、家政 7 部；学生训导实行班主任制，着重指导学生生活事宜。课程设置，除一般师范学校的必修课外，还开设农业概论、作物学、乡村建设理论与实施、农村调查研究、合作经济、农村实用工艺等课程。学生不但能在课堂上学到丰富的知识，而且还会实际操作，如搞农村调查、办小型农场、办消费合作社、到民众夜校上课，以及学编织、喂猪等。课外活动也非常活跃，球类比赛、国术表演等，都搞得热火朝天。

学校纪律十分严格，钟伯良常到朝会上讲话，谁要是不守校规，都要被他严厉批评，或让其反省认错。校园内有两株橘柑树，果熟时从来无人私取，概由学校摘来分发师生。有一次，一个同学在学校附近的农家信手摘了几枝桂花，被站在校门口的钟校长看见了，当天晚上，钟校长就为此召开全体师生大会，对同学们进行教育，严明纪律。从此，校风更加良好。

涪陵乡村师范学校，是四川省开办最早的师范学校之一，也是当时四川省最有特色的师范学校。人们把它同陶行知先生于 1927 年在南京创办的晓庄乡村师范相提并论，誉之为“第二晓庄”。

涪陵乡村师范学校从创办到管理，无不凝聚着钟伯良的心血。他除了担任校长繁重的工作任务，还兼任国文、历史课程的教师。即使病笃咯血，仍坚持白天上课，夜晚批改作业，并常在油灯下为学生缝补衣服、袜子。

他渊博的学识像磁石，吸引着学生的心；他无私的爱心像慈母，牵动着学生的情；他高尚的人格，处处受到全校师生的尊敬和爱戴！

钟伯良逝世后，全校师生闻之，无不黯然落泪！

出殡之日，涪陵上自县长、下至庶民百姓，倾城出动，举县哀悼。人们将他安葬于校门外的菜园中，让这个一生为乡村教育事业呕心沥血的先驱，守护着北岩的一方圣土，倾听着长江日夜奔流不息！

故事来源：根据中国戏剧出版社出版的《涪陵历史人物》等相关资料改写，流传于涪陵区一带。

收集整理：倪德生

二、北山风物故事

北山点易洞的由来

在涪陵北山脚下有一个山洞，名叫点易洞。这个洞的得名，还有一个传说故事呢。

远在宋代，有一位理学家名叫程颐，因为得罪了皇帝，被贬官来到了涪州。他住在与涪陵城一水相隔的北山脚下普净禅院内，一边讲学，一边研究学问。为了凉爽，程颐就常常到北岩上开凿的一个石洞里去圈点《易经》。

什么叫圈点《易经》呢？就是给《周易》里的文字标上句号和逗号。因为古人写出的文字是没有标点符号的，人们读起来非常吃力，有时候甚至根本读不懂里面的意思。一段文字，如果没有正确断句，往往会产生几种不同的意思，有的甚至与作者想表达的意思完全相反。

传说古时候有一位男子，别人为他介绍了一个对象。他本人对这个对象一无所知，自己又不便打听，就托他的一位好友去了解。好友了解之后，对这个对象非常满意，就给他写了一封信："人才十分丑陋并无一双好脚"。好友的意思是，这个对象的人才十分优秀，几乎没有一点儿丑陋之处，此外，还有一双缠裹得很好的三寸金莲。但是，由于没打标点符号，男子读过之后，立即就回绝了这门亲事。原来，他把这段话读成了"人才十分丑陋，并无一双好脚。"这不，意思完全搞反了，一门好姻缘就此泡了汤。

还有一个故事：某一个乡场十分繁华，远近几十里的人们都到这里来进行买卖交易。但这个乡场却有一个美中不足的地方：没有一个公共厕所。要方便，女人就到场上住户家里去求人家上一次茅厕；男人就到人少的偏僻之处乱拉乱撒。场上有一条胡同，平时很少人来往，于是就成了赶场的男人们拉屎撒尿的地方。时间一久，胡同里屎尿横流、臭气熏天！有一位住在附近的私塾先生，实在受不了这个味道，就写了一张字条，贴在胡同的墙上。字条上写着："过路人等不得在此大小便"。他的意思是：过路的人们，不能够在这里大小便。可他刚刚一贴上去，还没转身离开，就有一个人心急火燎地来到这里撒尿。私塾先生十分生气："你没长眼睛吗？明明写着不让在这里大小便，你偏偏在这里撒尿！"先生指着字条质问道。那个人看了看字条，说道："你不是明明写着'过路人等不得，在此大小便'吗？我是个过路人，确实是等不得了，若再等下去就要尿裤子了，所以才在这里撒尿，又有哪点错呢？"言语中，好像还理直气壮。

这两个小故事，充分说明了断句的重要性。而程颐，为了人们能够读懂《周易》，就在给这部晦涩难懂的古书加上标点符号。由于那时候的标点符号只有逗号、句号两种，逗号就是一个点，句号就是一个圆圈。所以，给文章加标点符号，也叫作"圈点"，给《周易》加注标点，也就是"圈点《易经》"了。

在一个炎热的午后，程颐又来到石洞中，继续开始圈点《易经》的工作。干了一会儿，程颐就被一处似是而非的句子给难住了，这句话在上面也可以加点，在下面也可以加点，但意思却大不相同。到底点在什么地方恰当呢？程颐苦苦地思考着。由于正值夏日午后，又刚刚吃过了饭，程颐感觉十分疲倦。不知不觉中，他一手拿着毛笔，一手托着脑袋就迷迷糊糊睡着了。

六月间的天，好像娃娃的脸——说变就变。刚才还是风和日丽、晴空万里，突然就乌云密布，下起了偏东雨。而程颐，对这些一无所知。

突然，"轰隆"一声，一个惊雷在头顶炸响！雷声把程颐从睡梦中震醒，他的手猛然颤抖了一下！他手上的毛笔也随之被震得点了一下，而且正好点在了《周易》的书页上头。

程颐睁眼细看：毛笔点到的位置，正好符合上下文的意思呢！

他高兴得大叫起来："真是天助我也！"

就是在这个山洞里，程颐经过两年多时间的努力，完成了《周易》的圈点和注释，写出了被后世称为"理学开山之作"的《周易程氏传》一书。

源于此，后来的人们就把涪陵北岩下面、程颐经常去圈点《易经》

的那个石洞叫作“点易洞”。

故事来源：流传于涪陵及其附近地区，采风于涪陵区义和镇。

收集整理：倪怀本

文运千秋耀北岩

南宋嘉定十年（1217），涪州太守范仲武特别忙。身为一州之长，除了要处理那些卷帙浩繁的官场文书、审理那些积压成堆的诉讼案件、深入城乡了解民间疾苦、应酬接待各路官绅仕宦……每天，他还要挤出时间坐船渡过长江，到与涪州城一水之隔的北岩去看一看。

“北岩书院”题刻

他去北岩干什么啊？

原来，他是在做一件功德无量的大事情呢！

北岩是一处山清水秀、林木荫翳的胜地，早在公元五世纪初，这一带就是涪陵近郊著名的佛教场所：南北朝时有相思寺，唐朝时有千福院，北宋时有普净禅院……自从程颐来这里点注《周易》，并在普净禅院授徒讲学，北岩又成了文人聚集之所、文化繁兴之地。北宋元符年间，著名书法家黄庭坚为程颐讲学处题写“钩深堂”几个大字；南宋绍兴年间，涪州太守李瞻主持修建了伊川先生祠堂；南宋嘉定元年，涪州太守范仲武主持修建了谯公祠、尹公祠，祭祀程颐弟子谯定和尹焞，并建碧云亭、致远亭配景。

可是，在涪州这么些年，范仲武总觉得北岩那边还缺少点儿什么。缺少点儿什么呢？左思右想，他终于想明白：缺少一个像样的书院。

范仲武的家乡在江西丰城县。江西是一方文化积淀深厚的土地，境内有创建于南唐的白鹿书院，创建于北宋的濂溪书堂……就是在丰城，也有好几处由范氏家族创办的书院。这些书堂和书院，对于传播文化、培养人才、端正风俗，发挥了十分重要的作用。源于此，江西这个一穷二白的地方，才成为全国知名的文化大省、科举大省。仅以丰城范氏家族为例，自唐朝以来，考中进士的就有47人。

反观涪陵，由于没有一处像样的书院，没有一个好的读书环境，人才不能接受良好教育。宋代之前，还被许多人视为教育、文化落后的“蛮荒之地”，考中科举的人数更是渺若寒星、寥寥可数。程颐来涪州授徒讲学，促进了涪陵文化的兴盛和教育的发展，但是，整个涪陵还是没有一处真正能称为书院的地方。

于是，范仲武决定：在自己的任期内，一定要为涪陵创建一个高规格的书院。

他首先捐出自己半年俸银，又动员涪州的官商士民踊跃捐款，不足部分则由每年的盐税补充。资金来源解决了，范仲武亲自到北岩实地勘察，解决书院的选址。他与涪州缙绅耆老商量合计，最后决定：以程颐讲学的钩深堂为主要建筑，扩建成北岩书院。修建方案确定后，范仲武又开始为请掌墨、请工匠、工程监理、进度督促等诸多事情而忙碌。那段时间，他几乎每天都要挤出时间，去北岩走一走、看一看。

看见一幢幢建筑一天天破土、一处处亭台楼阁一天天崛起，范仲武心头真有说不出的高兴！

历时大半年，一个气势恢宏、设施完善的书院终于展现在世人面前：书院的主体建筑是一个可容纳四五百人的讲堂，讲堂的进门处大书一字径约丈余的“诚”字，讲堂四周小桥流水、绿竹猗猗，风景格外清幽雅致；讲堂西边，是“四贤楼”，供奉着程颐、黄庭坚、谯定、尹焞四位先贤的塑像；讲堂东边，是“读画廊”，镌刻着历代文人吟北岩的诗文。范仲武亲自为书院题写院名——“北岩书院”，刻于读画廊东头的第一墩石头上。

北岩书院，开涪州大地书院式教学的先河，是涪陵历史上有记载的第一个书院，也是川东地区首个地方官办书院。北岩书院的建成，构筑起北岩历史文化的重要载体，搭建起后世学者对话先贤先儒的桥梁纽带。

北岩书院建成后，朱熹嫡传弟子、涪州人戛渊受邀担任堂长，传道授业达二十余年。戛渊主持北岩书院，将朱熹之学与乡里之学融会贯通，形成独具特色的理学思想——“戛学”。在戛渊的推动下，北岩书院声名远播，远近来此学习的学子络绎不绝。北岩书院对“二程”的洛学传蜀和朱熹的闽学传蜀，发挥了非常重要作用。南宋著名理学家魏了翁，甚至将北岩书院与东湖书院、象山书院、濂溪书院并列，称之为南宋后期闻名朝野的“四大书院”之一。

北岩书院持续办学达数百年，继北岩书院之后，涪州大地又先后创办了涪陵书院、桂馨书院、鹤鸣书院、静修书院、淳风书院、普净书院、文成书院等众多书院。这些书院，对于促进涪陵文化发展、培养地方人才、转变社会风气，都发挥了巨大作用。特别是明清时期的涪州进士群体，在四川及全国均有名。涪陵由过去“无蚕桑、少文学”的蛮荒之地，变成“科名鹊起、人文蔚盛”的文化厚土、礼仪之邦。

故事来源：根据《涪州志》等相关资料改写，流传于涪陵及附近地区。
收集整理：倪德生

碧云亭的来历

在涪陵北岩的众多古建筑中，碧云亭是“文化大革命”中唯一没被毁坏的。为什么没有被毁坏呢？说来话长。

北宋绍圣年间，程颐被贬来到涪州，也就是现在的涪陵。为了维持生计，他每天在北岩脚下的钩深堂讲学，讲完学就回到点易洞里，潜心研究、点注《易经》。

他夜以继日不停工作，感动了附近的一只正在修炼的赤狐。赤狐对程颐的才能十分钦佩，它每天傍晚都来到点易洞旁边，静静地守候，它也不想打搅专心工作的程颐。程颐点一个标点，赤狐就点一个头，表示非常赞赏。

每天晚上，它都在这里不停地点头。后来，对面白鹤梁上的白鹤见了赤狐在点头，它们也跟着点头。长江里的鱼看见白鹤点头，它们也跟着点头。就这样开始热闹起来了：程颐每点一个标点，赤狐点头，白鹤点头，鱼儿点头。

久而久之，这事被天上的雷公看见了，他也点头。雷公一点头，不得了啦！“咔嚓嚓”，震天动地！连续三天三夜，雷声不断。

人们觉得非常奇怪，这干打雷不下雨的，雷声跟往常很不一样。大家都猜疑起来：莫不是哪里出了妖怪？就想去找个大仙问问。想来想去，大家想到了程颐。于是，他们准备来点易洞让程颐给算一卦。

人们刚走到点易洞附近，就发现一只赤狐在点头，对面的白鹤也在点头，长江里的鱼也在点头。这时，雷声轰鸣。

人们恍然大悟：总算发现了妖怪！因为在人们心中，狐狸精总是害人精。于是，大家一哄而上，追赶赤狐。

赤狐见人们来势汹汹，赶紧逃命。自己势单力薄，孤立无援，恐怕命丧黄泉，于是它使出了刚练成不久的隐身术，人们一下子就看不见它了。

大家在它隐身的地方，把所有的土石都翻了个遍，始终没有找到赤狐的踪影。人群中有一个老者想出了一个办法：搬一块大石头来压在地面上，再撒下狗血，“妖怪”就无法现身了。

这时候，雷声也停了。白鹤也不跟着点头了，它们在梁上翩翩起舞。

起初，那赤狐被压在石块下非常难受，想跑出来。可怎么也出不来！每天夜里，它就嗷嗷学猪叫。于是，就有了涪陵八景之一的“群猪夜吼”。

时间久了，赤狐也明白了，是自己的出现，惊扰了人们的生活，弄得附近居民人心惶惶。它要面壁思过，既然出不去，那就静心修炼吧。

就这样，它在石头下苦苦修炼，久而久之，它也不那么难过了，那块压着它的大石头也慢慢有了灵气。

平常，来钩深堂学习的孩童们，常常在散学后坐在那块石头上玩耍。偶然间，他们抬头仰望天空，碧云蓝天，无限辽阔深邃，与别的天空大不一样。他们把这事告诉了父母和老师，就这样一传十十传百的传开了。后来官府知道了，决定修一座亭子给这块灵石遮风挡雨，同时供路过的人们休息。南宋嘉定年间，在涪州知州范仲武的倡导下，在这块大石头上修建了一座亭子，名叫“碧云亭”。从此，那赤狐算是在这里安了家。

这样过了七百多年，“文化大革命”时期，破四旧、立四新，北岩所有的建筑物都遭到毁灭性的破坏，唯有这碧云亭巍然屹立。

为什么会这样呢？据说，当时准备毁坏碧云亭的带头人，在头一天夜里做了一个梦，梦见他们把亭子推倒后，一只大毛狗冲出来，给他不停地磕头，然后咬住他的裤腿不放，把他吓出一身冷汗。第二天，他带领一帮人毁坏了碧云亭周围其他建筑物，就是没敢去动一动碧云亭。

故事来源：流传于涪陵区江北街道一带，采风于涪陵区百胜镇。

收集整理：杨发秀

古亭腾辉

在涪州北岩胜景中，有两个古亭名闻遐迩，一名“碧云”，一名“致远”。两亭都由南宋嘉祐初年的涪州太守范仲武所倡建。在八百多年的风雨雷电侵蚀中，屡毁屡建，屹立在点易洞前山脊上的是碧云亭，建在点易洞顶台坪上的是致远亭。

两亭的知名，不在于亭子建筑体量有多高大宏阔，而是因古亭的文化内蕴深厚丰富。首先，亭名充满诗意。碧云，让人仰望星空，进而思考辽阔深邃的宇宙；致远，由《易经·系辞》“探赜索隐，钩深致远”点化而来，意蕴丰广：都适合点易洞的配景。其次，建筑外形美观，内部结构精巧，一律木质穿斗结构，无梁无闩，坚固耐用。最后，亭内楹联气势宏敞，意境深远，属佳联巧对，这为古亭增色不少，甚至可以说楹联是古亭文心内胆，是古亭的点睛之笔，更是古亭的精华文脉所在。一如《滕王阁序》之于滕王阁，《岳阳楼记》之于岳阳楼。没有文化元素，该建筑就是苍白简陋的，缺少生命力的，当然也经不起时间的淘洗。

碧云亭

那么，古亭的楹联作者是谁，楹联内容是什么呢？

致远亭联

登临叹赵宋沦亡，可怜无数青山，遮不住大江东去；
阅历尽人间消长，不因一声杜宇，何由使吾道西来。

碧云亭联

望碧云亭新霁初开，一笑昂头，出寺钟声破空去；
问黄山谷旧游何处，几回搔首，隔江岚翠扑人来。

以上两副楹联都是中国名胜名联，被《中国古今对联大观》等多种楹联选本收入。这两副对联能够在全国万千佳联绝对中胜出，进而广泛流传，为涪陵北岩胜境增添了亘古通今的文化魅力。

由上海文化出版社出版的《中国古今对联大观》，对《致远亭》联评语是：借"'青山遮不住，毕竟东流去'的词意，慨叹宋以元祐党人而伤国祚，北岩则因党碑而得伊川。"而对《碧云亭》联的评语是："以黄山谷对碧云亭，是活对，也是妙对。不在此地流连沉浸多年，是难以有此巧构的。其他则属辞风雅，堪称佳联绝唱。”

近读文史资料，得知致远亭联出自涪州举人贺太璞之手。据《涪陵县续修涪州志·贤达》载，贺太璞，字琢山，同治甲子带补科举人。性纯挚，致力于程朱理学，担任钩深书院山长（院长、校长）达十八年之久。诲人必使人明义利之辨。本城的公共事务多热心助力。孝敬父母特别上心，怡色婉容，晨昏必请安问候。晚年长于医术，母亲老迈，每天早晨必诊脉息。稍有不调，即惶惶如有所失，必康复忧才能解。光绪六年，贺太璞和施纪云应春试同居一室，半夜突然说心动厉害，担心母病。第二天即赶回家，母果然大病。他煎汤药亲自调理，母病得以痊愈。他平生雅量，不堕流俗。诸子登科，均有出息。这样一位知识分子，其文化修养和胸襟气度，是能创作致远亭楹联的。想想他十八年当钩深书院的山长，除登台讲学外，涪州北岸独有山川风物，大江巨流，长风流云，渔歌晚唱，烟火人家，荔圃春风，桂楼秋月，松屏列翠……将会激起他澎湃的创作豪情，于是定思接千戴，视通万里；于是笼天地于形内，挫万物于笔端。珠章玉句从天而降，如椽大笔，点石成金！有时，笔者大胆臆测，碧云亭联也出自他手。因两亭相近，格局相似，建于同时，毁损也大体同时。当他在创作致远亭联时，不可能不考虑碧云亭。并且两副对联的单边字数只差一个，节奏也相近。当然这只是臆测，不敢定论。若其他资料记载准确该联不是他的作品，笔者一定遵从史实，即刻纠正错误。

对联是我国独有的文学艺术形式，短小精悍，言简意赅，是传统文化的瑰宝之一。写景、状物、咏史、怀人，可写天地之大，也可写芥豆之微。创作对联，一定要讲对仗，讲平仄，须用典，巧修辞。虽小道，实大观。古人说：非读破万卷书，不能为对联。国人对对联的热爱，持续了数千年，至今仍持久不衰。法国前总统希拉克非常喜欢中国的唐诗宋词，尤其喜欢精巧绝伦的对联。马克思在研究1700—1820年这百余年俄国的崛起和中国的衰落时感叹地说：“这真是任何诗人想也不敢想的对联式悲歌。”可见对联的巨大影响和张力。

对联，让古亭腾辉，给山川添彩。

当我们游览北岩致远亭、碧云亭时，应为范仲武、贺太璞等众多先贤名彦鞠躬致敬。

故事来源：根据《民国重修涪州志》等相关资料改写，流传于涪陵及其附近地区。

收集整理：李世权

铁柜城的来历

我们说的这个铁柜城，和《易经》无关，和神龟也无关。那么，和谁有关呢？和三国时赵云赵子龙的一个勤务兵直接相关。

那个时候，重庆是赵云赵子龙镇守，涪陵属重庆管，也是赵子龙的士兵在守。但赵子龙本人住的是重庆，所以重庆就没有蚊虫。因为蚊虫听说，重庆是“罩子笼”（赵子龙谐音）到的，进不去，去了也非饿死不可，所以全都飞到涪陵来了。涪陵地盘小，重庆地盘大。蚊虫全部飞来，满天都是，一抓一大把，晚上蚊虫咬得厉害。到了晚上，老百姓就在房前屋后烧苦蒿，点蚊烟，用烟熏火燎赶蚊虫，手里还拿把蒲扇，哗哗哗哗猛扇，不让蚊虫近身。可是，兵营站岗的士兵，第二天非得变成癞蛤蟆不可。

最倒霉的还不是普通士兵，那是谁呢？当然是犯了军规的士兵。到了晚上，不打你不骂你，给你脱掉衣服裤子，把手用绳索捆上，套在一棵树上，还在脑壳顶上滴两滴香油，这等于跟蚊虫说：这人肉香，莫客气，快来吃！有个犯军规的士兵，脑壳上的香油多滴了几滴，来的蚊虫太多，一层包一层，排着队吃，到了天亮，这个士兵被咬得全身满是疙瘩，没有一块好肉，连人样儿都认不出来了。

后来，赵子龙从重庆下来视察部队，士兵反映强烈，说这种惩罚太不仁义。但当官的说，这个才能管住士兵。赵子龙帮哪头都犯难。于是，他命令自已的勤务兵：你，把这事八方搁平。

赵子龙知道，自己的勤务兵最大的本事，就是通虫语。自己不管在哪里安营扎寨，从没被虫虫蚂蚁咬过。这回蚊虫太多，看他能不能摆平。

勤务兵走马赴任就下狠手，他跟蚊虫的头头说：吃当兵的，全家杀光。果然，蚊虫不去吃当兵的，全部吃老百姓去了，搞得老百姓怨声载道，又反映到赵子龙耳朵里去了。赵子龙把勤务兵训了一顿：你居然搞出军民矛盾来了，再不搁平，拿你喂蚊虫去！

勤务兵又到了涪陵，对蚊虫的头头说：老百姓也不准咬，谁咬杀谁全家。

蚊虫只有去吃马牛羊、鸡犬豕了。但毕竟少了人这一大块食物，蚊虫就只有拼命吃那些禽畜，吃得那些禽畜鸡飞狗跳，纷纷逃离涪陵了。这一来，住在涪陵的军民就陷入生活困境了。

赵子龙知道了，大光其火，一个小蚊虫，居然摆不平，我还叫五虎上将？先把勤务兵给我斩了！然后我亲自出马。我是“罩子笼”，蚊虫怕我！

军师说：不可不可。蚊虫固然怕你，但你只管得住你的所在地，蚊虫会跟你捉迷藏。勤务兵不是不行。据我所知，懂鸟语的怜惜鸟，懂虫语的怜惜虫，懂兽语的怜惜兽……只有懂人语的不怜惜人。将军这一次再命勤务兵去，必须让他去掉怜惜虫的毛病，事情定会大功告成。

于是，赵子龙听了军师的话，再一次派勤务兵下涪陵，并且给了他一个杀虫令。杀虫令曰：你若惜虫，我便再不惜你。

勤务兵于是对涪陵的蚊虫下了海报文告：蚊虫要讨吃喝，生的卵蛋全部上交。孵蛋产仔一只，家族绝育一世。告示一出，蚊虫哀叹说：内行整内行，卡命门了。

勤务兵收装虫卵的是一只铁柜，关蚊虫禁闭的又是一只铁柜。两只铁柜一雌一雄，生在兵营，长命永恒。那个兵营，从此就叫铁柜城。有了铁柜城，涪陵的蚊虫数量就越来越少。这也多少算是勤务兵对蚊虫留了点怜惜心，八方搁平了吧。

故事来源：流传于涪陵区一带，采风于涪陵区江北街道永驻社区。

收集整理：杨爱平

铁柜城的传说

自古以来，龙便是帝王的象征。帝王称九五之尊，为了名副其实，为了江山稳固，帝王须坐“九龙”之城。而实际上只需找到有八龙的风水宝地就可以了，因为帝王自己也是龙的化身，加上自己就正好凑足了九龙。

相传紫禁城、丰都城和铁柜城便是华夏大地上仅有的三座拥有“八龙”风水的皇城适建地。众所周知，紫禁城成了帝王之城，丰都城则是鬼王之城。那么问题来了，为什么三城之中唯独铁柜城至今都没有帝王问津呢？

其实不然。早在永乐四年（1406），准备从南京迁都的明成祖朱棣，首先就相中了铁柜城。因为，比起丰都城和紫禁城，铁柜城的地势更加险峻。首先，兀立江边的北山坪就是一道易守难攻的天然屏障；而高耸于北山坪顶部的铁柜城，更是一个如铁柜般牢不可破的天然堡垒。这样的地理优势让明成祖感到安心，再也不用担心会重蹈前不久因皇城无险可守而被自己很快攻下的侄儿朱允炆的覆辙。

明成祖很快就亲率亲信的大臣、将军、风水师和工匠前来建立皇城。虽不是远征作战，但为了保障明成祖的安全以及工程的进度，随行的勇武过人的将士和心灵手巧的工匠硬是将队伍延伸到数里长。这样的队伍行进在乡间小路上，实在是壮观极了，远远望去仿如一条委蛇游弋的巨龙。

北山坪的百姓知道后，纷纷出门看热闹。

百姓深知，铁柜城成为皇城后，整个北山坪——整个涪陵都会变得繁华热闹起来，自己的生活也会随之得到大大改善。因此，他们对明成祖一行人十分友善，无论是人力还是物力，都会力所能及地主动提供。

在官兵贴出第一张召集劳力的布告后，附近方圆几里的青壮年男子都争先恐后地前来应征；那些体力稍差的老弱妇孺也纷纷主动请缨做起了烧火做饭、送水送餐等后勤工作。当然，明成祖也不会让百姓免费提供劳力，会根据每人提供劳力的多少给予相应的报酬。

经过军民齐心协力的一番准备，终于到了要正式动工的时候了。按照风水师的规矩，动工前需要讨个彩头——跟现在动工前说一堆模式化的祝福语和吉祥话不一样，风水师要求的是一定要用暗语向当地百姓讨吉祥。要问理由的话：明言讨吉祥，得到的只是凡人的附庸；暗语讨吉祥，得到的才是天神的旨意。风水师如是说。

动工当天早上，风水师在大臣的陪伴下敲开了伙房的小门。门内一位老妇正在往灶膛里添加柴火，一位老汉则站在灶台边用锅铲在煮满粳米的大锅中不停搅拌着。见是朝廷的两位大人物，老妇和老汉赶紧收起朴实的笑容，脸色随之变得严肃而恭敬起来。

风水师见老妇和老汉十分拘谨，便主动说明了来意——并不是突然的检查，也不为别的什么要紧事，只是早起散步经过时被稻米香蛊惑，就想进来看看这么多人的伙食是怎样准备的。他的说明打消了老妇和老汉的疑虑，很快便互相聊开了，聊的都是生活中无关紧要的鸡毛蒜皮。大臣只是陪着风水师，几乎不发一言。

风水师继续一面用轻松的语气若无其事地跟两位老百姓聊着家常，一面用炯炯的双眼一眨不眨地紧紧盯着面前那一大锅正煮得咕噜冒泡的粳米——他在等待。

过了一会儿，老汉先从身边的案板上取过大木盆放到灶台上；然后又在大木盆上放了一个比木盆还要大一些的大筲箕。

就是现在！风水师看到老汉已经做好了沥米的准备，马上开口问道："可以沥么？"

老汉慌忙停住搅拌，用锅铲捞了一些粳米放到眼前细看，又用手从锅铲上撮下两粒米饭捏了捏："不可以沥。还需要再……"

风水师不待听完他后面的话，转身就走；大臣紧随其后，两人一起径直推门而去。

门重重阖上了很久之后，惊呆的老汉和老妇还在面面相觑。他们完全不明白刚才发生了什么，只是隐约感觉到老汉最后那句没说完的话惹两位大人物生气了。

出了伙房，风水师和大臣马上赶去向明成祖如实禀报。

"这事不成了！"明成祖捋了捋胡须。

放弃铁柜城后，明成祖决定退而求其次去往丰都城。然而晚了一步，已经被阎王占为鬼城。别无选择了，最后他只好将新的都城建到北京的紫禁城。

明成祖放弃铁柜城的理由，老汉和村人们在很长一段时间里都百思不得其解。直到后来老汉向村里一位道师——并非道士，本职工作是超度人死后的亡魂，但对于风水之事也颇为精通——请教后，才恍然大悟：原来当初风水师到伙房问他“可以沥么”，表面上看起来是在问锅中的粳米可不可以沥，而实际上这里说的是一种暗语，他真正想问的是当天就要动工的皇城可不可以“立”。

真相很快在村里不胫而走，老汉很快成了众矢之的。村人们大多认为是老汉答风水师的暗语没答好，才让明成祖放弃了铁柜城，才让他们与皇城建立后能带给他们的繁华和幸福失之交臂。他们恨透了他，无论如何都无法原谅他，最后一起将孑然一身的他赶出了北山坪。

很久以后，当皇朝更迭、皇城染血之时，村里的人们才想到：“那个时候，皇城没有建在铁柜城真是太好了！”于是有人想起了老汉，派人将早已客死他乡的他的尸骨捡回安葬在村中，并凑钱请能工巧匠用整块的巨石为其打造了牌坊，以资纪念。但牌坊很快就遭到村里的一些仍然恨着老汉的冥顽不灵的人的毁坏，没有一点残片留存至今。

故事来源：流传于涪陵区及其附近地区，采风于涪陵区江北街道永柱社区。

收集整理：王万里

北山坪老鹰洞的传说

涪陵北山上有一处悬崖，叫老鹰岩。崖上有一个洞，叫老鹰洞。老鹰洞的由来，跟龙王沱的蔡龙王有关。

很早以前，蔡龙王有一个宠儿——黑蛟，是一个无恶不作的混世魔王。涪陵两江四岸的灾祸，全都是他作的孽，百姓苦不堪言。

有一天，王母娘娘午睡。梦幻中，有人向她告黑蛟的状。王母娘娘就吩咐帐前侍卫金凤去查实。

金凤展翅，不到半个时辰就飞到了北山坪。只见满眼苍松翠柏、修竹丛苇、山岚缭绕、白雾轻飘、山泉淙淙、百鸟争鸣、红绿掩映。山下双江清浊分明，互不相浸……分明一派祥和景象，哪来诉案之说？

正疑惑之际，一股黑水扑向岸边。一个黑衣少年抱住一位少妇往江中拖拽。"恶蛟！"金凤怒吼一声冲向黑蛟，一把抓起他飞上了北山坪。金凤收拢双翅，化作红衣女侠，挥剑怒斩！

黑蛟慌忙变成一坨巨石飞滚下山。

眼看就要滚进江中，金凤折一枝黄荆丫丢出。只见金光飞溅，一座万钧重的金亭镇住了滚石，黑蛟呜呼哀哉！

那座亭子，后来叫"江天独坐"。

蔡龙王听说娇儿被害，暴跳如雷！瞬间变化成了一尊巨人，站在北山坪下面的石板滩江中，截断江流，水淹北山。

金凤展开双翅急扑猛扫！顿时，狂风大作、天昏地暗、飞沙走石、雷鸣电闪……滚滚乱石直砸向蔡龙王。

蔡龙王拳脚交加，将乱石击碎成五色彩石，纷纷坠落在长江和乌江交汇的地方，叠成了"锦绣堆"。江水暴涨，半个枳城，成了泽国。情势万分危急！

正当此时，游方到雨台山和白塔的法海禅师见此浩劫，震惊不已。一声"阿弥陀佛"后，念动真经，白塔随之金光闪射，照透江底。江中"轰隆"一声，巨人倒下，现了原形。金凤钢爪猛抓，将恶龙甩进白塔底下，法海禅师画符锁牢。

金凤回到天宫，实情禀报。王母娘娘命她镇守北山坪，永葆一方平安。金凤遵命，召集万千雀鸟开发北山坪老鹰岩，凿崖造殿。佛助仙推，鬼斧神工。没多久，老鹰岩福地洞天建设成功，金凤变成鹰王，驻守老鹰洞，每天鹰兵鹰将巡逻江天。

后来，蔡龙王的余孽蛇精、鳝妖、虾怪……只要一听北山坪老鹰洞一声“叽儿——啰——”的老鹰叫声，就胆战心惊钻进江底，不敢乱动。从此，涪陵长江乌江交汇处方圆百里，物丰人寿，安居乐业，歌舞升平。

故事来源：流传于涪陵区江北街道一带，采风于涪陵区第十三中学。
口　　述：吴时元
收集整理：魏世伦

鹰嘴岩与鹰嘴寺的传说

在北山坪，离山顶不远的地方，有一块巨石，像一只展翅的老鹰，俯视着对岸的涪陵城，当地人称之为“鹰嘴岩”。鹰嘴岩下面不远的地方，有一块平坝，平坝上有一个小小寺庙，当地人称之为“鹰嘴寺”。

关于鹰嘴岩和鹰嘴寺的由来，还有一段感人的传说呢。

很久以前，北山坪上森林茂密，高松排云，山峦起伏，绿树蔽舍。村民们日出而作，日落而息，有的开荒种田，有的上山狩猎，有时还去长江里捕鱼添补家用。人们凭着勤劳的双手，过着自给自足的快乐生活。

在北山坪青松岭的一棵千年松树上，住着一只老鹰。这老鹰也不知多少岁了，通体乌毛，油光发亮。受日月之精华，采万物之灵气，修得了腾云驾雾、布雨兴风的本领。有时，山里大旱，它就会施些雨水。还可以幻化成人形，经常到山下村庄为百姓看病，消灾驱难。人们称它为神鹰。

北山坪的幺房湾住着一个猎人，名叫谭二娃，是个有胆有识的汉子。有一天，谭二娃因为追赶猎物摔断了大腿。由于没注意休养，久治不愈。他听说神鹰能治百病，就来求神鹰为其治病。神鹰为他上药，又为他接骨，三个月就治好了谭二娃的大腿。一来二去，他俩成了无话不说的知心朋友。平日里你来我往，走动特别亲密。

一个夏天的正午，太阳高高挂在天上，幺房湾的村民们聚在老黄桷树下乘凉。忽然，乌云遮住了太阳，天空像一口大黑锅，大地就像突然跌进了无边的深渊。过了一会儿，狂风暴雨倾盆而下，幺房湾被淹没在又腥又黑的洪水里。

洪水过后，幺房湾的黑潭来了一条恶蟒。恶蟒又粗又长，鳞片坚硬如铁，它张口能吞下整只牛，经常侵害山中动物和山下百姓的猪、牛、羊、鸡。百姓见之，常常避而远之，生怕殃及自己。

面对凶残狡诈的恶蟒，谭二娃决心为民除害。他自制箭弩，准备射杀恶蟒。临行前，他对神鹰说："兄弟，我要走了。今次我去射杀恶蟒，如果我打死那祸害，咱们兄弟再喝酒划拳。万一我死了，拜托你守护好乡亲们。"

神鹰一听："这话从何说起？你我二人机缘巧合，上天让我们相识相知，你莫说这些话来。我早就想除掉它，咱兄弟俩一起去杀了那恶蟒炖来吃！"

于是，谭二娃身背连环弩，手持利斧来到了黑潭边。神鹰则飞到黑潭附近的一棵大树上埋伏等候。

只见一股冲天水柱过后，乌漆麻黑的恶蟒腾空出水。二娃挥起雪亮的板斧，朝恶蟒当头砍去。

恶蟒冷不防被人袭击，急忙一招"恶龙摆尾"。不但躲过了利斧，还差点把二娃扫落深潭。

二娃急中生智，一个筋斗快速翻转。他拉弓搭箭，数箭齐发，直奔恶蟒射去。

恶蟒又一招"恶龙探水"，一个迅猛俯冲避过利箭，巨尾拍过去，再一回头，竟然把二娃吞进口中！

神鹰见二娃被恶蟒吞了，心急如焚！它一个猛子扎下来，快如闪电，直扑恶蟒。

见神鹰来战，恶蟒也不示弱。一鹰一蟒腾至半空，打得难解难分！

不一会儿，天空电闪雷鸣，下起了大雨。在密密麻麻的雨线中，只见恶蟒缠、绕、拦、截，行动的圈儿由大变小，眼看就要困住神鹰。任凭神鹰怎样猛冲、拼杀，却始终突不了围。这时，神鹰的翅膀也被恶蟒尾巴拍伤，体力渐渐不支。

千钧一发之际，神鹰急中生智，它使出浑身力气啄向恶蟒！只听“嗖”的一声，正中恶蟒七寸。恶蟒身子一歪，一头栽下山谷里去了。

神鹰心想：今日若不除它，迟早也是祸根。看我来个了断！

只见神鹰一个翻身飞至半空，大叫一声，用整个身躯压向恶蟒藏身之处。

“嘭”的一声巨响，好似天崩地裂！顷刻间，火星四溅、碎石带哨、尘土飞扬、天昏地暗。神鹰用自己的身体化作一座山峰，永远压住了恶蟒。

虽然变成了一座山峰，但神鹰的形象却清晰可见。尤其是它那棱角分明的头和嘴，好像随时都在注视着坏人的动向，随时准备与之搏斗。人们把这座山峰叫作鹰嘴岩。

后来，人们还在这里修了一座庙，纪念为大众利益仗义除恶、英勇献身的谭二娃和神鹰。这座庙就是鹰嘴寺。

故事来源：流传于涪陵区江北街道一带，采风于江北街道北坪社区。

收集整理：冉红梅

北山鹰嘴岩

涪陵的先民自彭水郁山沿郁水、乌江来到枳地定居时，人烟稀少，满目苍凉，到处是古木荫翳、灌木茂密、荆棘丛生、怪石嶙峋的荒野之地。这样的自然条件，为蛇虫鸟兽提供了良好的栖息场所。巴人虽是定都枳邑，但生活条件十分艰难。刀耕火种的原始农业，又受到鼠雀兽害等恶劣自然条件的影响，累死累活、辛辛苦苦一年下来，连基本生活都难以保证，温饱根本得不到解决。于是，先民除了每年春社、秋社按时祭天、祭地外，还时不时地净身祷告、设坛求雨，以求驱灾避瘟、风调雨顺、五谷丰登、人畜兴旺，一家人和和美美、幸福安康！

勤劳质朴的巴人年复一年的虔诚祈祷感动了上苍，于是，天帝就派遣神鹰和蔡龙王两位神仙降临枳地，护佑枳邑生民。

这蔡龙王原本是李渡韩龙寺山脚下龙塘里新近修炼得道的小神，还没有腾云驾雾的过硬本领。于是，天帝就命他顺着蔡家沟来到白鹤梁以内的鉴湖居住，边修道边履职，主要是庇佑巴人来往船只不受恶浪、急旋的伤害。后来，涪陵人将蔡龙王居住的这片水域称为“龙王沱”。

这神鹰却是从天而降的大鹏金翅鸟。他来到凡间，选择枳城对面北山的最高处落脚，非常尽职尽责，利用自己洞明世事的鹰眼，居高临下，俯视全城，大有搜尽一切邪恶和所有危害世人的毒蛇猛兽之势。

古时的巴国，丛林密布、山崖高耸、洞穴幽深、毒虫遍地，“巴蛇吞象”便是最好的例证。一天夜里，从乌江南岸小溪溶洞里窜出一条硕大的蟒蛇兴风作浪，危害人畜。

神鹰一听到喧闹嘈杂的打斗声，急忙引颈审视：糟糕，乌江岸边黑云滚动、疾风乱卷。有恶魔现身!

他急忙扇动金翅，迅速飞临江边，一个俯冲，锋利的鹰爪对准蟒蛇的头颅使劲抓去。这蟒蛇也不是凡物，它是一条修炼八百年的赤练蛇，道行虽没有神鹰高深，但浑身的蛮力和贪婪的胃口，再加上多年的修炼，已变成一条令人生畏的怪异灵蛇。

眼看锋利的鹰爪向头部抓来，灵蛇吐信缩头、扭身甩尾，轻松躲开鹰爪，迅疾昂头直扑鹰腿。

神鹰急忙引颈伸喙，直迎蛇头。一来二往，不知战了多少个回合，神鹰利用居高临下的空中优势，随意腾挪盘旋。累得那灵蛇直喘粗气，最后遍体鳞伤，活动迟缓，失去战斗力，便慢悠悠地爬回了深不见底的黑暗洞府。

在激烈的打斗中，神鹰右腿也挂了彩，但无大碍。

天神的护佑、先民的勤劳智慧，不知过了多少个风调雨顺、平安祥和的春夏秋冬。这时的枳城已改称涪陵，原有的旧城已焕然一新，形成了东起大东门、西至秋月门、南到南门山、北临北门口的较大城池。原有苍凉荒败的自然风貌也大为改观，官道、驿站，车水马龙，繁华鼎盛。危害人类的毒蛇猛兽也不见了踪影。

这时的神鹰已无所事事，整天悠哉游哉。在人间烟火的熏染下，渐渐地、渐渐地化成一尊肥硕庞大、突兀耀眼的鹰首形石崖，蹲坐在北山的山顶。

说来也巧，当时北山坪有一位勤学有志的青年况岳奇，母子相依为命。因家境贫寒，天天靠岳奇到北山坪半山腰砍柴卖后换置油盐柴米。小岳奇非常勤奋，不但天天砍柴，还要伺奉年迈体弱的老母。他每天虽然十分劳累，但始终没有忘记读书学习，还把在砍柴过程中学来的山歌归类总结，生活的、爱情的、历史的、处事育人的，等等，内容十分丰富，这对他的学习很有帮助。一晃又到了京城开科考试的时间，况岳奇决定赴京参考，却没有盘缠。情急之下，他在北山坪老鹰石旁虔诚叩拜了三日，终于感动上天，上天就派这只已无所事事的大鹏托况岳奇进京赶考。况岳奇功成名就后，老鹰托他进京赶考的故事便一传十，十传百，很快传遍了十里八乡。

后来有壮志未酬者，也都到此许愿，求鹏程万里，据说都一分灵验。

故事来源：流传于涪陵及其附近地区一带，采风于涪陵区义和镇。

收集整理：韩世雄

龙洞庵的来历

在涪陵北山的背阴面，有一个古寺名叫“龙洞庵”。以前，这里既没有古寺，也没有龙洞，而是两间茅草房。茅草房里住着一户姓蔡的人家，家里只有三口人：一对夫妇和一个十来岁的儿子。儿子名叫“蔡义”。

蔡义的父亲常年给地主家干活，以此来养活全家。有一天，蔡义的父亲在干活的时候累死了，留下蔡义母子二人。母亲为了安葬丈夫，去地主家借钱。地主看她没有偿还能力，就要他们母子以干活的形式来偿还。母亲给地主家洗衣，十来岁的蔡义给地主家放牛割草。

从此，蔡义成了放牛割草娃儿，每天赶着牛、背着大背篼到山坡上去割牛草。有一次，蔡义发现了一块非常奇怪的草丛，他第一天去割了，第二天那草又长起来了，而且非常嫩绿茂盛，第三天，第四天……那些草天天如此，他每天都去那里割草。后来，蔡义回家给母亲讲了，母亲就叫他去把那些草挖回来种在自家的门前。

蔡义听了母亲的话，背着背篼、扛了锄头去挖那些草。他挖着挖着，突然看见一颗光彩夺目的珠子。他小心翼翼地把珠子带回家。由于他家里非常穷，没有什么柜子、箱子之类的可以收藏这颗珠子，只有一个盛有两三斤米的坛子是他家的储存宝贝，他就把珠子放进坛子里。晚上，他母亲从地主家洗完衣服回来，发现坛子里满满一坛米。她问蔡义是怎么回事，蔡义一看，大吃一惊，自己刚刚放下那颗珠子的时候，明明坛子里只有一点点米，怎么现在有满满一坛呢？他把自己到山坡上挖草时捡回来一颗珠子的事，给母亲一五一十地说了。母亲听了，激动起来："夜明珠，夜明珠！幺儿，你捡到夜明珠了。"

夜明珠在坛子里天天长米，蔡义开始挑米到集市上去卖，卖米的钱也放到米坛子里。第二天去看，发现里面是满满一坛子钱。他们十分高兴，就拿出一些钱来还了地主家的债，从此母子俩不再去给地主家干活了。

地主感到很纳闷：这样穷困的母子俩，怎么就能把债还清了呢？他们从哪里来的钱？他百思不得其解，决定要探个究竟。地主带了管家和随从一同去了蔡义居住的茅草房，他们惊奇地发现蔡义原来有一颗夜明珠。

"哈哈，这宝贝应该有一个好地方供起来才行。"

蔡义知道地主要抢他的夜明珠，赶紧把它放进自己的嘴里。地主正要把手伸到蔡义的嘴里去抠，蔡义一下子把夜明珠吞进了肚里。

蔡义顿时觉得口干舌燥，喊着要喝水。他母亲给他端来一瓢水，他一口就喝完了，还要喝；母亲又去给他端来一瓢水，他还是一口就喝完了，仍然喊着口渴难受；母亲给他提来一桶水，他同样一口就喝干了，还是喊着口渴难受；母亲无奈之下就叫他去水井里喝，他只喝了一口，井里的水都干了；母亲叫他到大河里去喝，他来到大河边，喝了三口，大河里的水折了三寸。

在场的所有人都惊呆了！他的母亲更是惊讶，发现自己的儿子已经不是凡人，含着眼泪封正他一句："儿啊！你是神就上天，是龙就下海吧！"

母亲的话音刚落，天空就划过一道金光。霎时，雷声滚滚呼啸而来，震耳欲聋！接着，下起了倾盆大雨。

奇怪的是：经过大雨一浇，蔡义的头上很快长出一对金色的角和红彤彤的龙冠；身上长出了片片鳞甲；手脚变成龙爪；身后长出龙尾巴。刹那间，成了一条威风凛凛的巨龙。

巨龙朝着地主和那帮爪牙一声怒吼，把地主和爪牙吓得战战兢兢、连连磕头，大气都不敢出一声。

蔡义的母亲是个善良人，看到儿子变成龙对着地主和他的爪牙怒吼，很怕他吃了他们而吓到无辜的老百姓，赶忙叫儿子不要动怒，该入海就入海，该上天就上天。

巨龙听了母亲的话，面对母亲磕了三个响头，然后潜入长江去东海做了龙王。因为他姓蔡，人们就叫他蔡龙王。

蔡义做了龙王以后，想到自己的母亲是凡人，不能和他一起入海，一个人又孤苦伶仃，就常常在黑夜从东海游回来看望母亲。

常言道："龙走水走。"蔡义自从变成龙以后，就不敢过于靠近老家，怕给老家带来水患。所以每次看望母亲，就只能远远地观望。后来，人们就把蔡龙王观望母亲的那个地方叫"龙望坨"，就是今天涪陵城前面的一个险滩。

蔡义有个好朋友叫夏天官，他看到蔡义变成龙王以后没法照顾渐渐老去的母亲，就主动担起了照顾蔡义母亲的责任。多年以后，母亲去世，夏天官以孝子之礼将其安葬。蔡龙王为感谢夏天官的恩情，就特别从东海引来一条暗河，暗河从东海一直通向丛林三涨水。每天东海涨潮之时，水流就会顺着暗河涌向三涨水，然后流入小溪堰渠，灌溉良田沃土，确保了一方百姓风调雨顺。

蔡义母亲去世后的一天晚上，半夜三更，在她曾经居住的那个地方，突然发出"轰隆隆"几声巨响。第二天，附近的人们发现：茅草房不见了，那个地方变成了一个很大的窟窿，窟窿下面暗河涌动。据说，一直通往东海龙宫。

后来，有人在附近修了一座寺庙，取名为“龙洞庵”。

故事来源：流传于涪陵及其附近地区一带，采风于涪陵区百胜镇。
收集整理：杨发秀

会冒米的龙洞

在涪陵北山西面，有一个红花村，村里有一个洞，人们称之为“水龙洞”。这个水龙洞一直到现在，都是每天不停地冒水，不论严寒酷暑，还是天干地旱，从来没有停止过。传说这水龙洞不仅冒水，而且还冒过米。

看官别急，等我给你慢慢道来。

相传：在很久很久以前，水龙洞附近住着一位少年，因为父母双亡，他小小年纪就开始学种地。由于年纪太小，没有种地的经验，费了很多功夫，打下来的粮食难以维持生计，家里穷得叮当响，连灯油都买不起。每天晚上，少年只能早早地上床休息了。

有一天夜里，少年做了一个梦，梦见一个长得非常漂亮的女孩子，身穿绫罗绸缎，飘然若仙，来到他的床前，对他说：“子时三刻，拿口袋到水龙洞口接米。”少年从梦中惊醒，刚好子时。他睁开双眼，奇怪，怎么屋子里亮堂堂的，难道天已大亮？但是到处都是静悄悄的。他没有多想，就找了个布口袋，直奔水龙洞而去。虽然此时是寒冬腊月深更半夜，周围黑灯瞎火，寒风刺骨，但是少年所到之处，都看得清清楚楚，如同白昼一般。

少年到了水龙洞，非常神奇的一幕出现了：平常哗哗流水的水龙洞不流水了，洞前的深潭变成了一块平地。少年走过平地，来到洞口，仿佛有个声音对他说：“打开口袋。”少年打开口袋，原来流水的洞口流出白花花的大米，不一会儿就装了满满一口袋。少年系好口袋，在地上跪着叩了三个头，然后扛着大米回到家里。

少年是个热心肠的人，村里的贫穷人家，他也时不时地给他们送一些大米过去接济一下。人们对少年的评价很高，引起村里的一个单身汉的嫉妒，他每天都偷偷地跟踪少年，少年还浑然不知。

一天夜里，少年又拿了口袋，去水龙洞取米。那单身汉偷偷地尾随其后，到了水龙洞。少年打开口袋，洞口流出白花花的大米。单身汉偷偷朝洞口望去，只见一位美丽的仙女正从洞口向下放大米。那仙女身材苗条，一身淡蓝色的衣裙，清秀的双眸，高雅脱俗。单身汉见仙女这般迷人，顿生邪念，趁仙女专心放米时，悄悄钻进洞里，从仙女的身后一把抱住她，仙女始料不及，吓了一跳！

仙女赶忙关了大米。神仙对付凡人的办法多的是，只见仙女把那个单身汉轻轻一提，他就慢慢飞了起来，单身汉心里还美美地觉得自己会飞了。他飞上洞顶，被粘住了，一动不动，他这才知道情况不妙。他开始不停地央求仙女放了他，可是，仙女早已不见了踪影。他急出一身冷汗，慢慢的，他变成了钟乳石，贴在洞壁上不停地流汗，直到现在那钟乳石还在不停地流汗。

话说那少年从此再也没有来这里取米了，他勤勤恳恳耕田种地。那仙女呢，不知去向。

据说，曾经冒米的洞口，因为当时仙女慌慌忙忙地关闭，没有关得严实，至今还时不时有白花花、星星点点的大米顺着泉水流出来。只不过，流进深潭后一下子就化为了潭水。

故事来源：流传于涪陵区江北街道、百胜镇一带，采风于涪陵区百胜镇。

收集整理：杨发秀

北山坪下黑龙洞

过去，在北山坪附近有个黄旗乡，黄旗乡进去有个村叫来龙村。来龙村有条河沟，沿着河沟往里走，有个黑龙洞，这个黑龙洞直通现在的从林乡，大概有30里长。抗战时期，这个黑龙洞还救过一村人的命，炮火连天的时候，附近的村民都跑到黑龙洞里躲避战争。

关于这个黑龙洞，有一个非常离奇的传说。

相传很久以前，来龙河边住着一对夫妻，夫妇俩结婚多年未有一儿半女。丈夫为了排遣寂寥，不知道从哪里抱回一黑一白两只小狗。这两只小狗，白的洁白如云，取名“白云”；黑的黑如绸缎，取名“黑龙”。夫妇俩闲来无事，对一双小犬如孩子一般照顾。两只小狗也乖，虽然出双入对威风凛凛，但从不伤害附近的村民。

有一次，一连几个晚上，黑龙狂吠不止。主人再三制止不了，就用棍子打它，让它住口。黑龙连跑带吠，还去附近的邻居家到处乱跳，东拉西扯，扯着小孩的衣服往山上跑。附近的村民让夫妻俩把黑龙套住，可黑龙好像知道危险似的，一连几天也不回家吃饭，就在山中来回地呜呜叫，声音凄厉惨淡。

几天后，将近傍晚的时候，人们都渐渐进入了梦乡。村里突然狂风暴雨，山上的石头松动，泥石流滚滚而下，河沟里的水一个劲儿地暴涨。

黑龙和白云冲进村里，到处撞门狂吠不止！家家户户才从睡梦中醒来，发现大水已淹到了家门口，都惊慌失措地拉着家人，跟着黑龙往山上奔跑。白云跑在后面，引导着村里剩下的老人和孩子往山上逃命。不知道跑了多少趟，两只犬都跑得精疲力竭！

眼看自家的房屋要被洪水冲倒了。乡邻舍不得那些贵重财物，都想着狗的嗅觉灵敏些，遇到危险跑起来也轻松些。于是，人们拿棍棒驱赶着白云跟着身强体壮的男人们回屋去驮财物。白云被迫又来回了好几趟，双腿累得已经拖不动了，可乡邻们还想多抢些东西出来。

白云战栗着身体，不愿意再回去。夫妇二人也哀求着乡邻，请求他们不要再驱赶它。

乡邻七嘴八舌，质问他们：是区区一条狗重要，还是拼死拼活挣来的财物重要？他们不顾夫妇俩劝阻，拿着在山上随手扯下的荆棘，鞭笞着白云下山。

无路可逃的白云只得朝山下跑，黑龙在后面狂吠不止。

刚到山下的时候，一股泥石流突然滑落下来，白云又累又饿，逃跑不及，被活生生地掩埋在了下面。黑龙在后面眼睁睁看着白云被活埋，一声长啸，响彻山谷，突然纵身一跃，犹如一条黑色的巨龙划过天际，朝着泥石流的方向直冲过去！

在黑龙划过的地方，出现了一条大洞。霎时，河沟里的大水也顺着这个洞宣泄出去，附近的庄稼、农舍得救了。乡亲们在山上看得真切，都说是黑龙救了大家，却忘了白云为谁牺牲。后来人们为了纪念黑龙，就把这条泄洪洞称为“黑龙洞”。

说来也怪，养育过黑白二犬的夫妇回村后的第二年，竟然生了一对龙凤胎。更加奇怪的是，女儿黑黑的，奇丑无比；儿子却白白的，惹人怜爱。两个孩子长大后，一个住在涪州江北，一个住在涪州江南。

故事来源：流传于涪陵区百胜镇、江北街道一带，采风于涪陵区百胜镇。

口　　述：刘建琼

收集整理：王佳雯

北山上的白鹤湾

白鹤湾，顾名思义，因该处栖息有众多白鹤而得名。在涪陵，有好几个叫白鹤湾的地方，而最古老的当数北山上的白鹤湾。

在涪州，最著名的景致或许是白鹤梁以及梁上栖息的那一群群充满仙气的白鹤。人们不禁要问：每到夏季江水上涨、白鹤梁被淹没之后，那些白鹤去了哪里呢？还有晚上，白鹤住哪里？它繁殖时，又在哪里垒窝歇息？

莫急！且听我慢慢道来——

古时的北山，植被非常好，可谓是古木参天、枝繁叶茂，满山的树藤结满野果，高耸的松树比人的身子还要粗壮。这样的环境，正好适合白鹤栖息。每天清晨，被尔朱真人点化了的那一群群白鹤，成群结队飞到北山脚下长江中的白鹤梁上，觅食、嬉水；到了傍晚，它们便身披火红的晚霞，展翅飞回北山的松林中过夜。

北山坪白鹤湾

鹤群为何要飞到北山上栖息？这里，还有一个感人的故事。

在北山顶上，住着一户姓杨的农家，丈夫杨贵以农耕为主，兼打猎、卖柴为生。妻子杨氏则主要做家务，饲养家畜家禽。他们结婚多年仍膝下无子，求子心切的夫妻俩四处求神拜佛、烧香磕头，可仍不见杨氏的肚皮有任何动静。

杨氏从小就喜欢白鹤，觉得白鹤不仅有一身洁白高贵的羽毛，而且体态优美，煞是好看。有一次，一只白鹤在家门前的池塘里嬉水，杨氏目不转睛地盯着它，一看就是半天时间，而白鹤也笑眯眯地朝她点头。几天后，丈夫杨贵从北山的森林中打猎回家，“战利品”中有狍子、野山羊、獾子等，还有一只翅膀带着血迹的成年白鹤。

只见那只白鹤睁开乞求的眼睛，全身哆嗦，痛苦地看着面前的杨氏。杨氏不忍，恻隐之心顿起，趁丈夫烧水打理其他“战利品”时，杨氏将那只受伤的白鹤抱到自己的房间，拿出祖上传下来的治伤秘方，涂抹在白鹤受伤的翅膀处。怕被丈夫发现，杨氏迅速抱起白鹤向屋后的松林跑去，将白鹤放在一个枝丫处，还用树枝和松针给它铺了个窝，然后扯了一些柔软的枯草轻轻盖在白鹤身上。

“哎，我打的那只白鹤呢，哪个不见了？我最喜欢吃的就是白鹤肉。”丈夫边问边找。

“哦，可能只是受了点轻伤，跑了。”杨氏糊弄着丈夫。

当天晚上，杨氏做了个梦，梦见那只被她搭救了的白鹤伤好了，还带着十多只小白鹤，来向杨氏道谢。它们将杨氏团团围住，用长长的嘴壳亲热地蹭着杨氏，并告诉她：如果在哪里发现了鹤蛋，定将其带回家，放入被窝中二至三日，杨家定会有喜……

第二天一大早，半信半疑的杨氏跑到松林，想看看那只受伤的白鹤还在不在。当她拨开枯草，发现白鹤不见了，只留下一只鹤蛋静静地躺在窝里。

杨氏小心翼翼将鹤蛋捧回家，放入被窝。不料几个月后，杨氏发现自己的肚子渐渐大了起来。第二年冬天，生下一大胖小子。夫妻俩别提有多么高兴！不管丈夫相不相信，杨氏坚信：孩子是白鹤来投的胎。她规劝丈夫从此不要再伤害白鹤，也别再打猎了。

三年后的一日，丈夫耕田去了，杨氏则在家洗衣做家务。三岁的儿子福福在坝子里独自玩耍。没想到，顽皮的福福到池塘边玩耍，不慎掉进水塘，呛了几口水后，在水塘中央挣扎。就在这千钧一发之际，一只硕大的白鹤从空中扎进水塘，用自己的身体托起小福福，救了福福一命。

从那以后，杨氏对白鹤更加喜爱。夫妻二人只要见到白鹤，便主动给它们抛撒谷粒、玉米之类的食物，甚至还将这些食物撒在屋前的坝子上，供白鹤享用。而夫妻俩的这一举动，果然引来了不少白鹤。见有充足的食物，那群白鹤索性在杨家屋后的松林里垒窝安了家。

随着福福不断长大，到杨家房前屋后松林里安家的白鹤越来越多。于是，当地人便将这里取名为白鹤湾。

为了报答白鹤的救儿之恩，夫妻俩更加悉心照料白鹤。食物欠缺时，不断撒些谷物豆类给白鹤享用，还经常去附近的溪沟捕一些小鱼小虾和螺蛳供鹤群食用。如遇大风将刚出生的小鹤吹落到地面，夫妻俩会搭着梯子爬上树，将小鹤放回窝里。

白天，鹤群飞到北山脚下长江中的白鹤梁嬉水；夜晚，便成群结队飞回白鹤湾栖息。如遇江水上涨淹没了白鹤梁，它们便日夜守候在白鹤湾觅食。

在夫妻二人的带动下，北山上的山民对白鹤更加疼爱，与那一群群白色的精灵相处得其乐融融，和谐共存。

故事来源：流传于涪陵区江北街道一带，采风于江北街道永柱社区。

收集整理：冉启蕾

仙女桥的传说

在北山的背后，有一座古老的石拱桥，名叫仙女桥。

几百年来，仙女桥如彩虹般飞架小溪南北，桥的拱高十几米，拱桥两面雕刻的石龙昂首挺胸，仿佛欲腾云驾雾、呼风唤雨。桥下溪流潺潺，一汪潭水呈放射状，清澈碧绿，深不可测。桥头北面的悬崖峭壁上有一个石洞，人称仙女洞，洞前有一倒塌的石门，石门上隐隐约约看得见一个女子的半边人像，据说这个人像就是仙女留下的。

相传，在很久很久以前，仙女洞里住着一位仙女。那仙女心地善良，心灵手巧，特别擅长针线活，常常帮助穷苦百姓缝衣做鞋。只是没有任何一个人见过她的模样。

据说，那时谁想要穿新鞋子了，就把布料拿到仙女洞前，焚上香，说出自己想要缝制什么，需要多大尺码，然后离开这里，一定不要回头。等到第二天同样的时候再去仙女洞，一双崭新的非常合脚的鞋就放在洞前的石凳上了。以前的鞋子纳的是千层底，鞋底是用布料一层层叠加，一针一线缝制，十分费工夫，如果是一般的妇女，要花好几天的工夫才能完成。可在仙女这里，只需一天的时间就可以做得巴巴适适的。

如果有人要想缝制新衣服，也是用同样的办法，送去布料，焚上香，说出自己想要的衣服样式和尺码，然后离开，一定不要回头。第二天同样的时候去取回衣服，同样不能回头观望。

据说这是仙女定下的规矩，所有人都遵循这个规矩，无论多么好奇，都不会去求证仙女的模样。

附近村里有一个死皮赖脸的好色鬼，他常常调戏村里的女孩，偷鸡摸狗，他居然对仙女动起了邪念。有一天，他借故让仙女给他做新鞋子，到仙女洞前焚上香，摆出布料，说了自己想要的新鞋尺码，然后偷偷躲在侧边，等仙女出来。仙女以为来人已经走远，就开门出来。她刚出门，好色鬼就一把抓住仙女的罗袖不放，仙女和他拉扯并要赶紧进去关门。仙女侧身进门的一刹那，好色鬼却抓住门，死死地压住了仙女。

然而，就在仙女被压住的一刹那，只见天空电闪雷鸣，一道金光如同长鞭利刃，将好色鬼劈得魂飞魄散，顿时不见了全尸。紧接着，狂风呼啸、飞沙走石、大雨倾盆，天地悲号！大雨整整下了三天三夜，山脚下的小溪变大河，浊浪滔天，两岸百姓无法往来。

三天后，雨终于停了，天边出现了一道彩虹，十分艳丽，彩虹上还现出了仙女美丽的影子。

后来，人们为了方便出行，同时为了纪念这位仙女，就在仙女洞北边的小溪上修建了一座桥，起名“仙女桥”。

据说修桥的时候，来了一个奇怪的老石匠，他穿得破破烂烂，说话有些饶舌，行动迟缓，但是他做工精细。老石匠雕刻了一只蛟龙的前半个身子，完工后，他又每天慢吞吞地打造一块像猪槽一样的石头。工匠们对老石匠很不满，开始讥笑他把那块石头都摸发热了，甚至骂他是到这里来混饭吃的，还不如出去讨饭的好。在大家七嘴八舌的哄笑声中，老石匠离开了。临走时，他把像猪槽一般的那块石头往腰间一挎，拂袖而去。

老石匠带着“猪槽”来到一个孤老婆婆的家里，把石头放下，对婆婆说，如果以后有人来取这块石头，要三锭银子方可取走。说完，老石匠就消失了。

话说修桥的工匠们，费了很多功夫，眼看拱桥就要完工了，就差最后一块桥拱中心的金石就可以合龙。可是，拿来充当金石的石头换了好多块都不行，大桥始终不能合龙。这时，有一个石匠突然想起老石匠挎走的那块石头。派人八方寻找，终于在那个老婆婆家里找到了。付过三锭银子抬回来，安上去刚好严丝合缝，就这样仙女桥顺利完工。

听说当时为了辟邪，为了周围十里八乡不再出现邪恶好色之徒，有德之人在拱桥的下方安了一个挂钩，挂钩上挂了一把很长的马刀，专门用来镇压这些邪恶之人。

几百年过去了，仙女桥依然威严矗立，连接着小溪的南北！

故事来源：流传于涪陵区百胜镇及附近地区，采风于百胜镇双河场村。

收集整理：杨发秀

北山空壳树的来历

在涪陵北山坪附近，有一个村叫松柏村，松柏村四社有一个叫“空壳树”的小地名。1949 年以前，这里真的有一棵空壳树，有五六个人环抱那么大，不死也不长，不知道“立”了多少年。附近的孩子们都喜欢到那儿躲猫猫，同时也给附近的大人们带来了不少谈资。

很多年以前，松柏村可以说是穷乡僻壤，村里许多壮年都到“小河”（乌江）去拉纤，许多单身汉娶不上媳妇，打光棍的很多。松柏村里有个小伙子，叫吴望，有一次在拉纤途中捡到一个孩子。见孩子粉嫩可爱，想到自己反正讨不到老婆，不如捡回去养大后，到老还有个依靠。他希望孩子长大后孝义两全，于是给孩子取名叫吴孝义。

那年月，白米只有大户人家才能吃到，为了养活孩子，吴望每次拉纤完后，都要趴到船上看官人们有没有落下的米或糖之类的东西，捡回去喂养家里的孩子。纤夫们嘲笑他，他也不反驳，总是憨憨地笑：我有儿子，有盼头，以后有好日子过呢。

孩子一天天在长大，上学堂，娶老婆，无一处不用到钱。吴望为了养子，一次次在乌江河上走。乌江河险啊，一头栽下去捡不到骨头；乌江河长啊，一步步都是血泪和汗水。“要比世间谁最苦，跟着纤夫乌江走。”

儿子讨了老婆还要盖房子，吴望老了，拉不动了，可在家看着儿媳妇的脸色，儿子的白眼儿。唉，还是再走一趟吧。

乌江上的纤夫

乌江纤道来回不知走了多少次，一次比一次难走！或许是岁数大了的缘故吧，经过五里羊角碛，他们这一组拉过滩去了，又调头去帮助下一队的人拉纤。

吴望肩上的茧，已经被纤绳勒得麻木了。手脚打滑，一不小心两眼一黑，一头栽进了乌江里。那湍急的河水，无人能救，纤夫的命贱，死后也不过几十个铜板，叫家人来领了便了事，尸骨都找不到是常事儿。

吴孝义领了钱，想到没有尸骨更好，不用多花那几个棺材钱儿。回家跟妻儿说了一声，以为这事就这样过了。

没想到隔了几天，邻村有个人在江东菜场沱做工，在河边看到一具像他父亲吴望的尸体。想必因为乌江水涨，尸体泡涨后，沿江而下，被水冲到了离两江河岸很近的回水湾菜场沱了。于是便赶回来跟吴孝义报信。孝义一听，很不耐烦，推说这两天家里有事走不开，隔几天就找人去抬回来。实则他想："过几天涨水，会把尸体冲下江里去的。"横竖不想去收尸。说来也怪，那年夏天干旱，怎么都涨不了水，尸体在岸边晾了好多天，被蛇虫鼠蚁咬得只剩了几根骨头，吴孝义也不去捡回来。

一天傍晚，吴孝义恍惚听见有人在屋后叫他。他跑出去看，空无一人。正准备回屋，忽然雷声大作，一道闪电划过，吴孝义被雷电劈死在屋旁柏树下。妻儿闻声跑出来，只见地上一团焦黑，哪还见着个人形儿！

第二年，在埋藏吴孝义的地方，生出一棵泡桐树。泡桐树长势很好，不几年就有几个人环抱那么大，蛇虫鼠蚁特别喜欢吃泡桐树里面白白嫩嫩的芯儿。不几年，就把里面吃空了，只剩下一个大大的空树壳。乡邻都说：吴孝义不孝，养父把他视如己出，一粒米一粒米地捡来把他养大成人，为他拼了一把老骨头。他却连老父亲的尸骨都不收，任由蛇虫鼠蚁啖尽尸体，真是良心烂完了。现在，吴孝义死后变作一棵树，是他父亲讨债来了，让他没心没肺腹中空！

故事来源：流传于涪陵区江北街道一带，采风于江北街道北坪社区。
口　　述：刘建琼
收集整理：王佳雯

三、民间传说故事

巴王指路

在涪陵北山下的黄旗口码头对岸，有一道从山顶上笔挺挺直伸进长江中的石梁，形同一个饮水长江的马头，人称“马鼻梁”。

马鼻梁土地瘠薄，住着况姓人家。马鼻梁的对岸是黄旗口，住着马姓人家。这两姓人，因祖辈留下的宿怨，常打官司。马家自以为地处黄旗口，地肥物丰，还有人在县衙里头当差，有钱有人，陪你况家打官司。但每次打官司，都得给县大老爷塞“包袱”，把家也塞穷了。而况家的人认为，人生在世，除了“一死无二灾，讨口无二穷”，抱着“屁股上吊二两干胡豆当饭吃，也要拼上老命和你马家把官司打到底”的态度。所以，两姓人像河里的乌龟和团鱼打架——翻来翻去玩抓扯。几代人都忙于打官司，田地大都荒废了，自己也越搞越穷。

一天，况姓的族长把族人召集在一棵大黄桷树下，商量如何才能让马家倒霉。这时，过来一位须发皆白的老人，他边走边念着：“要想马家萎，马鼻梁的石头变成灰。”说着，就往黄旗渡口走去了。

况姓族长便问他的族人：“怎样才能使石头变成灰？”有个汉子说：“石头怎么能够变成灰呢？我认为这老头是马家的人，是来向我们况家示威的！”于是，就有几个年轻后生跟身去追那位老人，想在人少的地方教训教训他。正要追到，忽见老人在一块大石头上抓了一下，五指一紧，便有石粉飞出来。随手一洒，便满天飘白灰。吓得几个年轻人瞠目结舌！好一会儿才清醒过来，慢慢往回走。回去把见到的经过一说，众人“张丞相望到李丞相”，半天都没人开口。

又过了好一阵，人群中有人说：“族长，我下午要到酒店垭去挑点山石灰，在苞谷地边边挖坑糊个山茅厕，免得以后淋苞谷还得从家里挑粪。我想……想先走了。”

族长一听，忽然领悟：“嘿哟喂！有了！烧石灰，不就是把石头变成灰吗？开马鼻梁的石头，烧石灰！”族长组织大家开石头砌窑子、采灰石、砍柴草。不分男女老少，都来为“石头变成灰”出力！不几天，就点火烧窑了。

第一窑石灰烧出来，卖了不少钱。族长大喜，便叫全族的人都来建窑开山烧石灰。不到一个月时间，马鼻梁山上到处都是石灰窑子。况姓族人有的砍柴，有的装筐，有的运矿石，有的装石灰……把打官司的事，忘到天边去了。

石灰烧得多，况姓人的收入也增多。口袋里有了钱，走路腰板都直起来了。

马家见况家兴旺起来，很不服气，也召集族人商量对付况家的办法。这天，走来一位仙风道骨的老人，他边走边念：“要得马家发，满山长出红疙瘩。”然后就坐在石坎子上，不慌不忙从怀里摸出几个红柑橘来，一字儿排开摆在石板上。随后，自顾自走了。

马姓族长一见，心里就明白了：“这位老人是在点化我们，栽柑橘树！”于是，全族人都上山栽橘子树。大家都把发家的希望寄托在“满山长出红疙瘩”上头，根本无心打官司。

到了季节，果然“满山长出红疙瘩”来。马姓的人便摘下来用船装进城里去卖，第一年就卖了很多钱。

况姓的人整天忙着烧石灰、运石灰、卖石灰；马姓的人对橘树的经营管理精细又精细。两姓人都在积极生产，努力增加收入，完全没有闲心去想打官司那耗财费神的烂事。到后来，两姓的人全都发家致富了。

过了好多年，当年那个老头又从马鼻梁路过，况姓族长便说：“老哥子，当年全靠你指点迷津，我况姓人家才走上这条发财发家的致富路。今天，我要办一桌酒席谢你。”

老头说：“要谢我，就请明天到城里会仙楼请我。”

老头过河到了黄旗口，马姓的族长见了也说：“老哥子，全靠你指的那个‘满山长出红疙瘩’的路哟，要不然我马家怎么也发不起来。今天，我要请客。”

老头又说：“你要请我，就在城里会仙楼请。”

第二天，马家、况家的两位族长进城，在大街口的会仙楼外接住了老头，二人便你拉我扯的要单请老头吃饭。老头说："莫争，莫争！我们都去，三个人吃一桌。"

三人来到会仙楼上的"人和居"雅间，两位族长争着叫菜，桌子都堆不下了。

可吃饭的时候，两位族长在筷子上使心眼，都不让对方拈到想拈的菜。老头一见，便说："两位族长，我给你俩讲个古：有一只狼给两只狐狸分肉，故意分得一多一少不均匀。黑狐说白狐的多了，狼就把白狐的肉抓过来咬一口；白狐说我现在的肉比黑狐的少，狼又把黑狐的肉咬了一大口……就这样，两只狐狸不停地说对方的肉多了，狼就不停地左咬一口、右咬一口。待狼把两块肉全吃光，那两只狐狸再不说谁多谁少了，但它们却一口肉也没吃上。"

两位族长一听，好像醒悟了，便规规矩矩喝酒吃饭。

要下席了，老头说："我今天吃了你们一大桌，我去点一样菜来，作算答谢二位。"说完就下楼去了。

隔了一阵，却不见老头上来。只见跑堂倌端了个盘子上来，上面盖起一块红布。两人不约而同揭开红布，一看，盘子上放着一张纸，上面写着几行龙飞凤舞的字：

况家穷，马家萎，
只因几辈官司打成堆；
马家发，况家富，
全靠而今自己亲手做。
人和人勤家业发，
望你马况二姓结亲家。

二人看后，你看我，我望你，继而低头细想：是这个道理啊！

二人就不约而同跑下楼去找老头。没找着，却在街上碰上那个在衙门当差的。他便拉马姓族长到边上，说："现今是巴王坐镇。送点钱，包你的官司打赢。"马姓族长说："你当我是黑狐狸哟！"说完就转身走了。当差的就去找况姓族长，说："你只要出点钱，我让巴王帮你把马家整萎！"况姓族长说："你以为我是白狐狸吗？"边说边转身走了。弄得那个当差的站在街上发傻，半天都没搞清楚黑狐狸和白狐狸是怎么回事。

两位族长又回到会仙楼，问跑堂倌：“刚才那个老头到哪里去了？”

跑堂倌说：“走了。还给你们把账都结清了。”

两位又问：“账都结了？他是做哪行的哟？”

跑堂倌说：“他吗，我也搞不清楚他是做哪行的。自从巴王到涪州，就见他了。经常有人请他到这里来喝酒吃饭，每次都是快下席的时候，让我送上红布盖着的这道菜，然后就给人家把账结清走了。客人一吃了这道菜，哪怕进来时吹胡子瞪眼睛，出门时也和和气气。时间长了，有的喊他和事佬，有的人叫他指路仙人。”

两位族长听了，同时说：“他莫非就是巴王？”

跑堂倌说：“不说不像，说起来还有点像呢。”

两位族长手拉手下了会仙楼，满城东南西北都找遍了，也没有见到老人的踪影，只好同船走了。

后来，马、况二姓和好了，还真的结了亲。两姓的日子越过越好。而黄旗口的橘子、马鼻梁的石灰，从此以后便远近有名。

故事来源：流传于涪陵及附近地区，采风于涪陵区江北街道北坪社区，曾收录于《涪陵民间文学三集成》《涪陵民间文学》《涪陵故事》等。

收集整理：陈曦震

聪明的幺媳妇

从前，北山上住着一户人家，家里有四个儿子，又接连娶了三房媳妇，只有幺儿还没有娶亲。公公是个精怪人，又爱说天话，经常说些叫儿子、媳妇摸不着头脑的话。

那一年大年初一，媳妇们都要回娘家。公公把三个媳妇叫到跟前，说：“这回你们回娘屋，时间由我来安排：长嫂如母，大媳妇回去耍三五天就行了；二媳妇居中，你回去就耍个七八天；三媳妇小些，回去耍半个月吧。不过，你们要同时出门，同一天回来哈！”

接着，他又做交代：“回到娘屋要代我问候亲家，回来的时候，还是要带点儿礼物回来。带点儿啥子呢？大媳妇带就带‘上扯下’；二媳妇就带‘下扯上’；三媳妇嘛，就带‘不上不下’。”

俗话说：说起回娘家，脚杆翻扬叉。三个媳妇听完公公的话，连忙说“要得要得”。

三个媳妇同时出了门，走到分路的时候，大家约定回家的时间，才晓得公公给她们出了一道难题：回娘屋要的天数不一样，怎么能同时回来呢？还有那些“东扯西扯”的玩意儿，到底是什么？想不出个所以然，只好坐在一起哭。

正在这个时候，一个路过的姑娘问：“过年过节的，你们在哭啥子啊？”三个媳妇就把回娘屋公公出难题的事原原本本地对姑娘说了。姑娘一听哈哈大笑，说：“这是啥子难题嘛？大嫂要三五天，三五一十五，刚好半个月；二嫂要七八天，七加八一十五，还不是半个月嘛。三个都是半个月，哪个不能同时回来嘛？大嫂打一顶线帽子回来，就是‘上扯下’嘛？二嫂做双袜子带回来，不是‘下扯上’吗？三嫂买根裤腰带回来，就是‘不上不下’啊。”三个媳妇一听，哦，原来是这样！对姑娘千恩万谢、感激不尽。

过了半个月，三个媳妇带了线帽子、袜子、裤腰带同时进了家门。公公心头欢喜：噫！这三个媳妇怎么变得这么聪明了呢？细问才搞清楚，是那个过路的姑娘出的主意。公公晓得那姑娘是个“人尖尖”，多方打听，想方设法托媒人死缠烂打，好不容易才把那姑娘娶进门，做了幺儿媳妇。

四房媳妇都娶齐了，公公没忘去北岩寺敬菩萨、烧香还愿。那一天，他刚把刀头肉、供果摆好，正准备作揖磕头，没想到从侧边跑出一只猫来，衔起刀头肉就跑。公公抓起随身带的拄路棍就朝猫儿打去，正好打在猫儿脑壳上，猫儿脚一蹬就死了。北岩寺里的住持看到公公打死了猫儿，不依不饶，非要公公赔不可。

住持对公公说：“我这猫儿，一赛过龙，二赛过虎，人家银子都出了五万五，你不把猫儿弄活，就要赔我银子五万五。”

猫儿肯定是弄不活的。住持限公公第二天把银子交到庙里去。

哪里去找五万五银子？公公明晓得是住持讹诈他，回到家来，愁眉苦脸的打不起精神。

幺儿媳妇问："公公，你在愁啥子嘛？"公公才唉声叹气地把事情的原委说了。

幺儿媳妇问他，以前寺里的住持借过他什么东西没。公公说多年前借过一个木盆，还没有还。

幺儿媳妇叫一声"好"，就教公公如何应对住持。

第二天，公公去找住持。住持看到他就说："银子拿来没有？"公公说："银子倒是拿来了，你得把那回借的木盆还给我。"住持说："你那个木盆，早就烂成块块，当发火柴烧了。"公公说："我那个木盆，一赛黄金木，二赛金香木，别人银子都出了六万六。我赔你猫儿钱，你该补我一万一千两银子。干脆些，你就给我一万两算了。"住持一听，晓得有人设了圈套，赶忙说："算了，算了，开玩笑的，我们大家都不赔。"

公公欢天喜地从北岩寺回来，随手就在门上写了五个大字："万事不求人"。那意思是家里有了幺儿媳妇，什么事情不求别人，都可以办得到。

有一天，县官从他家门前过路，看到门上有"万事不求人"，很不高兴，心想：我一县之主都没有这么嚣张，你一个乡巴佬敢口出狂言。回去后，立马派手下人把公公带到了县衙。

公公进了衙门，县大老爷就说："你说你万事不求人，啥子都办得到嘛，你给我办四件事：头一件，缝天那么大一笼帐子；第二件，喂一条像峨眉山那么重的肥猪；第三件，要烤海水一样多的酒；第四件，找三百个鸡公蛋来。限你一个月内办到。办到了老爷有赏，办不到，就提起脑壳来见我！"县官说完，把惊堂木一拍，公公差点吓流了尿。

公公从县衙跑回家，一走到家就哭："遭了！这回把话说大了，哪个办哟？"把一家人都吓得不轻。幺儿媳妇听完公公说县官交办的事情，说："我以为是好大的事。这些事，都好办。"叫公公不要着急，明天自己在屋睡着，她去见县大老爷就行。

第二天，幺媳妇带了一把尺、一杆秤、一个打酒的提子。走到县衙，就对县大老爷说："大老爷，你支派我家公公的事，我们都办到了。"

县大老爷一听，晓得中间有蹊跷，就装起糊涂，说："办到了，那四件东西呢？拿来看噻。”

幺媳妇说：“你莫忙嘛，你要天那么大的帐子，我布都扯好了，就是不晓得你说的那个‘天’有好大？我这里有一把尺子，你拿去量一下有多大，我好比起缝帐子。”

这一下把县大老爷难倒了，大老爷说：“这事就算啦，你把猪牵来嘛！”

幺媳妇说：“猪吗？有的是，这里有把秤，你拿去把峨眉山称一下，看有多重，我好给你送一条一样重的来。”又把大老爷难倒了。

县官说：“算了嘛，那酒呢？”

幺媳妇说：“酒也有哇，我这里有个酒提子，你拿去把海量一下，看好多，我才好给你送来。”县官说：“我难得去量，你去给我装来就是。”幺媳妇说：“这也不难，你拿海那么大个酒壶来，我马上就去给你装来。”又把大老爷难倒了。

县大老爷说：“那三百个鸡公蛋呢？”幺媳妇答：“过几天我公公给你送来。”

大老爷说：“你公公今天哪个又不来呢？”幺媳妇答：“他在屋里坐月。”

大老爷说：“嘿！哪有男人坐月的？”幺媳妇立马对答：“哪有鸡公生蛋的呢？”

这回，县大老爷倒被幺媳妇问倒了。

故事来源：流传于涪陵及其附近地区，采风于涪陵区增福乡，曾收录于《中国民间文学三集成·涪陵市资料集》《涪陵民间文学》等。

收集整理：聂茂怀

好师长护生全家

早年，北山坪半山有个学堂，学生不多，就只有北山坪上人家的孩子，大小不论，都来这里读书。有的读《三字经》，有的读《百家姓》，有的读《幼学》，有的读《孝经》……老师是个老学究，分门别类地教识字，讲文义，学礼仪。

有个学生姓苏，性格刚直、好学，还取得了一介功名，每年都有地方筹集和皇家恩赐的禄米，全家以此解决生计，聊可温饱。但因父亲对儿子要求格外严厉，儿子受不了，就和父亲顶撞，有时还父子对吵。后来，儿子甚至不去学堂读书了。

父亲着急，随即心生一计：你娃不去学堂读书，好！老子叫官府来找你的不是！

父亲以"不孝"的名义，将儿子告到县衙去。

知县大老爷接到状子，立马下传票要苏姓生员到县衙听审。但念他是一介生员，让他先在家里准备"说词"——当堂辩解时的具体事实和理由。

时间一天天过去，开庭之期转眼就到了！

这天清早，苏姓生员早早起来，对自己想了一夜的"说词"做了一番梳理，并把自己定下的三条保证默记在心：一是保证不和父亲当庭顶撞；二是保证如实向县大老爷陈述自己的情况和想法；三是保证不文过饰非，弄巧成拙。

生员一边思考，一边埋头赶路。不想，撞到了对面走来的一个人身上。生员正要开口说对不起，却被对方一个手势封住了。那人说："看先生埋头急行，匆匆忙忙必有要事。不妨说出来，让山人为你排解排解。"

生员一见，以为他是算卦占卜的，心头想：这个人衣着讲究，还来赚这种钱！要是往常，我还可以跟你纠缠几句。但今天，不和你闲扯了！

边想边就打算擦身过去。谁知对方却开口了："公堂之事，不可小觑。稍有不慎，便有人毁家败之危啊！"

生员听了一惊：他怎么知道我今天要上公堂呢？看来，绝非等闲之辈。便打拱相对："学生愿闻其详！"

那人就用手一招，轻声说道："附耳过来！"

二人叽里咕噜说了一阵，那人还用毛笔在生员的一双手掌上各写了一行字。然后，各自走开了。

赶到县衙，生员报了姓名和事由，被衙役带进公堂跪下。

县大老爷就问："你已看过案卷副本，有无答辩？"

生员不说话，只摇头。

县大老爷说："如无答辩，那就从实招来！"

生员还是不说话，只是摇头。

县大老爷以为生员是被公堂上的阵仗吓怕了，便和颜悦色说："你是招供画押，还是有理陈词，你总得开口说话啊！"

生员轻声细语，怯生生说了句："不好说得！"

县大老爷略一沉思，便问："你想怎样？"

"我想让老爷的衙役离大人远一点！"

县大老爷便让衙役们离他三丈远，然后让生员说话。

生员伏身在地，开口大喊："大老爷在上，小人冤枉啊！"

县大老爷便说："有何冤情？从实讲来！"

生员微微起立，慢慢将两手伸直，高高向上，对着县大老爷直直地伸出两只手掌……

县大老爷俯下身去看。这一看，不禁勃然大怒！随即大喊一声："带原告！"

生员的父亲被带上来。县大老爷随即抽了桌上法筒中的竹签，往地上一抛，厉声狂喝："大胆刁民！给我重责四十大板！"

衙役们掀翻老人在地，飞起板子就要往下打！

一看这架势，生员起身一跃，伏身护着父亲，口中哭喊着："老爷，你打我吧！他老了，受不起四十大板的重责。是我不孝！你打我吧！老爷！"

县大老爷一见这情景，再联想到生员手上写的字，他把惊堂木一拍，断案道："生员跃身护父，不孝之名已明显昭雪！生员之父诬陷亲子，惹是生非，本应重重严惩。但念其年老体弱，姑且免过。本县赠生员全家现银一锭，回家好好度日，不得再生龃龉！退堂！"

老父亲深受惊吓，尤其是听到莫名其妙的"重责四十大板"的断喝，更是不知所以然。幸亏有儿子以身相护，自己才免了一顿皮肉之苦。他对儿子的怨恨，变成了感激。父子俩相互扶持着出了衙门，径自回家去了。

从此，父子俩相亲相敬，和好如初。后来，生员娶妻生子，一家和睦。他又发奋读书，终有成就。

这时候，人们就说：要是当年县大老爷以不孝之罪，革除了苏姓生员的功名，不仅不会有生员今天的锦绣前程，而且这个家也就由此败了！

县衙门的人，嘴紧的有，嘴敞的也有。生员两父子当年在大堂上的事，传来传去就传得五花八门。归根结底就是：父亲告儿子不孝，儿子有事不好申辩，写在手上。县大老爷看了生员手上的字，不仅没有惩罚儿子，反而要重打老子四十大板。

那么，生员手上究竟写的是什么字呢？居然有如此大的魔力。

由于当时衙役们都被老爷叫退离三丈，谁都没有看清楚，当然说不出个所以然。那件案子断过不久，县大老爷又升迁走了。至于生员自己呢，自然更不会说出来。

又过了好多年，终于从当年的一位师爷那里，听出了一点儿口风。原来，生员手上写的是："妻有貂蝉之貌，父有董卓之心。"

也许你要发问：貂蝉和董卓是怎么一回事儿？

这个问题嘛，你去读一读《三国演义》就知道了。

也许你还要发问：那时候，苏姓生员还没有结婚啊，哪来的妻子呢？

是啊，这就是那个在生员手心写字的高人，比常人高妙之处。

也许你又要发问：这样一位高人，他是谁呢？

对于这个问题，涪州百姓也是纷纷传言、其说不一。有的说：能够想出这样绝妙的办法，除了程颐老夫子，涪州城没有第二个人；又有的说：那个人不是程夫子本人，而是在钩深堂听过程夫子讲学的一位处士。

故事来源：流传于涪陵及其附近地区，采风于涪陵区江北街道北坪社区。

收集整理：陈曦震

樵夫装哑

涪陵北山坪有个樵夫，很有孝心，靠到铁柜山打柴卖供养老母亲。他挑柴进城总要不停地唱："当心哟，当心哟，挑柴的来啰！"人们就把这叫作"铁柜樵歌"。

那天樵夫挑着柴走到西门口，一个员外站在路当中傲慢地不让路。樵夫一不小心，柴丫把员外的衣服挂破了，这就惹了大祸了，员外抓起樵夫就去见县老爷。

老爷问樵夫："员外的衣服是不是你挂破的？"樵夫不答应。老爷再问，樵夫还是不答应。

老爷以为他是哑巴，就对员外说："他是个哑巴，我看你就算了。"员外急忙说："老爷，他不是哑巴，刚才还在城门口唱歌。"老爷问他唱的哪样，员外说："当心哟，当心哟，挑柴的来啰！"

老爷听了，惊堂木一拍："我看你是无理取闹！既然人家在喊'当心'，你为啥子不让开些？"结果员外吃了个"哑巴亏"。

故事来源：流传于涪陵城区一带，曾收录于《中国民间文学三集成·涪陵市资料集》《涪陵民间文学》。

讲 述 人：文德铭

收集整理：袁明媛　周业伟　邓祥碧

江竿竿黄大刀北山论剑

涪陵武功要数"点易派"最有名，四大武功高手各有专攻：黄楚湘的大刀（绰号"黄大刀"）；吴锦澄的腿功（绰号"草上飞"）；李仿尧的武功更是了得，民国时期蒋经国到涪陵北马山考察防务，还聘其做私人保镖；江汉林的竹竿（绰号"江竿竿"）。

为了一点江湖上不好明言的小事，江竿竿和黄大刀两人先是心生芥蒂，后就萌生了一决雌雄的心。

有天，江竿竿叫人先去上北山坪的路边将一土地菩萨的像动了点手脚，把一向慈目善目的土地公公的眼皮调整了一下，慈眉善目的慈祥形象变成了双眼朝上看的势利小人，一副对世间众生不屑一顾的神情。

这天在北门口茶社，江竿竿就约请黄大刀黄楚湘上北山坪云耍。黄楚湘明知故问地向江竿竿说："师兄！去北山坪有啥耍事，还不如在会仙楼找俩娘们儿喝酒听曲儿。"

江竿竿说："师兄，你我习武之人别常去染指那倒阳之事，云北山坪看松屏列翠，再去'江天独坐轩'听铁柜樵歌。习武之人，也该有点文人雅士的兴趣。"黄楚湘一听就哈哈大笑，说："附庸风雅哟！我想去，但您得问问我的大刀答不答应去！"江竿竿一听，瘦小的颈上那颗略显尖削的头颅前额往上一昂，那瓜皮帽就往后一滑，露出光亮的额头和高高的发际线。随即从袖中露出半截黑紫竹竿来，说："我就请我的这根专打疯狗的紫竹竿竿儿邀请（吆起）你去哟！"掺茶水的掌门儿一见这阵势，就是要动刀动棍的架势，架势一拉开，茶馆还不来个底朝天啦！便提了开壶吼喊过来："两眼盯到双脚下蹶，开水烫背！来呢！"掌柜的一听这是有人闹事的信号，便急忙出来挡事！一看这阵势，就忙作揖打拱地说："二位在这里龙腾虎跃，小店经不起倒海翻江。烦劳二位动贵步，移玉趾。看门外海阔天空，任英雄风生水起！"黄楚湘便收回握住刀把的手，手往门外一伸，口中吐出个单音："请！"江汉林将食指和中指夹住紫竹竿儿往上一提，"二指禅"功就将紫竹竿升到腋下夹着，一个箭步，飞身从窗口射出而去！空中传过江汉林的声音："是英雄好汉，明天北山坪下渡口见！"

待众茶客回头看黄大刀黄楚湘时，他已不见了踪影。

便有好事者起哄："有兴趣的，不怕飞血溅星染身的男子汉，明天就去北山坪的林子里藏着，松树上荫着，看钢刀儿快还是竹竿竿快哟！"

第二天，龙王嘴到北岩寺的头渡船上，执篙竿的桡夫子刚把"北岩寺的头渡船开船啰。抽——跳！"喊完，便前无先例可循的喊出一声铜锣响声来：咚……哨……在"哨"声还余韵循空之时，只见黄大刀将身一纵，左手将刀舞出一个"黄龙腾滚缠身"之势，右手就把抽跳板的桡夫子提开，凌空落下的双脚一较劲，重重地落在搁在船头翘起的跳板头上；说时迟，那时快，只见正飞步往龙王嘴江边赶的江汉林在一坡石梯步顶上敛足纵身，跳落在江边一大石顶，再弹起双足，一个前滚翻就落在被黄大刀黄楚湘凌空飞踩翘的跳板上。跳板从沙岸翘起，乘势就跳板弹送到船舵爷的身后。江汉林便用食指竖起嘴中“嘘”了一声，船舵爷便一惊之后默不作声了。

黄大刀却在船头用大刀尖顶住飞落在他大刀尖上的跳板中心，让跳板扯“旋子”。众过客便齐声叫：“好!”船舵爷便招呼：“龙王沱，龙王沱！十人落水九难活，桡子手！稳到走!”过客们才坐好不吭声了。

船到北山坪脚下靠岸，黄楚湘不见江汉林，就在江边一大鹅卵石上等江汉林过，好羞辱他。谁知却从河岸的半山腰传来汉江林的长啸声：“呜——喽喽——啰——”这声音在北山坪下、长江边的清晨尤显明亮、平和、悠远……

黄楚湘便连吼带嘶的，吼叫着往半山腰飞跑而去。

黄楚湘一到半山腰，见江汉林正站在土地菩萨前发呆，就把大刀从后背抽出往岩石上一拍，乘势一拉一推，刀和石之间就飞迸出一簇火星子!

江汉林说：“想烧北山坪呀？土地菩萨看着你的哟!”

黄楚湘一扭头，见土地菩萨正翻着白眼看着自己，便火冒三丈!

他挥刀吼喊：“敢向我黄大刀翻白眼？我一刀砍断你的颈桩骨!”

江汉林便伸了竹竿挡住，说：“人家是一方土地，管这一方天地人畜，翻个白眼也不算什么大不敬！莫动杀伐之心！我让他把白眼翻下来就得了!”

江汉林一边说着，一边就将手中的紫竹竿一抖，只听“啪！啪!”两声，再看，土地菩萨的白眼没了！但却成了不拿正眼看人的“瞟眼”了!黄楚湘又要抡刀……江汉林又用紫竹竿点了两下，“啪啪”两声一响，又一看，土地菩萨却又成“对眼”了！黄楚湘便伸刀向天大吼：“玉皇老儿，你手下无人，竟选一个对眼来做北山坪的当方土地老！你让这对眼对眼，只看自己顺眼的来管我们，你让我们怎么活呀！干脆一刀劈断他的颈桩骨算了!”江汉林忙用紫竹竿拦住说：“只看自己顺眼还不犯砍头之罪，给他把眼睛矫正一下就行了嘛!”说着就又听见“啪啪”响了两声，一看两颗眼珠却掉在土地菩萨的膝头尖上一旋一转地盯着江汉林和黄楚湘，仿佛还在忽左忽右地动，表示出在问：“我的眼珠不在眼眶里，到哪里去了？”

黄楚湘一见这状况就头皮发麻，连头发根都立起来了！忙说：“汉林兄，你老兄莫惹天祸哈！他是当方土地哟，他睁着眼睛做总比他不长眼睛乱来乱整好些，你还是给他安回去才行哟！不然这方百姓怕要被他不长眼睛地乱整得活不下去，玉皇大帝怪罪土地菩萨，土地菩萨反咬你一口的话，你才要遭天祸！”

江汉林说：“那我给他土地菩萨安回去就是了。”就又听见“啪啪”两声。一看，土地菩萨的眼睛又还回去了。眼珠还在转，好像在说：“我这土地菩萨坐镇一方，就是要为当方百姓做点好事。光享受供奉，不干点正事，玉皇大帝虽然管不过来，但被当地英雄豪杰挖去双目示众，我就成了一个不长眼的混账东西，我就享受不到当方百姓的香火与供奉了！一定要干点正儿八经的为民生为苍生的好事。”

黄楚湘看土地菩萨的眼仁在转；他的眼睛虽没转，但他的脑子里却开始旋转！他想的和土地菩萨想的不一样。他想，这江汉林的紫竹竿，只听言传其厉害，从未见其使过。今日所见，果然不凡！其人功夫在我之上！此人不除，我决难出头，独霸一方。不如趁此无人之际，乘他不备之时一刀除之！

黄楚湘灵机一动，计上心来，便说：你这土地菩萨，好不知晓，为政一方，还会使出多种眼色，看人下菜，本大刀义胆雄心，除暴安良！一刀送你回西天，让玉帝另选贤达者来此主政一方，为民造福。说着就舞刀蹉步，跃跃欲试地卖弄着花架子……

江汉林一见，知其是“项庄舞剑”之计，心想：哼！汝把我当沛公了！便双手入袖旁观，右手之食指与中指箝住紫竹竿头，左手做作如握状！

黄楚湘便把注意力放在江汉林的左手上！他一个中路的“贲龙缠腰”之势，刀行半途，便成了“刀削笋尖”之式，随口就喊：“瞎眼土地着刀！”乘势就直取江汉林上三路部位——颈项！

江汉林看在眼里，计在心里，随即一个“饿虎摇铃”将头躲过，右手二指发力抽出紫竹竿凌空一旋，二指一松，紫竹竿就翻着跟头扑向黄楚湘面门！

黄楚湘见紫竹竿在晨曦中旋出一团紫气向自己扑来，便将刀锋一抬，一招“托山赶月”破解江汉林的“紫气东来”！

哪料到江汉林将长袍一撩，飞身凌空，伸右手抓住紫竹头，左手将袍襟一扇……

黄楚湘正犹疑于解江汉林的招式，便将刀向江汉林袍褃下的左手斜削下来……

江汉林心中大喜：要的就是你这招！等的就是你自以为得计的阴招！

黄楚湘以为计已得逞，手一使劲，只听“刷”的一声……

江汉林右手紧紧握住紫竹竿，在紫竹竿舞旋出的紫气中迅速抽出就先横后斜！只听见一声清脆的“呲”声！

黄楚湘顿觉喉结处有一丝痛感延伸，随即一缕血腥之味袭入鼻腔……

黄楚湘条件反射地、本能地将刀从左手换到右手，用右手的拇指和小指顶住刀柄，其余三指弓伏于下，以示动刀无式亦无势的放弃搏斗拼杀的企图。

原来，江汉林将用棍的右手掩饰，在左手撩袍之时把接竿、握竿二式一气呵成，顺式就迎向黄楚湘斜削向颈项的大刀；削切型的刀锋势头，将江汉林的紫竹竿斜削成一柄锋利无比的“紫竹剑”！紫竹剑的锋尖利刃就乘势顶住了黄大刀的喉结！

黄楚湘明白江湖上有“一片竹锋胜刀刃”之说，便就此二指悬刀服输！

二人握手言和，和好如初，江汉林一如既往，黄大刀悔不当初！

这一幕真刀假剑的武打戏，被藏在松树上、躲在草丛中的好事者们尽收眼底，大饱眼福。一口十传，百口千传，这事不胫而走，传来传去就成了有起承转合、首尾相衔的龙门阵——江汉林黄大刀北山论剑。

正是：莫道暗箭难防，明招也不易躲！劝君莫使暗箭，阴招易生明祸！

故事来源：流传于涪陵城区一带，采风于涪陵区江北街道北坪社区。

收集整理：陈曦震

贺二老爷建新房

老百姓修房造屋，“上梁”是第一宗大事，不但要举行隆重的上梁仪式，还要办热热闹闹的上梁酒。这个时候，最怕别人说不吉利的“破口话”。

这不，贺二老爷在北山坪上修建新房，四大柱早已立好了，就等着隆重的上梁仪式举行。

选定了良辰吉日，掌墨师早早来到新房前面，独自在地上那根被选做大梁的木头上开始画梁。

新房上梁，大喜的日子啊！何况贺二老爷又是这一方首屈一指的大户，规矩自然要比别人多，一切都要办得体面才行。贺二老爷牵开长衫的衣襟，兜了满满一衣襟银子，来到掌墨师旁边，只等讨得掌墨师一句大吉大利的“封赠”之后就给喜钱。

见掌墨师正在忙碌，贺二老爷就顺势坐在大梁的一端等待。

掌墨师正低头专心画梁，也没看来人是谁，他害怕坐花了大梁上新画的图案，急忙大喊：“坐不得！”

贺二老爷闻言不悦，起身走到大梁的另一端。

谁知刚走过去，掌墨师又在大喊：“那一头也坐不得！”

贺二老爷心头极不高兴：新房尚未建成，你就说这头坐不得，那头也坐不得。这不是明显与我唱对台戏吗？

他气呼呼回敬一句：“这头坐不得，那头也坐不得。拿来招佃客，总可以吧？”说罢，兜着银子就进屋去了。

此时，掌墨师才回过神来：原来那个被自己说“坐不得”的，就是贺二老爷。只因为说了一句“破口话”，眼看着白花花的银子就泡了汤。掌墨师的肠子都悔青了！

贺二老爷呢，因为掌墨师的那句“破口话”，北山坪上的新房一天都没去住过，硬是用来招了佃客。

故事来源：流传于涪陵区江北街道一带，采风于江北街道永柱社区。

收集整理：倪德生

巴蛇吞相

我国民间有句俗语："人心不足蛇吞象。"那蛇，就是巴蛇；那象，就是巴国的大象。而这里写的"巴蛇吞相"，说的却是巴蛇吞掉了巴国的宰相。

三千年前，涪陵还不叫"涪陵"，而叫"枳"，是巴国的首都。以枳为中心，方圆数百里以内都是巴国的土地。在枳城对面的北山上，居住着一位青年，他的父母已双双亡故，剩下他一个人孤零零地打发着贫穷而艰难的日子。

他是多么希望挣脱这贫穷愁苦的命运啊！每天晚上，他都会做一个几乎完全相同的梦：他穿上了绫罗绸缎的衣服，住上了高大华丽的楼房，吃着满桌子的美味佳肴，周围还有一群年轻漂亮的美女簇拥着、陪伴着、服侍着……然而，每一次都是正当他兴高采烈的时候，便被北山坪上的"呼呼"风声和阵阵寒意搅醒。当他醒来，梦里的一切都已消失，只有四壁不全的茅草房和四野死一样的寂静陪伴着他。他的心头充满了无限失望和懊恼！

在一个天寒地冻的冬日，家里柴火早已烧完，青年冷得瑟瑟打战。撑了好几天，实在撑不住了，他便拿起柴刀，出门去砍一点儿松树的枯枝，背回家来生火取暖。

回来的路上，他发现路边有一根枯树枝一样的东西静静地躺着。低头细看，原来是一条冻僵的小蛇。出于好奇，青年将小蛇捡起来，揣在怀里带回家里喂养。

小蛇一天天慢慢长大，它的食量也在一天天增加。眼看着青年已经供养不起，他便将它放到了后山的一个石洞里，让它自己生活、觅食。

十几年后，昔日可随手揣在怀里的小蛇，已经长成了一条三四丈长的大蟒。它的脑袋有箩筐一样大；它的身躯有水桶一般粗；尤其是它那两只铜铃似的大眼睛，散发着红宝石一样的光芒。大蟒对当年的救命恩人心存感激，每当青年从石洞边经过，它都要爬出洞口向他频频点头，并伸出长长的触须，亲切地对着他左右摇晃。

又过了几年时间，人们发现，大蟒生活的石洞口长出了一株小小的灵芝。在大蟒的精心守护下，灵芝越长越大，越长越神奇，令每一个路过的人都啧啧称赞。但是，由于有大蟒的守护，谁也不敢靠近它。后来，这件事不知怎么被巴国的国君知道了。巴王想得到灵芝，便派人到北山上张贴皇榜：谁能够采来这棵灵芝，就给予重赏。青年看见皇榜，高兴得眼睛都泛出了绿光！他急忙跑到石洞前，央求大蟒将灵芝送给他。大蟒答应了他的要求，他便急匆匆将灵芝采下，一路奔跑到巴国的国都枳城，将灵芝献给了巴王。巴王信守承诺，赏赐给他一大批金银珠宝。他带着这些财宝回家来，过起了衣食无忧的日子。

不知不觉又是几年过去，当年的青年已经是四五十岁的壮年。他早已娶妻生子，成为这一方拥有良田万顷的财主。

这年，巴王的老母亲生了眼疾，眼看就要双目失明。御医说，只有龙蛇的眼珠才能使太后复明。巴王是个非常孝顺的儿子，他想来想去，又想到了那个献灵芝的人：或许只有他才能弄来龙蛇的眼珠。巴王就命他去挖取那条大蟒的眼珠，并许诺事成之后封他为宰相。这个发了财的农夫还想当官，他走到大蟒居住的石洞前向大蟒央求。大蟒只好忍痛让他挖去了自己的一只眼珠。御医果然用这只龙蛇眼珠治好了太后的眼疾。于是，这个北山上的农夫当上了巴国的宰相。他住进了王宫附近的宰相府，吃的是山珍海味，穿的是绫罗绸缎，身边都有一大群年轻漂亮的美女侍候。当年的梦想终于变成了现实！

不久，巴王自己也患上了眼疾。于是，这个从北山上走出去的宰相便自告奋勇回到北山，将大蟒剩下的那只眼珠也讨去献给了巴王，治好了巴王的眼疾。从那以后，他成了巴王最宠信的大臣，每日在朝堂上颐指气使、吆三喝五地对着百官发号施令。他的人生攀上权力的最高峰！

一天，巴王召集大臣们在宫中饮酒，突然生发光阴似箭、人生易老的感慨。他说：“听说吃了龙蛇的心肝就能够长生不老。要是能够得到它，寡人宁愿以王位相让！”

说者无意，听者有心。宰相听说巴王愿以帝王之位换取龙蛇心肝，心头又打起了大蟒的主意。于是，他又回到了北山上的那个山洞前。

展现在他眼前的是一片凄凉的景象：洞口枯枝遍地，杂草丛生；石壁上长满了厚厚的苔藓；那条双目失明的大蛇，孤零零地躺在石洞里，瘦骨嶙峋、衰老不堪。

宰相对大蛇说明来意。大蛇慢慢抬起头来，说道：“你一次又一次的要求，我都满足了你。你看，我失去了双眼之后，连觅食也非常困难了。现在，你又要来取我的心肝。难道你不知道吗，没有了心肝，我的命就没了啊。你也太不知足了吧！”

宰相哪管这些！他以为大蛇已经双目失明，必定什么也看不见，便趁着大蛇说话的时候，手持尖刀悄悄向大蛇靠拢。然而，就在他举起利刃的一瞬间，大蛇张开血盆大口，将这个贪婪的宰相活生生吞进了肚子里。

故事来源：流传于以涪陵为中心的武陵山地区，采风于涪陵区武陵山乡，曾收录于《大武陵》杂志。

收集整理：倪德生

北山苦恶鸟

夏秋时节，每当阴雨绵绵的日子，北山上的人们便能听见苦恶鸟单调而凄凉的鸣叫。那叫声，似乎是痛苦的呻吟：“苦哇——苦哇”，又像是艰难的哭诉：“苦我——苦我”。而北山上的人们却坚信，那是一个苦命的童养媳在申辩：“狗误我——狗误我！”

贫穷落后的山区，自古就有养童养媳的习俗。那些做童养媳的小姑娘，命运凄惨、地位低下。她们穿得破烂单薄、衣不遮体，数九寒天一双手臂常常露在外面，山里人形象地将童养媳称作“寒膀媳妇”。

从前，在北山上有一个寒膀媳妇，她的婆婆尤其凶恶、刻薄。十来岁的小姑娘，吃的是猪狗不吃的剩菜剩饭，干的是牛马不干的脏活累活。稍不称心，婆婆轻则一阵谩骂、重则一顿毒打。

五月，北山上的大忙季节。一天早晨，全家人上坡干活去了，婆婆让小姑娘在家里煮好了早饭便上山干活。

然而，一家人忙了大半天，回家来吃饭时，却发现甑子里空空如也！这是怎么回事呢？原来，是家里那只大黄狗，趁小姑娘出门之后，偷偷将满甑子的白米饭吃了个精光。

婆婆不问青红皂白，以为米饭都被寒膀媳妇偷吃了。她取下长长的门闩，对小姑娘劈头盖脸一阵毒打！

小姑娘又疼又委屈，趁人不备跑出家门，跳进附近的一口池塘，结束了短暂的生命。

可怜的姑娘走了，但她的冤魂始终不肯消散。每到阴雨绵绵的日子，夜深人静的时候，她就在池塘里凄恻地哭诉申辩：“狗误我——狗误我！”

日久天长，那冤魂化作一种水禽，总是在溪水边、池塘里整夜整夜啼鸣不歇，它就是北山上的苦恶鸟。

故事来源：流传于涪陵区江北街道一带，采风于江北街道北坪社区。
收集整理：倪德生

蟋蟀的来历

涪陵人把银杏叫作“白果”。白果属于裸子植物，本来是不开花的。只有涪陵北山上的白果例外，不仅开花，而且开出的花格外鲜艳夺目、芬芳四溢！据说，年轻的姑娘们只要看见白果树开花，就能够收获幸福美满的爱情。

只不过，看见白果树开花要比看见“石头开花、马长角”还要难！因为白果花千年才开一次，每次也只开那么片刻时间。春末夏初，三五月明之夜，月上三更之时，白果花便悄悄地绽放。可是，等不到四更，它就静静凋谢了。下一次绽放，又要等到千年之后。

阿朵家吊脚楼前的那棵白果树，不知道已经生长了多少千年。阿朵出生的时候，它就已经那么高那么大；阿朵蹒跚学步的时候，它还是那么高那么大；现在，阿朵都已经长成了十六七岁的大姑娘，它依然还是那么高大。北山顶上温润的气候，巴国大地肥沃的土壤，对它来说似乎已是宠辱不惊。它那粗壮挺拔的躯干，一如既往站在阿朵家的吊脚楼前，浓密的枝叶在吊脚楼的窗棂上投下一片绿荫。

自从阿朵知道了白果树开花的美丽传说，她就一天天盼啊、盼啊，盼望自己能够看见白果开花，盼望自己能够获得幸福美满的爱情！可是，阿朵的心事却不能够告诉任何人。因为阿朵两三岁时，姆妈就撒手而去，爹爹给阿朵娶了一个后娘，后娘对阿朵不是打，就是骂。阿朵的心事，只能在夜深人静的时候，悄悄对着白果树倾诉。

或许是真情动天。这天晚上，阿朵做了一个梦：古老的白果树变成一位银须飘飘的老人，他告诉阿朵：“明晚三更，是我千年一度的开花时间。姑娘可不要错过！”一觉醒来，阿朵记住了梦中的情景，记住了白果老人的相约。

第二天晚上，阿朵早早睡下了。将近三更，她悄悄打开房门，蹑手蹑脚走出吊脚楼，来到白果树下。

满月高照，明亮的月光洒满了天空、洒满了大地、洒满了北山顶上每一个山丘。月光下的白果树格外高大、格外挺拔，一枝一叶都清晰可见。三更刚过，白果花开了：五颜六色的花朵，娇红嫩白的花蕊，一朵朵、一串串争奇斗艳、竞相绽放。夜风中，吹送着沁人心脾的花香。这是千年一遇的时光啊！古老的白果树，仿佛要把一千年积蓄的美丽、一千年积蓄的芬芳，都在这一刻倾泻！

阿朵沉醉于这美丽的阆苑仙境，忘记了孑然一身的孤独，忘记了初夏之夜的微凉，忘记了时间的流逝。

白果花开了又谢了，一切又恢复了平静。不知道过了多久，阿朵才从如痴如醉中醒来。可是，当她返回吊脚楼的时候，脚步声惊醒了后娘的酣梦。

“一个姑娘家，半夜三更悄悄出门去干什么？不是去偷汉子，难道还有其他事情？”后娘一边咒骂，一边不问青红皂白地毒打。阿朵被打得遍体鳞伤！

后娘打够了、打累了，又走进房内呼呼大睡，留下阿朵独自在那里伤心啜泣。她哭早早离去的姆妈；哭自己艰难曲折的命运；哭自己满腔委屈无处诉说……越哭越觉得心头难受，越哭越觉得人间没有值得留恋的地方！最后，阿朵用三尺红绫结束了自己年轻的生命。

在阴间，阿朵依然冤魂不散，她化作一种小小昆虫，每当夜幕降临，就在北山上家家户户的房前屋后伤心地哭泣和诉说。人们听见它的鸣叫，就知道是阿朵的冤魂在哭泣、在诉说。于是，就把这种虫称作“泣说”，只是因为日久天长读音变化，后来才变成了“蟋蟀”这两个字。

据说，北山上的蟋蟀每夜吟唱的都是同样的内容：

天知地知，

后娘不知，

白果树儿知！

又据说，从那以后，北山上的白果树也同其他地方的白果树一样，再也开不出芬芳鲜艳的花朵。

故事来源：流行于以涪陵为中心的武陵山地区，采风于涪陵区武陵山乡，曾收录于《大武陵》杂志。

收集整理：倪德生

田螺姑娘

很久以前，涪陵北山上有户人家，上有父母，下有兄弟二人。哥哥好吃懒做，讨了个心肠不好的嫂嫂；弟弟勤劳忠厚，还是光棍一个。父母在时，一家人日子过得不好不孬。父母去世后，哥哥就闹起了分家。哥哥嫂嫂自然分得了多数房屋财产，弟弟只分到了一间茅草房、几分薄田瘦土，还有一只猫儿。弟弟无可奈何，只好忍气吞声，巴望着勤劳能换来好日子。

一天，弟弟带着猫儿上坡去挖冬土。挖呀挖，实在累得不行，就想歇口气。于是就到附近不远处的河边去钓鱼，等呀等，很久没见鱼儿上钩。终于等到浮子眨巴了几下，提起来一看，原来钓上来一个螺蛳。弟弟把螺蛳取下丢进河里，没过多久，那只螺蛳又上钩了。

弟弟把螺蛳拿回家去，随手把它丢进水缸里，也就再没去管它了。

接连几天，弟弟照常带着猫儿上坡挖土。那一天，挖土回来，推开房门一看：噫！真是怪了，只见饭菜都弄好了，还冒着热气。弟弟赶忙跑到隔壁去问嫂嫂："嫂嫂，你啥时候过去把饭菜都给我煮好了呢？"嫂嫂眼睛一转，说："你想得倒好，穷得锅儿吊起打铛铛，还想有人给你做饭？"弟弟又跑到左邻右舍去问，左邻右舍都说不晓得。弟弟觉得很奇怪，心想一定是有好心人在照顾自个儿，只是不愿留名罢了。

往后的几天，照常是弟弟上坡回来，家里饭都煮好了，还有好吃的鸡鸭鱼肉。那一天，弟弟实在忍不住好奇心，就想着法子看个究竟。吃了早饭，他扛着锄头出门，故意把门带得哐当响，接着又轻悄悄开了门，转回屋抱了猫儿藏在床下。不一会儿，见水缸板子挪开了，一只螺蛳从水缸里慢慢爬上来，一个小指头大的人儿从螺蛳壳里出来，慢慢变成一个水灵灵的大姑娘。姑娘正准备梳妆，弟弟悄悄从床底下爬出来，赶紧上前把她拉住。姑娘转身想逃，哪知猫儿早已把螺蛳壳衔到屋里藏起来了，姑娘再也回不去了。

弟弟软磨硬缠要和田螺姑娘成婚。田螺姑娘早就看上了他勤劳善良，两人很快就成了婚，过了不到一年就生了一个乖娃娃。有一天，狂风大作，一下把茅草房吹走了，接着给他吹来一间大瓦屋，他们住了进去。原先的荒田瘦土变成了良田熟土，庄稼一茬茬的长得出奇的好，年年都有好收成。田螺姑娘把家收拾得整整齐齐，鸡鸭鹅猪牛羊一个个长得膘肥肉满。一家人的生活过得笑笑呵呵、有滋有味。

哥嫂一见弟弟娶了这样一个乖媳妇，日子过得越来越殷实，就开始打弟弟的坏主意。哥哥对弟弟说："兄弟兄弟，打破脑壳都镶得起。你我都是同根生，干脆合起来过，要得不？"弟弟心想，哥哥说的也有道理，我一家住这么大一间房子，空空荡荡的，不如合起来住着热闹。从此，兄弟两家又成了一家人。

田螺姑娘本来很勤快，可她有一个习惯，就是每天都要睡午觉。嫂嫂本来就很嫉妒她，就借故说她偷懒，在兄弟面前说她的坏话。有一天，邻居丢了一只鸡，嫂嫂就嫁祸于她，趁她睡午觉时，找个鸡头把她满嘴糊上血，又找些鸡毛放在她床底下，然后去把兄弟喊回来。嫂嫂说：兄弟媳妇是个怪物，偷别人的鸡吃。兄弟一看，不问青红皂白，就把她打醒了。田螺姑娘不知发生了什么事，就听得丈夫说："你看你，不是个好东西！偷别人的鸡吃，是个怪物，你马上给我滚回河里去！"媳妇感到委屈得很，一时又说不清楚，向丈夫求情，丈夫仍是不依不饶。她只好哭着朝河里走去，走到河中，水都淹了半截身子，还在回头喊："我没偷鸡吃呀，让我回来吧！"兄弟仍然不理睬，把她的螺蛳壳甩到河里，回家去了。

兄弟回到家，没过多久，只见得电闪雷鸣、狂风暴雨，大瓦房吹走了，茅草房又给他吹回来了，好田好土又变成了荒坡野岭。兄弟这时才晓得冤枉了田螺姑娘，犯了天怒，心里后悔得很！

哥嫂见弟弟又回到原样，又分开过日子了。

兄弟每天带着娃娃和猫儿上坡，想着对田螺姑娘欠下的情，心里很是郁闷。一天，他实在口渴了，就喊他的娃娃拿罐子去井里打水。水打回来一尝，是甜的，就问娃娃："你在哪里打的水呢？这么甜？"娃娃说："是妈妈流的眼泪水啊。"他问："你妈妈在哪里流的眼泪？快引我去看！"娃娃就把他引到井边说："我在这里打水，妈妈一起来，抱着我哭，我就吃妈妈的奶，妈妈的眼泪就滴在罐子里，她叫我给爸爸说，要吃开水就从罐子里倒；要吃饭呢，一倒就有米，用簸箕接着，会一颗一颗地落，就够我们和猫儿吃了。"兄弟一听，守到水井哇哇大哭，只哭到眼里流血，只恨自己听了恶嫂的挑拨，枉负了田螺姑娘一片善心。

没过多久，那一对好吃懒做的哥嫂见兄弟屋里的簸箕天天都有白米，又眼红了。于是上门求兄弟："兄弟，打虎还靠亲兄弟，你我两家还是合起来住哦。"弟弟经不住哥嫂死缠烂打，心想：反正有几个人就够几个人吃，想多吃点又不行，就答应了。一合起来，嫂嫂就想一桶一桶地往筲箕里落米。她对兄弟说："兄弟，我们把罐子口弄大些，米就落得多些。"一弄，罐子坏了，米也不落了。哥嫂一看米不落了，对兄弟说声"滚你的蛋哟"，又分开各住各了。

过了很久，一天，在坡上劳作的弟弟又喊他的娃娃去井里打水解渴。娃娃走到进口，不见妈妈起来，娃娃哭着不走，井口边就冒出三根笋子来。兄弟带着猫儿来看娃娃，见有三根笋子，就和娃娃、猫儿一齐去扯。结果笋子没扯起来，倒把他们三个拉下井里去了。三个"咕噜咕噜"直往井里沉下去，过了好一阵，睁开眼睛一看，原来是到龙宫里了。龙王见了兄弟就埋怨他："看这个傻女婿哦，你只晓得听你哥嫂摆弄，害苦我的女儿了。"

这时候，从侧边走出田螺姑娘来，她两眼红红的，眼泪水还没干。兄弟晓得自己冤枉了妻子，又后悔，又难过。从此，兄弟和螺蛳姑娘团聚，一家人就住在龙宫里。

哥嫂守着一间烂草房，好吃懒做，不久就双双饿死了。

故事来源：流传于涪陵区一带，采风于涪陵区江北街道北坪社区，曾收录于《中国民间文学三集成·涪陵市资料集》《涪陵民间故事》。

收集整理：聂焱　舒成明

鹰　书

从前，涪陵有个孤儿，住在北山坪的一个岩阡里。岩阡下，有一浸泉，水浸在一个小石凼里，当地人叫"一碗水"。它冬暖夏凉，质地甘甜，过路人喝上一口，不但解渴，还能醒神解饥。所以，孤儿住在这里，和过路人交往就非常频繁。尤其是过路人成群结队时，孤儿就更是欢喜。抱大块的石头给大家坐呀，拿破碗破瓢给大家喝水呀，冬天烧点火暖暖空气呀，夏天编个草箍给小孩挡挡烈日呀。总之，他能让过路的男女老少都喜欢他。最早认识他的人，见他聪明乖巧，就给了他一个涪陵味很重的雅号，叫他“毛狗”。涪陵人本来把狐狸称毛狗，之所以把小男孩叫毛狗，一是小男孩模样乖，二是聪明，三是成长顺利。这个雅号没白取，虽是孤儿，毛狗的日子，白天过得快快乐乐的。

晚上呢？毛狗有几个“好伙伴”。这几个好伙伴还是有来历的呢。

一天傍晚，再没过路人了。毛狗孤零零一个人站在岩阡里，周围出奇的静。这时，长空里传来一声尖厉的鹰啸，毛狗听出，那是岩鹰。它的巢穴就在自己头顶高高岩石的凹洼里。毛狗对头顶这一家子太熟悉了，雌鹰正在孵蛋，雄鹰外出觅食。雄鹰归巢时，从来不会发出这种尖厉长啸的。今天是怎么了？

毛狗往鹰巢处一望，骇得他全身一蜷。夕阳下，一条一丈长的毒蛇正顺着岩壁的藤蔓，靠近鹰巢。雌鹰此时早已放弃孵育，扑出巢穴，拼力抵抗着毒蟒的进攻。雌鹰脖颈上的羽毛已经被撕扯下很大一片，羽毛纷纷扬扬，带着血腥气息，飘洒在毛狗的头顶。毛狗顺手操起一支长长的竹竿，希望能帮上那只精力快用完的雌鹰，但是他的竹竿短了一截。

巨蟒决胜一击的进攻开始了。它足起脑袋，向前全力一戳。雌鹰虽然躲过了这致命一击，但他身后护着的鸟窝一下暴露出来。本来，巨蟒要夺取那两枚失去保护的鸟蛋完全是轻而易举之事，但是，它那最后一击的确用力太狠，整个蛇身像把利剑，一下穿过了鸟窝。构造鸟巢的大棍被撞断之后，那些纷乱的木尖像刀片一样锋利，把巨蟒的前半身伤得鲜血淋漓。巨蟒被彻底激怒了。它条件反射地缩头一甩，整个鸟窝从蛇身上脱落出来，离开岩洼，直直地向毛狗站立的地面坠落下来。

此时，闪电一般回援的雄鹰刚好赶到。只见它双翅如臂，跟人一样捧住了下坠的鸟窝。但是，它没有多余的翅膀用来飞翔，只能捧着鸟窝直直地坠向地面。

巨蟒企图在最后一刻顺利结束战事，它腾然一跃，飞到毛狗举着的竿梢上，想顺竿而下夺取最后的胜利。毛狗见状不对，立刻速速压平竹竿，像扔标枪一样，将竹竿向江水扔去！这时的小小孤儿，居然神力上身，那竹竿连带缠绕其上的巨蟒飞离陡岩，像一支离弦之箭，毫无声息地栽没江心。

毛狗目送恶蛇入江，他知道危险已经排除，于是转过身来，向后望去。鸟巢完好无损，两只鸟蛋完好无损，直接坠地的雄鹰仍然完好无损。此时，雌鹰已经进窝安祥地继续孵蛋，雄鹰在一旁静静地守护着。见毛狗转过身，雄鹰展开双翅，双脚一踮，只轻轻划动一下，就来到毛狗面前，稳稳降落在他的肩膀上。

就在刚才短暂的惊心动魄时间里，两个不同的生命通神一般明白了对方，他们快速地成了一家人。

从此，岩阡下的夜晚显得分外温馨。

岩鹰从两只变成了四只。它们归巢时，总要为毛狗带回几条肥大的江鱼。毛狗把鱼烧烤之后，总坐在几只岩鹰旁边，他老是希望和这几位新的家庭成员共进晚餐。但他们只是温和地守着毛狗用餐完毕。

时间稍长，毛狗和鹰之间的交流日益流畅，最后真正进入心心相印的境界。

怎么把他们的友谊记录下来，让后人知道呢？毛狗想到了一个办法：写一本《鹰书》。当然，他不识字，他只能在岩壁上，一幅一幅把他知道的鹰，全部画出来。

自此以后，毛狗就在他居住的岩阡上，一幅画一幅画作起他的《鹰书》来。他画了他和岩鹰一家的结识，他对岩鹰的帮助，岩鹰预告的自然灾祸、疾病流行以及鹰的语言系统。

大功告成的时候，来了一位梯玛。梯玛是孤儿族群里最有学问的人。梯玛问毛狗：你真的懂得鹰的语言吗？毛狗说，是啊。梯玛说：你怎么证明给我看呢？毛狗就打了一个响亮的口哨。不一会儿，一群鹰盘旋而下，围在了梯玛的面前。梯玛又说，这证明了鹰懂得了你。现在，你该证明，你能懂鹰了。毛狗在喉结处嘟噜了几声，这群鹰腾空而起。毛狗问梯玛：师傅的家就住在鹰们飞去的那个方向吗？梯玛颔首而答。毛狗说：师傅喝口泉水吧。转身，它们就会带来一样你的东西。梯玛不解地问：它们认识我？毛狗说：它们的厉害，超过了人的想象。方圆百里，它们无所不知，无所不晓；方圆千里，他们族亲通联，诸事尽知；方圆万里，他们鹰语广联，想知必知。梯玛见毛狗说话聪敏，一副成竹在胸的模样，不由得顿生爱怜之情。此时，天远处几个黑点滑翔而来，黑点迅速变成了飞鹰，眨眼工夫，几只鹰降落在毛狗面前，其中一只嘴里叼了一只八宝铜铃。毛狗接过铜铃，双手呈送在梯玛面前问：老师傅，这是你的法器吗？梯玛睿智的目光直抵毛狗灵窍：你让他们拿的铜铃？毛狗诚实地说：没有。我只告诉他们，找一件你经常使用的东西就行。

梯玛用他在族群中的绝对权威，宣布了毛狗是精通鹰语的第一个人。从此，孤儿毛狗成了巴人五祖中谭姓祖祠的首席军师。因为谭姓一族在巴人中是狩猎优先的族群，历史上所有的巴文化学者，都知道谭姓巴人和鹰有着悠久的渊源。

至于北岩《鹰书》，它久经风霜，早已不见外形．但它的精髓，仍然深深烙印进岩石。但我知道，世界上，还有一个叫作谭十四的，他能让《鹰书》重现在人们面前。

故事来源：流传于涪陵及其附近地区，采风于涪陵区江北街道北坪社区。

收集整理：杨爱平

蟣蟣的报复

相传，很久很久以前，在北山一带，有一农家，父母因病先后仙逝，留下一个年幼的弟弟，只有靠哥哥、嫂嫂拉扯度日了。

可是，哥哥、嫂嫂以弟弟吃长饭吃得多为由，虐待起弟弟来。每顿饭，从不让他吃饭桌上的饭菜，仅把猫儿吃的剩饭给弟弟吃，像喂狗一样；冬天冷了，弟弟提出要到火塘边烤火取暖，哥哥、嫂嫂不同意，只允许他烤桐油灯火。

弟弟吃不饱，经常饿肚子，还冷得要命，可谓饥寒交迫，痛苦至极！

弟弟受不了，就趁哥哥、嫂嫂不注意之际，悄悄来到母亲坟前哭诉：

“娘啊，哥哥、嫂嫂这样狠心对我，我好苦哦，好造孽哦！再惨，再恼火，我是不吃猫儿饭、不烤桐油灯火的！”

哥哥、嫂嫂是铁石心肠的人，根本不同情弟弟，依然虐待弟弟。

弟弟说到做到，不吃猫儿吃过的剩饭，不烤桐油灯。没过几天，弟弟就又冷又饿、奄奄一息。为了表达对哥哥、嫂嫂的愤怒与不满，弟弟吃力地表示：要对哥哥、嫂嫂进行报复。

哥哥、嫂嫂不以为然，“哼哼”地讥讽弟弟。

最后，弟弟真的死了，变成了一只蠛蠛。它专门悄无声息地飞去叮咬哥哥、嫂嫂，吸他们的血，使哥哥、嫂嫂既抠又痒还起包，难受至极。

看到哥嫂如此窘状，这只蠛蠛为自己的报复感到高兴。它对哥哥、嫂嫂怒斥道：“你们这是善有善报，恶有恶报！”

哥哥、嫂嫂闻听此言，悔之晚矣！只任弟弟变的蠛蠛肆意叮咬，饱尝痛苦。

后来，人们以此传说为据，把比蚊虫小的会叮咬人、吸血的虫叫“蠛蠛”，再次印证了“善有善报，恶有恶报”的道理。

故事来源：流传于涪陵及周边地区一带，采风于涪陵区马武镇。

收集整理：何龙飞

胭脂萝卜的传说

在长江与乌江的交汇处，有一个美丽的地方，叫涪陵。这里常年气候湿润，四季温和交替，既有盆地丘陵的秀美，又有江河峡谷的灵气，日积月累，渐渐生长出一种独一无二的神奇特产——胭脂萝卜。说它独一无二，原因是除了原产地涪陵之外，就算你把种子运到外地，也种不出如此内外通红的可爱萝卜；说它神奇，你只要随手将这萝卜丢入清水中，几日之后，它就能将那水的世界渲染出一片无比艳丽的胭脂红！

大家一定奇怪了：为什么它只长在涪陵，它为什么又那么红？接下来，咱们就讲讲这胭脂萝卜的故事。

传说在很早很早以前的太古时期，天上的西王母有很多如花似玉的女儿，她们每天围绕在王母娘娘的身边，过着无忧无虑的生活。其中最小的一个女儿名叫瑶姬，她心地善良、相貌美丽，是王母娘娘最疼爱的掌上明珠。瑶姬年龄虽小，却心思灵巧，就像那云中的大雁，向往自由自在的生活。她常常悄悄溜出禁宫，到那瑶池旁去看荷花，爬上蟠桃树去摘星星，有时候，还偷偷在天河边游泳呢！这些事，渐渐地，也传到了王母娘娘耳朵里。

有一天，王母娘娘走出南天门散心，恰好碰上瑶姬正拨开白云朝下边望。王母娘娘一见，气得直冒火，说："天上任你玩，也就算了，怎么还看起下界来，那会污了你的眼。不许看！"

瑶姬不信，指着下边飞着的白鹤，撒娇说："这鹤洁白如玉，天上哪有？我要像它一样，到处飞，到处走，看看下界到底是什么样子。"

王母娘娘见她动了邪念，更火了，大声说道："不要胡思乱想，快回禁宫去！"

瑶姬从没见过妈妈发这么大脾气，感到委屈，又不服气，她横下心，要往白云下边跳。王母娘娘急忙伸手拉住她，笑着哄她说："下界苦海无边，你是金枝玉叶，千万下去不得！"

瑶姬越发觉得稀奇，就干脆坐在云头上，朝下细看，果然看见人们大多住的是茅草屋，吃的是糠菜，穿的是破衣烂衫。她叹气说："人间真苦啊！"

王母娘娘一听，一边拉着瑶姬往天宫里走，一边说："还是天上好，有吃不完的山珍海味，穿不完的绫罗绸缎。"瑶姬没有说话，心里却暗暗打定了主意。

这天，天宫举行神仙盛会，瑶姬终于溜出了南天门，趁天兵不注意，她一个跃身，直奔人间而去。

不知不觉她来到了巴蜀上空。从空中往下看，有很多人，拄着讨饭棍，提着破竹篮，挽着老的，背着小的，哭哭啼啼，正在四处逃难。瑶姬很奇怪，忽然，只见空中乌云滚滚、狂风呼啸，东海龙王手下的十二条孽龙，正在长江中兴风作浪。它们一瞪眼，就是一道闪电，让人眼睛发花，站不住脚；一吼叫，就是一声炸雷，房屋垮塌，村庄变成了废墟；一翻身，就是一阵暴雨，山洪暴发，淹没了田地，打翻了行船。

瑶姬看着眼前的一切，气得不行，她驾着祥云，靠近那些孽龙，说："你们快停停，回东海去吧，人间遭大难呢！"

孽龙听到空中有说话的声音，抬头一看，是一个十六七岁的姑娘，就冷笑一声，说："黄毛丫头，少多嘴！我们高兴怎么玩，就怎么玩，关你什么事？"一边说，一边闹腾得更凶了。

瑶姬再也忍不住了，从头上轻轻拔下一支碧玉簪，朝着十二条孽龙抛去。说时迟那时快，只见一道闪光，伴着一声炸雷，那十二条孽龙，全部被劈得粉身碎骨。瑶姬胜利了，孽龙被制伏了。巴蜀上空，又现出了明朗的太阳，显出湛蓝的天空，长江的流水，也风平浪静了。

但没想到的是，孽龙死后，尸体的碎屑飘到人间，落在哪里，哪里就变成了一片龙骨石，惨白惨白的，寸草不生。原本的良田、树木、湖泊，全都不见了，百姓们痛哭连天，还是不能安居乐业。瑶姬看到百姓受苦，自己心里也万分难受，她不忍心离开他们，也就留下来了。

一段时间之后，王母娘娘对瑶姬的气渐渐消了，她知道瑶姬杀死十二条孽龙，救了苍生，心里很是安慰；听说她留在荒山野谷不回来，又很心疼。于是，她把瑶姬的姐姐们叫到跟前，对她们说："我想念瑶姬，你们快到人间走一趟，把她找回来吧！"

姐姐们乘云驾雾来到人间，找着了瑶姬。姐妹们久别重逢，又是喜，又是悲，个个都成了泪人儿。姐姐们对她说："妈妈想念妹妹，想得心儿都快碎了，你还是和我们一起回去吧。"

瑶姬说："女儿望妈妈，眼睛也望穿了。但我不能回去，我要照顾受苦的百姓。"

姐姐们埋怨说："人往高处走，水向低处流！你怎么不爱天宫，偏要待在这荒山野谷里呢？"

"姐姐，你们看，百姓在受苦，我怎么忍心不管呢！"瑶姬一边说，一边指着远处。只见那山坡上，有虎豹在追人，越追越近，就快要抓住了，瑶姬赶紧弯腰抓把泥沙，撒过去，泥沙变成了几十支箭，把虎豹都射死了；一会儿，山脚下有人爬上来，一步一喘气，抬脚像登天一样难，病得快死了，瑶姬马上从头上拔下几根头发，撒在他的面前，头发立刻变成了起死回生的灵芝草，救了他的命；一会儿，江里又过来了上水船，纤夫弯着腰，头都快挨到地上了，瑶姬慌忙朝东边吹了口气，立刻刮起了顺帆风，帆鼓起来，纤夫轻松多了……

看到这，姐姐们都感动得流下了眼泪，点了点头，不再劝瑶姬回去了。大家正在高兴的时候，南天门传来催促的号角，天将传令说：如果再不回天宫，仙女们的法力就会消失，从此变成一个凡人，留在人间。

想到自己如果成了凡人，对人间从此再不能有任何帮助，瑶姬只得一步一回头，依依不舍地排在姐姐身后，向天宫飞去。

半空中，瑶姬忽然见到不远处的农田里，禾苗一片枯黄，她不由得又皱紧了眉头。她想，天旱得太厉害了，以后人们的日子怎么过呀？瑶姬想着想着，难过得哭了。她流下的眼泪，顿时变成了雨，哗啦啦，哗啦啦，下个不停，很快就把塘下满了，把堰下平了，禾苗得了雨水，田里又是一片青绿。

瑶姬想着多为人间解除苦难，就一边飞着，一边将身上所有能取下的物品，一样一样向着巴蜀大地抛去：玉佩落在低洼处，变成了一个明亮的湖泊；簪子落在高山上，化成了一座秀丽的白塔……瑶姬最喜爱的胭脂，落在了长江和乌江交汇处的涪陵，在她的泪水浸润下，胭脂美丽的色泽就融化渗透到了涪陵城郊的土壤里，逐渐长出了一种人们喜爱、珍贵稀有的胭脂萝卜。

如今，在紧邻长江的巫山边，有一座美丽的神女峰，据说，透过缭绕的云雾，你可以看到那峰顶上有一个俊秀的影子，若隐若现，像石头，又像仙女，在天上又在人间，大家都说，那就是巴蜀大地的女神——瑶姬。

故事来源：流传于涪陵及附近地区一带，采风于涪陵城区，曾收录于《涪陵民间文学》《涪陵故事》等。

收集整理：杨卫平

胭脂萝卜和胭脂鱼

在涪州大地，以北山为中心方圆一百里的范围内，出产两种特殊的植物和动物——胭脂萝卜、胭脂鱼。

胭脂萝卜通体红色，而又与别的红萝卜大不相同：别的地方，红萝卜只是表皮泛红，胭脂萝卜却是里外皆红；别的地方，红萝卜只是淡淡的红色，胭脂萝卜却红如鲜血、如玫瑰、如胭脂，倘若拿到溪边淘洗，清清的溪水也会被染红一大片。由于胭脂萝卜只产于涪陵长江两岸以北山为中心，上自蔺市、下至珍溪不足百里的地域内，出了这个范围，哪怕同样的种子、同样的种植方式，也是外红内不红，而且红色骤减。因此，人们又把胭脂萝卜称作“涪陵红萝卜”。

红皮红心的胭脂萝卜

通常，涪陵人用胭脂萝卜泡咸菜，只需将三五个胭脂萝卜丢进泡菜缸里，几天之后整缸盐水都被染成鲜血似的红色。用这种盐水泡出来的咸菜，不仅脆嫩爽口，而且晶莹剔透、色彩艳丽。在食用色素尚未发明之前，涪陵人又多用胭脂萝卜的汁液给食品染色，订婚糍粑上大红的“囍”字，小孩出生后报喜的红蛋，都是用它染出来的。此外，胭脂萝卜还被用来制作成红彤彤的萝卜干。

胭脂萝卜是涪陵一宝，数百年来一直引为涪陵人的骄傲和自豪！

胭脂鱼则主产于长江涪陵段水域中，浑身鳞片泛出胭脂一样的鲜红色，肉质细嫩鲜美。它不仅是涪陵人的美味佳肴，还具有较高的观赏价值。

胭脂萝卜和胭脂鱼，为什么只在涪陵一带出产呢？

当地老百姓有这样一个传说——

天庭中的玉皇大帝和王母娘娘是由父母包办结婚的，两口子总是合不来，遇到一起不是吵嘴就是打架。

有一天中午，玉皇大帝在朝堂上忙了大半天，很晚才下朝回家，肚子早已饿得“咕咕”叫唤。走进家门，却看见家里冷锅冷灶，连火都还没有烧。

王母娘娘呢？她一点儿没有煮饭的想法，只顾自己坐在梳妆台前面，对着镜子画眉毛、涂口红。眉毛画得又粗又浓，活像额头上爬着的两条毛毛虫；口红涂得又红又厚，像刚刚吃过了人。

看见王母娘娘那妖里妖气的样子，玉皇大帝的气不打一处来！他抓起梳妆台上的一盒胭脂，顺手就朝人间扔下来。

那盒胭脂恰好落到涪州地界上。一半落到长江中，这一段长江便出产红头红身红尾巴的胭脂鱼；一半落到北山的山坡上，这一段地域便出产红皮红心的胭脂萝卜。

故事来源：流传于涪陵及附近地区一带，采风于涪陵区江北街道。

收集整理：倪德生

印子坝本来是什么

从现在涪陵的长江三桥往北山坪顶上走，听到的，全是些普普通通的地名：余家湾、石柱子、村公所、斑竹林、印子坝……我们就随便找一个来，认认真真讲一下它的老故事。

就说印子坝。

现在的年轻人，知道“印子”为何物的，肯定是特殊人才；六七十岁的人，不知道“印子”为何物的，也是特殊人才。六七十岁的人当年不知道“印子”，是他在一心一意做高级专业；现在二三十岁的人就知道“印子”，说明他专门在研究古董。

先交代这一点，意思是：这个故事是讲给特殊人才听的。

然后问个问题：是北山坪古老？还是印子坝比北山坪更古老？

这个问题听起荒唐到家了，印子坝是北山坪的一小块，居然比北山坪古老？逻辑！要逻辑不？那我问你：胎儿，先长出来的是手、脚、肚囊皮、七窍，还是心脏？前面的好比北山坪，心脏好比印子坝。这就是逻辑。绕了半天，就是为了说，印子坝比北山坪还早。因为那个时候，四川还是一片汪洋，根本没有人，哪有人来给你取名字？印子坝就在这个时候出现了。

传说有一天，七仙女从天上路过，到西方瑶池去做客。忽然就吹来一阵怪风，把幺妹的发型吹乱了，头发一散，风在她脸上一揉一搓，必须得补一下妆了。幺妹补妆的时候，不小心失了手，一块胭脂落进海里，飘飘荡荡的，最后沉在海底了。幺妹没丢过东西，折不起面子，想入海去找。其他六个说：来不及了。跟龙王打个招呼，叫他派人找到，我们回来的时候去拿。

于是，龙王就得到指令，他就跟一个蟹将交代说：拿个印子去，把人家的胭脂扣到。女人的东西，莫动手去绊，绊了找死！蟹将得令，真的拿个印子把胭脂扣了，等七仙女回来时取走。

话说回来，天上居一日，地上过千年。等七仙女做客回来的时候，地上有个叫大禹的人，把川东挖出一条口子，让那片海水流到东海去了。再加上，地壳拱着拱着，印子扣胭脂周围那片土地，不知不觉拱出了一座高山。

有一天，大禹治水回家，走累了，就坐在那座山顶歇息。涂山氏就在屋里，通过风来问：大禹，你在哪里？大禹说：一座山上。涂山氏说：吞吞吐吐的。山没得名字呀？怕我找到吗？大禹说：新山，还没人取名。涂山氏说：好办。你给它取名，我来给它种花种树种菜，把它当成我们两口子亲生的娃。于是，大禹把山命名为“北山”。涂山氏带来的是三包种子。种的时候，涂山氏发现了印子，一下想歪了，把印子一揭开，胭脂早已化开，浸染出一块漂亮的坝子。涂山氏火气一下暴发：大禹，你个臭男人！在哄我吗？你说这地没名没姓没人，怎么钻出胭脂来的？这一来，两口子就闹起来了。还好，龙王领着七仙女，刚好回来取胭脂，正碰上这场误会。七仙女说，胭脂是幺妹丢的。龙王说，印子坝这名是蟹将取的。大禹说，北山是涂山氏命令我刚才取的。涂山氏抿嘴一笑说：我误解了人，这些种子都由我来种。

从此，北山上有了最早的植物：松树、岩兰、萝卜。

在这些植物中，最不同的，就是印子坝长出的萝卜，它色彩艳丽，清香脆嫩，通体绯红。后来所有的人，一致为它取名“胭脂萝卜”。它最适合女儿宴上，来一群美女，胭脂萝卜的红色，总会与美女们的桃红相得益彰。你说印子坝本来是什么呢？

故事来源：流传于涪陵及其周边地区，采风于涪陵区江北街道。

收集整理：杨爱平

胭脂萝卜与七仙女的传说

涪州特产，除了闻名中外的榨菜，还有另一个——胭脂萝卜。胭脂萝卜从里到皮满身深红色，似胭脂，肉质精密脆嫩。自古涪州人民喜食泡菜，胭脂萝卜是制作泡菜的必备材料。泡了胭脂萝卜的泡菜色彩美丽、盐水鲜红，并能染红缸中其他泡菜，让泡菜变得赏心悦目，芳香四溢。

胭脂萝卜虽是涪陵特产，但在涪陵也只有沿着长江的一块狭长地域才出产，其中品质最好的，出自北山顶上那块叫“北山坪”的宝地。

为什么北山坪的胭脂萝卜品质最好呢？这里，还有一个动人的传说。

相传天上有个七仙女，是玉皇大帝与王母娘娘最小的女儿。她聪明、善良，还十分爱干净，每天必到江河里沐浴，什么太湖啦、鄱阳湖啦、洪泽湖啦……都留下她的足迹。七仙女漫游在天地间，看到人间男耕女织、夫妻恩爱的生活，对比天庭的清冷，不禁起了思凡之心。

古时的北山生态良好，南坡是一片茫茫苍苍的松林。对岸的白鹤梁上栖息着很多白鹤，它们在白鹤梁周围觅食，吃饱了就在长江里戏水，扑腾着翅膀，把自己洗得干干净净。累了，就在白鹤梁上休息，晚上飞回松林里睡觉。

植被良好的北山，还是涪州人民的柴山。经常有人在北山上砍柴，一边砍柴一边唱山歌。其中有个樵夫叫王二郎，他英俊魁伟、聪明伶俐，山歌也唱得好。婉转动听的歌声，经常引得松林里的白鹤翩翩起舞。二郎是个孤儿，父母死后，他守着父母留下的茅草房和北山顶上一块旱地过活。这块旱地只出一种又瘦又小的白萝卜，卖不起价钱，因为涪州人喜食一种叫“春不老”的又大又圆的白萝卜，入口清甜化渣。农闲时节，还要在山下的松林里打柴，卖到涪州城里补贴家用，勉强维持生存。

有一年夏天，七仙女漫游到了北山脚下。她看到北山松林苍翠，江中有成群的白鹤戏水游玩，不由按下祥云，落于江边，解开莲花裙。跃入水中，尽情地游水嬉戏，真有说不出的惬意！这一幕，被正在山上打柴的二郎看见了。他哪里见过这么漂亮的姑娘？于是情不自禁走出松林，抱起七仙女的莲花裙嗅了又嗅，一股女人的香甜气息钻入脑门，让他昏昏欲醉，爱不释手！七仙女看见英俊魁伟、一表人才的二郎抱着自己的莲花裙，羞得脸红心跳，别过脸去不语，不禁动了凡心。聪明的二郎就势拉住七仙女的手向她求婚，把自己孤身一人、尚未婚配的状况告诉了她。这七仙女早就羡慕人间的男耕女织，哪有不允的？从此，他们就在北山顶上过起了幸福的生活。

白天，二郎还是去山下的松林打柴，柴卖完了就回来种萝卜。可这萝卜卖不起价钱，急坏了他们两口子。这块地只适合种萝卜，种其他的皆无收成。他们思忖改良萝卜品种，比如换个色，可换个什么颜色好呢？

就在七仙女苦苦思索而不得法子的时候，玉皇大帝与王母娘娘突然发现，已经多日不见心爱的幺女——七仙女，急忙派出天兵神将去寻找。那些天兵神将知道七仙女最喜戏水玩，就从太湖、鄱阳湖、洪泽湖一路搜寻过来，终于在北山顶上找到了七仙女。

这天正是二郎的生日，二郎和七仙女商量，进城把柴卖了，买点酒肉回来，小酌几杯，好好庆贺庆贺。七仙女等丈夫出门后，就急忙梳妆打扮起来。先找出丈夫喜欢的莲花裙穿上，然后洗脸化妆。她刚拿起胭脂往脸上匀的时候，有人敲门。七仙女以为是丈夫提前回来了，手上拿着胭脂，一脸娇羞地去开门。不承想，门一开，却是父母派来的天兵神将。他们不由分说，拉起七仙女就腾云驾雾往天庭飞，好到玉皇大帝那里去交差。

七仙女知道犯了天条，任何反抗都是徒劳，只得随着他们飞回天庭。可是，二郎回来找不到自己怎么办呢？何不将手上的胭脂一路撒下做路标？

卖完柴的二郎提着酒肉，兴高采烈地往家赶，想着七仙女在家等着自己，不禁笑出声来。可是，当他走到自家萝卜地的时候，发现一个奇怪的现象：那些萝卜的叶子依然是绿色，可萝卜缨却变成了红色，冲出土的半截萝卜也变成了红色。

二郎大声叫着"娘子，快出来看稀奇！"可家里哪有娘子的影子？跟七仙女一起不见的，有他们第一次见面时穿的莲花裙，还有自己给她买的那盒胭脂。二郎仿佛明白了什么。

从此，北山上的萝卜就变了种，不仅从里到皮满身深红色，而且肉质精密脆嫩。因为是七仙女撒下的胭脂染成的这个颜色，所以，人们就叫它胭脂萝卜。

故事来源：流传于涪陵及其周边地区，采风于涪陵区江北街道。

收集整理：刘晓云

棕树、椿巅和黄葛树

在北山上生长着三种树：棕树、椿巅树、黄葛树。黄葛树总是生长在贫瘠的石滩上，而棕树和椿巅却总是生长在肥沃的田坎上和土边。

你知道这是为什么吗?

相传，很久很久以前，北山脚的长江边，棕树、春巅和黄葛树他们仨是一个院子里穿衩衩裤长大的好朋友。

这年春天，三兄弟刚好长成年，就仿效桃园三结义拜了异姓兄弟。黄葛树稍长，是大哥；棕树排老二，是二哥；椿巅最小，是幺毛弟。三兄弟歃血盟誓：不求同年同月同日生，但求同年同月同日死。有福同享，有难同当。若违誓言，不得好死!

一天夜里，长江上突发大水，滔天浊浪滚滚而来！黄葛树这天正在院子里乘凉，他个儿高，看得远，及时发现了险情。他连忙跑到棕树屋里，叫起来了棕树；又跑去椿巅屋里叫椿巅。椿巅瞌睡大，却怎么都叫不醒。眼看洪水就要漫进屋了，黄葛树又气又急，抱起椿巅就往屋外跑!水越涨越高，很快就从黄葛树的脚弯子涨到了腰杆。还好，黄葛树个子高，又有棕树接应，两人连驮带拽，终于将幺毛弟毫发无损地转移到了屋后的小山坡。

椿巅的瞌睡醒了，滔滔洪水在三兄弟眼皮底下翻腾，“呼啦啦”几下就把房屋掀翻了。椿巅的脸都吓白了：要不是大哥和二哥，这会儿自己的小命可就完了!

天亮了，洪水远没有退去的迹象。怎么办呢?三兄弟一番商量，决定外出谋生。

他们顺着北山往上爬，爬呀爬呀，适合定居的地方一直未出现。

这一天，他们来到一条河沟边。说是河沟，里面却没有一滴水，火辣辣的太阳把沟里横七竖八的乱石烤得发出刺眼的白光。年长的黄葛树实在是坚持不住了，他提出先休息一下再走。这一屁股坐下去，他就再也站不起来。原来，他的脚杆和腰杆在冰冷的洪水中浸泡得太久，都泡软了，泡得没有力气了。他就对棕树和椿巅说：二弟、幺毛，我在这里多休息会儿，你们两个继续往前面走，找到好地方了再回来叫我。棕树和椿巅异口同声说：大哥放心，你好好休息，找到了好地方，我们一定回来叫你!

棕树和椿巅告别大哥继续往前，他们走啊走，又走了很久。这一天，棕树对椿巅说：幺毛弟啊，我们这样走也不是办法，干脆我们俩分头找，这样找到好地方的机会要多些。椿巅一想也是，就同意了二哥的建议。

棕树同椿巅分开后不久，他就发现了一片水田，他觉得这是个不错的地方，就在田坎上安了家。棕树为什么没回去叫黄葛树呢？原来他想：说不定椿巅找到了比我更好的地方，大哥救过他的命，他一定会回去叫大哥。

椿巅离开棕树后不久，也发现了一片土地，他觉得这是个不错的地方，就在土边扎下了根。椿巅也没回去叫黄葛树，因为他也在想：二哥肯定找到了比我更好的地方，他跟大哥交情深，他定然会回去叫大哥。

却说黄葛树，坐在干河沟边的乱石旮旯，等棕树和椿巅找到了好地方来叫他。他等啊，等啊！等了一天又一天，等了一年又一年，等得屁股底下都生出了盘根错节，也等不来两个兄弟的音讯。于是，他骂道：棕树，你个挨千刀万剐的！椿巅，你个打嫩巅死的！怎么还不回来哟？

时至今日，黄葛树还坐在干河沟边的乱石旮旯；椿巅树和棕树，一个站在土边、一个站在田坎上。

因为受到大哥的诅咒，每到冬时腊月，总有人把棕树的皮剥下来，做成蓑衣和棕垫；每到正二三月，椿巅树刚刚萌发新芽的时候，就被人们连头掐下，做成盘中美味。

故事来源：流传于以涪陵为中心的武陵山地区，采风于涪陵区白涛街道。

收集整理：周铁军

金龙船

北山坪对面的长江南岸，河床向里面凹进去，形成了一个回水沱，像个月亮，名叫龙王沱。据说，龙王沱里有一只金光闪闪的金龙船，它是北山坪的镇山之宝。金龙船长年埋没在水中，只有在每年五月端阳节的子时时分才浮出水面。它在水面上绕一圈，又藏入水底。外地人知道这事的不多，看见它的更少，要弄到它就比登天还难。

清朝同治年间，外国人闯进涪州传教，到处占土地，修教堂，还大量招收教民充当他们的耳目。在涪州传教的玛洋人是个财迷，他从四川地方史上看到，涪州曾经是巴国埋葬祖宗的地方。他暗想：这里宝物一定不少。可是他来了很久，一直没有搞到几件东西，很不高兴。他还到乡下窜过，乡下人虽说穷点，但看不起他，小孩儿甚至还在他背后丢石头、吐口水。于是，玛洋人就在那些教民中吹牛：他学问渊博精通，水下能看一丈，地皮能望穿五尺，什么莲花凼的金牛儿，五马石的金马儿，金银场的金鸭儿……他都看到了，要去取了。他还吹嘘：哪个信了洋教，就饿不着肚皮；哪个对上帝诚恳，对主教忠心，我就保他出国学教，回来后当大主教。

涪州有个地痞无赖叫吴望，听了玛洋人的甜言蜜语，心头就发痒。他想：我肚皮头没得半点墨水，升官没得着，不如跟着教主，也许有朝一日时来运转，大教主当不成，就是当个司铎，也比朝廷的翰林强。他一天到晚梦想走洋运、玩洋格，想方设法去讨好玛洋人，心甘情愿给他跑腿。后来，玛洋人当真和他亲热起来，还时常带他一同进馆子，吃洋菜，开洋荤。

一天，吴望忽然想起，他的祖父曾经说起过龙王沱里有金龙船，社会上也流传着套金龙船的办法。有一次，在陪玛洋人到龙王沱河边耍的时候，吴望想显示一下他对涪州风物的烂熟，就把金龙船的全部秘密告诉了玛洋人。

玛洋人听了后暗暗高兴，嘱咐吴望不要给外人说，当场夸奖他对上帝的忠诚，德行修养如何的好，还说时机一到，就带他出国。回到住处，玛洋人马上通过他的同行，费了九牛二虎之力，在贵州的原始森林中找到一只筛子大的绿蜘蛛。悄悄用竹笼装运回涪州，他要吴望在离城近点的地方，找个单家独户的农民喂。吴望脚都跑大了，才找到一个单身老农，算起来还是他的一个远房亲戚，姓罗。玛洋人亲自去办了交涉，答应拿千两银子做工钱，要老农用黔江马刺湖的皇贡糯米喂，米由他自己买好，吴望送来，不准走漏一点风声。罗大爷也觉得有点不对头，本来不干，想了半天，还是干了。等洋人走了后，罗大爷问吴望：“洋人喂这个东西干哪样？”吴望说：“这是洋人要的西洋把戏。”

到了第二年五月初四的傍晚，玛洋人就叫吴望去取回大蜘蛛，连夜上了一条小木船。小船才离岸十多丈远，玛洋人趁吴望划船不注意，猛地一巴掌，把他推下水中。吴望是个旱鸭子，一栽下水就喂鱼去了。玛洋人马上打开竹笼，放出蜘蛛。蜘蛛下到水里，就飞快地在龙王沱织起网来，一会儿，网就织好了。玛洋人暗想，这下子只等收金龙船了。

好不容易等到子时，水下传来“隆隆”的闷响；接着，水面上现起一圈一圈的波浪，像一朵巨大的莲花在慢慢开放。花开到了中心部位，立即现了光亮，光点由小到大、由暗到明，最后亮得刺眼。突然，一只金光闪闪的龙船一下冒出了水面。

玛洋人欢喜极了，急忙抓住船上的蜘蛛网头，准备去打捞龙船。哪晓得，经过他的一提、一动，金龙船就直打旋，左颠右簸。一会儿工夫，天昏地暗，波浪滔天！整个龙王沱的水好像要立起来，连北山坪也剧烈地摇晃起来。

突然，北山坪山顶上一道金光，“乓”的一声，金龙船沉下水底去了。玛洋人和他乘坐的小木船，也被浪翻在水中。

这金龙船为什么沉没？当然其中有道理。原来，罗大爷见玛洋人找来大蜘蛛，还要用糯米喂一年，知道是有人跟玛洋人说了套金龙船的办法。他想：中国的宝物不能落在外国人的手头。他想出了一条对付洋人的办法，就是喂蜘蛛时，不全部用糯米，其中掺一半的黏米，蜘蛛吐的丝就不牢固。果然，金龙船上网时一晃动，网就破了。

至今，涪陵城对面的北山坪，山脊的中间不是凹下去了一点吗？沿着凹处，像有一个裂口，裂口下面坡坡坎坎的。传说，那就是当年金龙船留下的痕迹。

故事来源：流传于涪陵城区一带，采风于涪陵城区，曾收录于《中国民间文学三集成·涪陵市资料集》。

收集整理：蒲国树

狮子塆的络新妇

络新妇是一种毒蜘蛛，狮子塆是北山上的一个村庄。五百多年前，狮子塆的络新妇，演绎了一段惊心动魄的故事。

那时候，狮子塆附近有北山上最大的采石场。村里住的，除了几户本地人家，绝大多数都是来自外乡的石场工人。工人们大多都是因为走投无路，或要医治母亲，或要埋葬父亲，或要偿还赌债，被乘人之危的场主以极低的价格雇来的。在签订一定年限的契约之后，场主会一次性付清全部报酬以助其解燃眉之急。但从此工人们就沦为场主的终身奴隶，不仅在契约期限内要免费从事高强度的劳动，而且在契约期满之后场主也不放他们离开。最初，有人曾尝试过逃跑，但没有一个成功的。要么很快就被日夜巡逻的守卫抓回来当即处死；要么到翌日被发现已经被环绕村子的山林中的猛兽吃得只剩下一些衣服残片。后来，面对死亡，人们都惧怯了，都乖乖留下来继续在巨石的压榨下苟活。

但从某个时候起，场主发现工人们又开始渐渐减少，几乎每过一个晚上就会消失一两个。他相信，都是被住在山林中的络新妇蜘蛛怪吃了——不像是猛兽干的，因为带人到山林中四处找寻也未见一星半点的衣片和残骸。

于是，他派人去八角亭请以降妖除魔著名的法无和尚。

在快到狮子塆的山上，法无就凭手中的人头杖探知了络新妇的所在，并马上前去与之大战了几十回合。虽然重创了络新妇，但最后还是让她逃走了。于是，法无受邀在石场住下来，以便随时发现并彻底消灭络新妇。

就在法无重创络新妇的翌日上午，村里一位名叫龙二的青年在路边一片薰衣草中捡到一位奄奄一息的姑娘，马上背回家放到床上。

姑娘很快醒了，坐起来。龙二一边在床对面的灶台上做着炒饭，一边问她从哪里来。

“不方便——不说。”姑娘撩了撩齐刘海。

“那你为什么倒在那里？”

“当然是迫不得已。要是力量恢复了的话……”

“那至少请告诉我名字吧！”

“那种东西，没有！”

“这样啊——叫阿薰怎么样？因为发现你的时候你就倒在薰衣草中嘛。”

“随你喜欢。”姑娘歪着头，爱理不理地答道。

“阿薰，肚子饿了吗？”他将刚炒好的一碗炒饭递给她，“吃吧。”

“什么东西？人类就吃这个吗？看起来很难吃的样子……”阿薰说着，一手接过他递上的碗，一手却打掉他同时递上的筷子，用手抓着吃了一口。然后，改口道：“真香！”

她吃了两口，突然扭头用疑惑的眼神看定他：“你不吃吗？”

“啊……我刚吃过了。”说完，他就转身往门口走去，“该出门干活了。”

当龙二开门出去的时候，阿薰听到他的肚子“咕噜”叫了一声。“奇怪的人类！”自说自话间，一只苍蝇飞来停在她正吃着的炒饭上。她迅速从手指喷出一绺蜘蛛丝将苍蝇缚住，并立刻送进了嘴里，“不要对我的饭动手！”

黄昏时分，龙二才收工回来。他见半躺在床上的阿薰气色好像比上午刚捡到时还要不好，便问她中午的炒饭有没有好好吃完。她不回答，指了指床下的空碗。

龙二一看，碗里竟然有只蟑螂。他马上小心抓起它，将它放到了窗外。

“为什么放它？”阿薰吃惊地瞪大了眼睛，“只是虫子。”

“人和虫子没区别，”龙二走到灶台边，一边盛饭一边回答．“活着的东西都一样。”

“第一次遇到说这话的人类。你真奇怪！”

“是吗？”龙二将盛好的一碗饭双手递给她，“比起这个，先吃饭吧！这是人类最重要的事。”

龙二仍然没有给自己盛饭。阿薰问他，他仍然说已经吃过了。

阿薰虽然吃了很大一碗饭，但是半夜还是饿醒了。她小心翼翼地下床，再蹑手蹑脚地走到旁边的龙二的床边，对着熟睡的他张开了血盆大口。正要咬下去的时候，突然听到他的肚子“咕噜”一声响，于是立刻控制住了自己。她马上闭上嘴巴，回到自己床上躺下。第一次碰上你这样的男人。要饿肚子，我也陪你一起饿吧！

第二天，她对他的态度不再那么冷淡；第三天，她主动跟他说话了；第四天，她跟他说话时面带微笑了……

每当看到她笑时，他也跟着笑。但他的笑容之中总是带着一些阴影，因为他注意到每次她笑起来的时候，她两颊的凹陷就比平时更明显。他还注意到，随着日子一天天过去，她两颊的凹陷还在变得越来越明显——连眼窝也跟着渐渐凹陷下去了。

他想，她一定是生病了。村里没有医生，而她又没有村里的通行证，想要离开村子很难。为了让她能出去外面看医生，他决定帮助她逃出村子。决定后，他们当晚就展开行动。

他拉着她一路小跑，很快就到了一个隐藏在一簇灌木下的狭窄的石洞前。

“这里就是秘密通道，我就送你到这里。”他恋恋不舍地望着她，“进去之后，沿着水流一直走下去就能到长江边。这样就能躲过村里的守卫和山上的猛兽，成功……”

话还没说完，突然一支箭飞过来射穿了他的肩膀。接着又从对面的密林中冒出一群守卫，一齐向他们射箭。

她立即站到前面保护他。她从双手射出多绺蜘蛛丝，将空中的飞箭悉数缚住；同时也缚住站在最前面的两个守卫，将他们拖到面前，吸了他们的精气。

剩下的守卫都吓坏了，纷纷躲回了密林中。

龙二也吓得不轻，颤抖着嘴唇：“原来你……你就是络新妇——你杀了他们！”这时，他见她一度凹陷的脸颊和眼眶都恢复了原状。

“我没有杀人！”阿薰轻轻扇了面前刚被她吸了精气的两个守卫每人一耳光，两人便立刻醒过来。“你看！到现在我还没取过人的性命。人类是宝贵的食物，每次吸一点精气只会让他们暂时感到疲惫，很快就能恢复，下次还可以再吸。”

“是吗？”龙二用欣慰的眼神看着她，“以后也不杀人吗？”

“嗯!”阿薰一面微笑着回答，一面用手指喷出蛛丝为他包扎肩膀。

“那就好!”龙二松了一口气。

就在这时，法无出现了。因为刚才阿薰吸了两个守卫的精气，精力一下子增强，这让在村里苦等多日的法无手中的人头杖又有了反应，他便飞快跟着人头杖的引导赶到了这里。

“妖孽，你杀人无数。”法无对着阿薰举起了人头杖，“老衲要替天行道。”

“等等！她没杀人！这段时间采石场里消失的工人都没有死，都是我帮他们从这个秘密通道逃走了。”龙二指了指旁边的石洞。

“原来是你干的好事！把他抓起来，带回去交给场主处置！’刚才躲进密林的几个守卫这会儿又一齐钻了出来，并一齐向龙二冲过去。

阿薰马上向他们反冲过去！一面冲，一面变化成了络新妇的真身。因为她明白，这次要同时对付的，还有自己一对一都难得取胜的法无，她必须拿出全部实力。她先发制人，不等守卫们靠近便从尾部喷出铺天盖地的蜘蛛丝，先将他们包裹得像一个个蚕茧，然后一齐往身边拽。

法无出手了。他猛挥人头杖，一道光便以闪电的速度射了出去，在斩断阿薰所有蛛丝的同时，也将她的两条前腿斩断了。

阿薰大叫一声，用剩下的六条腿迅速向后跳开。她重整态势，准备向法无反击。但这时，她看到旁边的龙二倒下了，便赶紧跑过去用第三和第四条腿将他抱起来。“伤得比看起来要重，肩上的箭也不敢擅自拔出……我要带你走，不会让你死在这里。”

但是，法无不肯放过她，举着人头杖气势汹汹向她逼近。

她只好轻轻将龙二放下，用尽力气蜷起身子准备向法无发起进攻。“看来，我们必须要死一个啊!”

“不要……杀他！阿薰，”躺在地上的龙二喘着气断断续续地说，“你之前没杀……过人，之后也不……要杀人。你不是答……应过的吗？”

阿薰不说话，默默收起进攻架势，转过身深情地望着龙二。

法无犹豫片刻，见地上被裹在蚕茧里的守卫每个都还在像蛆一样蠕动，便收起人头杖转身离开。“没想到还有和人亲近的妖怪。这世间看不透啊!”

法无离开后，阿薰马上化为人形，将龙二扶起来，然后背对他蹲下去。“上来吧。这次换我了，就像那个时候你背我回去一样。”

“诶？”

“你帮助工人逃走的事已经露馅了。你回村里去他们饶得了你吗？”

“阿薰，我明白了！与其在村子里死去，不如趁现在逃掉。以后，就作为你的食物活下去吧！”

“啊！”阿薰先是瞪大了眼睛，随后便露出了幸福的微笑。“我可能再也遇不到你这么奇怪的人类了。好了，快上来吧！”

故事来源：流传于涪陵区江北街道一带，采风于江北街道北坪社区。

收集整理：王万里

北山坪下

长江边的涪陵城，是古代巴国的首都。但是，古时候的涪陵不叫“涪陵”，也不称“涪州”，而是叫“枳城”。枳城临江而建，在河对岸有一座山，史称“北山”。因为北山的山顶并不像北岩那样如刀削斧劈，而是绵延平整的一展平地，所以，不知从什么时候开始，人们约定俗成地在“北山”二字后面加了一个字——“坪”。

这北山坪乍一看与周边其他山峦并无二致，其实，细看起来却大有区别。北山坪的山脚处，曾经落脚过许多文人墨客，留下了动人的传说和珍贵的遗迹墨宝，比如钩深堂、点易洞、洗墨池等。尤其是点易洞，古往故事数不胜数，单说近代，就曾经发生过一个改变小人物命运的小故事。

在北山坪的西边，住着一户万姓人家。民国三十几年，万姓人家的男主人和女主人在短时间内相继撒手人寰，留下了 5 个未成年的孩子。俗话说：“树倒猢狲散，墙倒众人推。”万家亲戚欺负几个孤儿，一哄而上，把万家的家产分了个精光。于是，孩子们在一个老仆人的带领下，在一个炎热的夏季数次从黄旗渡口过河，赤脚走二十多里土路，到涪州县衙去打官司。

“八字衙门朝南开，有理无钱莫进来。”可想而知，官司的结局自然是以万氏孤儿的失败告终。

最末一次官司失败后，家境堪贫的万氏孤儿各自分工，用稚嫩的肩膀扛起了家里的担子。

有一天，大哥万大贵捡柴来到北山坪南麓的山脚。他看见一个浅浅的石洞，洞前还刻有一些字。读过两年私塾的他凑近去看，却因年代已久而模糊不清。此时已接近正午，又累又困的大贵就顺势钻进洞内，准备躲一下毒辣的太阳、休息一下。

不知过了多久，万大贵在洞里迷迷糊糊睡着了。他仿佛看到一个白胡子老者站在了洞口，嘴里朗朗有声地念起洞口的那些字来：“烟波洞外一江横，岸帻研经独坐情。数百年前文运厄，九三爻里系辞精。时穷党祸符屯遯，道合天人有弟兄。涪水悠悠通洛水，古贤芳躅暮云平。”大贵听得真切，不由心中一动：这不是八百多年前北宋理学大师程颐注释《易经》的点易洞吗？自己真是三生有幸，能够在这里见到大师的尊容，并聆听大师的吟诗。他这样想着，却见那老者转身飘然离去，身后还带着一股仙风。

大贵倏然醒来，感觉口渴难耐。于是，他寻着梦中老者离开的身影，向斜坡下面走去。却见前面出现一凼清澈的泉水。他想起师塾先生曾经说过，点易洞附近有一个洗墨池，是北宋另一个贬谪到涪陵来的大文豪、大书法家黄庭坚写字后洗墨笔和砚台的地方，这一定就是了。私塾先生还说，喝了洗墨池里的水，就能够沾上黄庭坚的文采和灵气。于是，他掬起一捧水喝进肚里。顿时，感觉凉气袭人、浑身舒泰、精神抖擞，肚皮也不饥饿了。

从那以后，万大贵白天去捡柴，或去别人家做短工，都要抽空去辨析点易洞前的那些字迹，并去洗墨池边喝几捧泉水。晚上，则拿起以前的书本认真研习。

几年以后，世道发生了天翻地覆的变化。那些从前抢占万家财产，生活比万家过得好的人家，一下子跌到了万丈深渊，过得落魄潦倒。而万家人却平安无事。大贵又因自己有知识，顺利考取了一个技术学校，最后在外省一个大城市参加了工作。弟弟妹妹也因他的良好引导，自立自强，最终都过上了幸福安稳的日子。

故事来源：流传于涪陵区江北街道一带，采风于江北街道永柱社区。

收集整理：冉　利

四、神话传说故事

大禹脚挎北山坪

今天，如果你在高空俯瞰涪陵北山，其形状像一尾游向涪陵江南城区的鲢鱼，更像一只巨人的脚掌前沿。为什么是这样一个形状呢？因为据说，北山是大禹用脚踩踏出来的，那个脚掌形状就是大禹脚掌的样子。

上古时期，洪水朝天，华夏神州大都被淹没在滔滔洪水之中，黎民百姓饱受洪灾之苦。尧帝任命鲧为全国治水总指挥。鲧采用“堵”的办法来治水，九年也没有成功。舜帝继位之后，以治水无功的罪名，将鲧处以极刑。然后，任命鲧的儿子禹子承父业，担任新一任全国治水总指挥。

禹吸取其父失败的教训，采取堙、疏结合的方略，该疏通的疏通，该平整的平整，最终取得了成功，使滔滔洪水顺位，大量被淹没的地方变成了肥田沃土。

大禹治水，讲究统筹兼顾，责任落实。他左手拿着准绳，右手拿着规矩，走到哪里就量到哪里。他根据山川地理情况及当时的水患现状，把整个中国的山山水水当作一个整体，做好顶层设计，统筹治理。他将中国划分为冀、青、徐、兖、扬、梁、豫、雍、荆九个州，然后分派任务，落实责任。他本人则总揽全局，巡察全国，解决疑难问题，同时承担长江、黄河主干治理工程。

当黄河流域的治水工程完成以后，大禹来到南方，开始了长江流域的治水工作。

对于长江流域，大禹的总体治理设想是：开通嶓冢山到达荆山；开通内方山到达大别山；开通岷山的南面到达衡山，过洞庭湖到达庐山；疏通弱水到合黎山，下游流到沙漠；疏通黑水到达三危山，最终流入南海。

他首先登上青藏高原，整治好长江源头。然后，一路向东，疏浚长江河道。在今天重庆主城的涂山附近，他还收获了美好爱情，娶涂山氏女为妻。但是，大禹绝不因自己的私事而影响公事，新婚后第三天，他又踏上了治水之路。

他开凿明月山，疏浚黄草峡，削平磨盘滩，打通龟龙峡……很快，就来到了今天的涪陵城前面。

大禹驻足观望，滔滔江水被一座横着的高山挡住去路。仔细察看，此山的中间部分稍高、左右两边凹陷下去，有江水自地底穿流出来。大禹由此判断，前山中间高凸部位应当是坚硬的岩体，其左右山坳，必有土石相杂的相对松散地质。他决定：开凿左侧山坳作为河道，让长江在那里拐一个弯，然后继续向东奔流而去。

大禹回望身后滚滚而来的江水，他豪气干云，果断向左侧山坳踢出一脚！“嘭”的一声响，顷刻间地势塌陷，草木凌乱；山鸟受惊，扑棱扑棱疾飞而出；地上的兽类，或被踏灭，或被踩伤，余者纷纷逃散。

然而，脚尖所及之处，山体异常坚硬。只是将山顶踢出了一个小小的凹槽，并没有取得预想的效果。

大禹顿时明白过来：右侧山坳，才应该是长江河道的最佳选择。

他强行压下心绪波动，豁然昂首，口中发出一声厉啸，双脚直接插入土中，像犁头犁地一样稳步穿行。他有时双脚轮番提起，将犁出的泥石、草木猛力甩上大江两岸，有时弯腰捧起泥石、草木，用力向两边的山顶抛去。伴随着“轰隆隆”的巨响，地面在剧烈地震颤，可以看到花草树木拌着泥石在不断翻涌。在他双脚犁过的地方，地面裂开了一道巨大的沟壑，漫流的江水顺着这道沟壑奔涌而来。

当他犁到今天大东门这个位置，他发现，有一条清澈透底的小河（乌江），自远方奔流出来。两江交汇的地方，形成了异常强大的冲击力。

“得在这一带造一座山，减缓江水的冲击。”大禹这么想着。

他有意把双脚犁出的石头和泥土往北边的河岸上抛。很快，就在小河入口的正前方，堆起了一座高耸的山崖。他还担心这座山崖不够坚固，不能阻挡江水的冲击。于是，他纵身一跃，身体腾跃到空中。然后，伸出右脚，在这座新堆砌的山崖顶上重重地踩了一脚。

自此，一座山崖屹立于两江交汇处的正前方，有效阻挡了两江交汇的激流，减缓了江水对两江四岸的冲击力和破坏力。这座山崖，就是涪陵北山。

也是从那时候开始，北山顶上形成一片开阔的平地，并印上了大禹脚板的痕迹。

故事来源：流传于涪陵及附近地区一带，采风于涪陵区江北街道。

收集整理：王一安　冉桂芬

背风石

旧时，从长江边到北山坪的道路有两条：一条由点易洞笔直而上；一条由点易洞左转斜上。前一条路距离短而坡度大，是北山上老百姓踩出来的小路；后一条路坡度平缓而距离长，是通往丛林、长寿一带的官道。

许多年以前，在官道旁边屹立着一块方方正正的巨石，那巨石起码有四五层楼高，很远的地方都可以看见。据说，那块石头还是张果老从长江边背到这儿来的呢。

当年，北山坪上住着一位姓罗的老秀才。罗秀才人品好、学问高、见识广，深受远近山民的尊敬和爱戴。一天，老秀才去涪陵城办事回来，因为年纪大、爬不动山，便沿着相对平坦的官道往家里走。在路上，他遇到了一件怪事：一位白胡子飘飘的瘦老头儿，背着一块比房子还要高、还要大的大石头，心急火燎地往山顶上走。

罗秀才与老头儿结伴同行，边走边拉起了家常。

原来，这个老头儿就是八仙之一的张果老。问他背着这么大一块石头到哪里去，他说，去丛林那边堵塞黑龙洞。问他为什么要去堵塞，他说，夏日里洞内洞外的温差太大，黑龙洞就变成了一个换气的风洞，“轰隆轰隆”的换气声吵得自己在天庭里睡不好觉。

罗秀才心头暗暗好笑：你这老头儿可真有趣！风洞吵了你睡觉，你就背石头去堵塞；难不得北山挡了你的路，你就去把它搬开吗？

老秀才不言不语，快步走到张果老前面。冷不防一转身，伸出两个手指头塞住了张果老的两个鼻孔。

身背巨石跋涉在山路上，本来就累得气喘吁吁的张果老，又突然被人堵塞了鼻孔，心头难受得要命！他一个劲儿央求罗秀才快快松手。

罗秀才却哈哈大笑："你的鼻孔被堵住了，你就晓得不舒服。你为什么却要去堵塞别人的鼻孔呢？"

张果老听了，莫名其妙："我什么时候去堵塞别人的鼻孔了？"

"万物有灵！宇宙万物皆有灵性，大凡是山川河岳、鸟兽隹虫、花草树木，皆如同人类一般，有鼻子、有眼睛、有大脑、有四肢，要呼吸、要观看、要思考、要运动……北山脚下的黑龙洞，就是北山一带山脉呼吸换气的鼻孔啊。你身为天界上仙，仅仅因为别人的呼吸影响了你睡觉，你就置别人的生死于不顾，要去堵塞人家的鼻孔。你这种行为，往好听的说，叫作缺乏修为、缺少仙德；往不好听的说，叫作自私自利、有辱仙班！"

老秀才的一席话，说得张果老面红耳赤、哑口无言。他偷偷地将背上的巨石扔到路边，独自返回天庭去了。

千百年来，那块巨石一直屹立在官道旁边。因为它曾经是张果老背去堵风洞的石头，当地老百姓便给它取了一个有趣的名字—— 背风石。

故事来源：流传于以涪陵为中心的武陵山地区，采风于涪陵区武陵山乡。

收集整理：倪德生

神奇羊谷坝

羊谷坝，是北山坪下三大水土肥沃的平坝之一。

羊谷坝地势平坦，开阔向阳，东面临江，西靠群山，是盛产稻谷的良田。坝的西面群山，主要为六座依次横向排列的山脊。每座山脊呈长条形，头朝东尾向西，头大尾小，仿佛六只山羊并排站立、昂首翘望、搜寻牧草。有“羊”产“谷”，所以这坝就叫羊谷坝。

相传，八仙之一的张果老赶着六只仙羊，腾云驾雾，东去蓬莱仙岛。途经此处，发现风景优美、水草丰茂、繁花盛开，决定在此歇歇脚。张果老按下云头，让羊儿们各自去吃草喝水，他自个儿在这里闲逛。突然，他看见一些树上挂满了水果。这水果外皮就像少女的脸，红中有斑，含春带羞。吃惯了仙果的张果老顺手摘下一颗，剥开外壳，里面果实通体洁白、圆润如玉。放进嘴里，甜甜的、带些丝滑，其汁液赛过仙界琼浆。张果老顿时来了兴趣，再多摘了一些这野果，就着葫芦里的美酒边吃边喝。

不一会儿，困意袭来，张果老就在江边的岔口石上顺势躺下，呼呼睡觉。

由于路途劳顿，酒足果饱，吹着和煦的江风，老神仙这一觉睡得可真够沉。等他醒来，自己赶的六只羊子不见了。原来，“天上一日，地上一年”，张果老这一觉醒来已经不知过了多少年月。六只仙羊的道行可比不上张果老，这些时日，早已幻化成了六座山脊。

老神仙眼看这一带水草丰茂，正是这六只仙羊的结缘之地。于是，他自个儿腾云东往蓬莱去了。

由于有六只仙羊的庇护，当地年年风调雨顺，庄稼丰收、六畜兴旺。为感谢张果老和六只仙羊，当地人就把这地方改名为“羊谷坝”。

故事来源：流传于涪陵及附近地区一带，采风于涪陵区江北街道邓家村。

收集整理：陈正权　李　勇

尔朱真人驾鹤升天

在北山脚下的点易园内，有一处“三仙楼”。三仙楼始建于南宋时期，供奉着北魏鲜卑人尔朱通微、唐代涪州人兰冲虚和王帽仙三位同涪陵有关系的得道仙人。

您或许要问：兰冲虚、王帽仙是涪州人，供奉在这里没话说。尔朱通微同涪陵有什么关系呢？

要知道尔朱通微同涪陵的关系，且听我慢慢道来。

尔朱真人驾鹤升天处——涪陵白鹤梁

尔朱通微出生于北魏望族，少年时遇异人度化，出家学道，学会炼大丹不死之方，世人称之为“尔朱真人”。

一次，尔朱真人云游来到四川合州（今重庆合川）。在那里，他看见许多百姓一到冬天衣服单薄，脚上长疮。百姓要去街面的药铺子买药擦，那药却一天一个价，腾腾往上涨。尔朱真人便起灶炼丹，每日将所炼之丹免费送给百姓。那药比街面药铺的“灵丹妙药”更神奇。看着黑乎乎的一颗丸子，只要沾点水，它就化作黏稠的液体。再把这黏稠的液体往冻疮处一擦，那硬是神奇：三分钟见效，十分钟结疤，半个小时生新皮。这尔朱真人有治疗冻疮的神药，还不要钱。消息一传十，十传百，立刻把整个合州长冻疮的人都吸引过去，大伙高兴得很。

然而，却有一个人不高兴。那就是合州太守。你想，尔朱真人不要钱的神药把所有药铺的生意都抢了，而所有药铺的后台老板又恰恰是合州太守，那太守还能让尔朱真人顺顺当当普度众生？于是，太守以“无照行医、蛊惑刁民”两项罪名将尔朱真人捉进了衙门。

到了衙门，尔朱真人像一根木头一样站立着。纵然惊堂木拍得哐当响，太守和跟班差役吼得声嘶力竭，那尔朱真人依然一语不发。折腾了半天，把太守和差役累得气急败坏，尔朱真人却鼾声如雷。

眼看棍棒打他打不痛，言语训斥他也不起作用，太守就叫人找来一个装猪的竹笼，把这酣睡的尔朱真人塞进去，抬到长江边，“扑通”一声丢进了江水里。太守心想：你到水里安心睡觉吧，长江够你长眠一辈子。

过了很多天，在合州下游的涪陵白鹤梁附近，有一个渔翁打鱼时恰好捞到了这个竹笼。捞到船上，渔翁惊奇地发现，竹笼里竟然装着一个人。把手伸到竹笼里，感觉那竹笼里人口鼻里还有微微气息。渔翁赶紧打开竹笼，把那人抱到白鹤梁上。说来也怪，在这白鹤梁的石头上一躺下，太阳一晒，气温一暖和，一会儿那竹笼中人就醒了。渔翁与他交谈，听了他的故事，方才晓得，这笼中之人就是得道成仙的大善人——尔朱真人。尔朱真人看这渔翁也是善人，而这白鹤梁又是江中一块巨大石梁，看青山、听涛声、观鹤舞、伴日月，实乃自己的结缘之地，便留下来与渔翁做伴。他们两人，白天打鱼唱歌，晚上喝酒弹琴，仰天一睡能睡个太阳落，聊起话题能让江水驻足，日子过得悠闲自在。

如此又过了很久。有一天，尔朱真人把渔翁叫到身边，和他一起洗沐了身子。然后，焚香祷告，翩翩起舞。不一会儿，只见江面上千只白鹤飞舞，乐音袅袅，彩云飘飘！

鹤群之中，突然出现两个骑在白鹤背上的人。

那白鹤，驮着两人慢慢向天空升腾，然后飞向北山方向。在北山上空盘旋三周，最后向西边天际飞去了。

不用说，那羽化升仙的两个人正是尔朱真人和渔翁。

从此，涪陵白鹤梁多了一个传说，多了一分神秘，多了一分美丽。北山脚下的三仙楼内，也多了一位名叫尔朱通微的仙人。

故事来源：流传于涪陵及附近地区一带，采风于涪陵区江北街道邓家村。

收集整理：陈正权

尔朱先生涪陵成仙

关于尔朱真人得道成仙的故事，在我们涪陵还有另一种版本的传说——

五代十国时期，在今天四川一带先后建立了“前蜀”和“后蜀”两个地方割据政权。在“后蜀”时期，有一名姓尔朱的男子成天幻想自己有朝一日能够成仙。为了成仙，这位尔朱先生既不从事农业生产，也不从事其他营生，整日里到处打听哪里有高人能帮助他成仙。多年来，尔朱先生跑遍了全国各地的名川大山，拜访了不少高僧、道士，吞服了不少丹药，可是他仍然没有成为神仙。

有一天，尔朱先生又打点行装，准备外出寻找高人帮助他成仙。当他走出家门不到半里路，就看见一位又老又瘦的道士躺在路上不停地呻吟。尔朱先生停下来，问道士遇到了什么困难。道士回答说，他从外地来，刚才走路时不小心摔断了腿。尔朱先生见道士可怜，便将他背回自己家中，并请郎中给道士治病。

三个月后，道士的腿伤终于痊愈了。一日早晨，道士对尔朱先生说：“数月以来，贫道全靠先生的照顾才得以活命。如今腿伤已痊愈，特来向先生告别。先生大恩，无以为报，贫道这里有一粒丹药，是多年前一位高人所赠，听说吃了以后可以成仙。今天贫道将丹药转赠先生，以报先生的救命之恩。”尔朱先生一听有成仙的丹药，马上就要吞服。

道士却说：“如果您今天吞服，则必死无疑。只有遇到浮石后吞服才可以成仙。”说完，道士就走了。

什么是“浮石”？石头还能浮起来吗？尔朱先生百思不得其解。

此后，为了寻找浮石，尔朱先生只要看到石头便将它投入水中，看它能不能浮在水面上。这样持续了很多年，周围的人都以为尔朱先生发疯了，甚至有人还当着他的面嘲笑他。但是，尔朱先生才不管别人如何看待他呢！别人越嘲笑他，他寻找浮石的心情越迫切。

有一次，尔朱先生乘船而下，沿长江一路游览。他坐在船上，一边品茶，一边欣赏长江两岸的风光。也不知行驶了多久，来到一处地方。只见江右岸为一座城池，城池的城墙高大威严，城门里还不时有人进进出出；城池的对岸，则是临江壁立的山峦，山上长满了青松，远远望去就像是立在城池前的一排巨大屏风。

尔朱先生看到如此美景，不由得脱口赞叹道：“这是哪里啊？风景如此壮观！”

此时，刚好有一只渡船从他乘坐的大船旁边经过。摆渡的艄公听到他问这是何地，便回答说："这里是涪州地界，这座城就是涪州城，城对岸的山名叫北山。"

尔朱先生听了艄公的回答，连忙向艄公拱手致谢，并问艄公姓什么，家住何处。

"我姓石，家住北山坪上！"艄公朗声答道。

尔朱先生听到艄公说这里是涪州，而艄公又姓石，不禁心头暗暗寻思：道士叫我遇到浮石后再服食丹药，便可成仙。这里是涪州，"涪"字与"浮"字同音；艄公又姓石。"涪"与"石"二字连贯起来，不就是"浮石"吗？原来，道士是叫我在这里吞服丹药呀！

想到这里，尔朱先生赶紧取出丹药，就着一口清茶将丹药吞服下肚。数分钟后，他感觉自己头晕乎乎的，身子忽然轻了许多。

一阵江风吹过来，尔朱先生竟然伴随着江风，慢慢升上了天空。随着身体越来越轻，他上升的速度也越来越快。

一个大活人，在天空中飘浮上升！涪州城内百姓纷纷跑出房门外看热闹。只见尔朱先生像一只断了线的风筝，摇摇摆摆升到了北山的半山腰；升到了同北山一样高；升到了北山的上空……最后，完全消失在人们的视野中。

看热闹的人群中，忽然有一人高声叫喊："这人升天成仙啦！"

从此以后，尔朱先生在涪陵得道成仙的故事，在涪州大地纷纷流传开来。

故事来源：流传于涪陵及周边地区一带，采风于涪陵区义和镇鹤凤村。

收集整理：倪德茂

归元子北山求雨

归元子是谁？他同涪陵有什么关系呢？

相传，归元子是南北朝时候一个得道的仙人，俗名叫作"尔朱通微"。

尔朱通微有个本家哥哥叫尔朱荣，平时，在朝廷当大官称王称霸。有一次，甚至把皇帝和皇太后都杀了，一下子给杀了的朝廷大臣，更是不计其数！

尔朱通微多次劝说他的哥哥，不要这么好强霸占、嗜杀成性。可尔朱荣哪里听得进去？尔朱通微料到：尔朱荣终究必然是大祸临头。于是，只身离开了尔朱荣，一个人出去云游天下、寻仙访道。后来，居然修成了正果，取了个道号叫“归元子”，又号“尔朱真人”。

这年，归元子云游到了四川合州（今重庆合川），发现整个合州都在闹瘟疫。他便在合州停下来，炼丹叫卖。传说他的丹药是吃一颗包治百病，吃两颗长生不老，吃三颗就能成仙！贫苦百姓来买丹药，他一文不取；富裕人家来买，他收十两银子一颗；合州太守去买，他居然要收人家二十万两银子。

归元子得罪了太守，太守便往死里整他：在一个月黑风高的夜晚，他被太守的人抓起来，装进一个竹笼中，扔进了长江支流嘉陵江里。

竹笼装着归元子一路顺江而下，流进长江。不知流了多少天，又流到了涪州城前面，被一个打鱼的老头打捞起来。里面的归元子居然没被淹死，只是睡了一个长长的觉！

归元子十分感激打鱼老头，就拿出身上的仙丹、葫芦里的烧酒，同老头一起在江边石梁上喝酒聊天。

老头告诉他，涪州正闹大旱，已经有两三年没下过一滴雨。田地干裂了，庄稼颗粒无收，老百姓逃荒要饭的不计其数！倘若是有人能求雨，让老天普降甘霖就好了。

归元子一听：呵呵！这么个事儿啊？好办！

他向四周望了望，最后把目光聚焦到与涪陵城一水相隔的北山上。第二天，他就让人在北山顶上筑起一个土台，自己穿上印着八卦图案的道袍，手中拿一把桃木削成的宝剑，登上土台焚香叩拜，舞动着那把宝剑，口中念念有词。

可是，像这样求了半个月，也不见天空有一丝乌云，更没求下来一滴雨。

一天晚上，归元子做了一个梦。梦中，一位白头发、白眉毛、白胡子的老人对他讲：北岩虽似仙境，但由于山脚下有长江常年奔流，不缺水。加之北岩乃群贤毕至的圣地，龙王根本不敢降临到这里来。所以，在这里求雨就像是缘木求鱼，无论多么虔诚，都不可能求下来半滴！要想求雨，只能到乌江东岸的山顶上去。

第二天，归元子来到乌江东岸的一座高山上，筑起法坛求雨。设坛、敬香、叩拜、舞剑、念咒、作法……一切还是原先那些套路，可刚刚求满七天，烈日当空的天上立即乌云密布，接着又是电闪雷鸣！大雨倾盆而下，一连下了三天。旱情完全得到了缓解，田地里的庄稼又长出来了，老百姓又恢复了祥和安宁的日子。

人们都说，涪州出了神仙，纷纷称归元子是仙人显灵，对他更加顶礼膜拜！

求雨成功之后，归元子见这座山清幽静雅、灵气十足，就在这里住了下来。当地群众为纪念归元子祈雨成功，便将这座山取名为“雨台山”。据说后来，倘若是又遇到天旱的时候，涪州的官员们就带领一班人马到这里来求雨，而且往往是有求必应。当然，这些都是后话。

且说归元子留在山中，每天都在山上种植松树。过了一段时间，松树纷纷长大，长成了蓊蓊郁郁的松树林。

早晨，太阳从东边升起，阳光照在松林中，翠绿的影子映照到对面北山的山石上。日久天长，北山上长出了一种特别的石头，不仅石质温婉细腻，而且通体呈翠绿色，中间还夹杂着松针似的花纹。这种石头，成为涪州文人墨客们的最爱，通常用它来磨砚台、雕印章、做镇纸。文人们还给它取了个好听的名字——松纹石。都说：这是归元子为涪陵人造的福啊！

故事来源：流传于涪陵及周边地区一带，采风于涪陵城区。

收集整理：冉启蕾

迦叶佛北山留迹

从前，北山坪上有一座古老的寺庙—— 灵迹寺。灵迹寺黄墙碧瓦，掩映于北山顶上茂密的丛林之中，朝迎旭日初升，暮送大江东去，确是一处修禅打坐的好地方。

灵迹寺修建于哪朝哪代？是谁修建的？为什么要在这里修建？又为什么取名“灵迹寺”呢？

要回答这些问题，还得听我慢慢道来。

北山壁立千仞，恰似一道雄伟的天然屏障，屹立于万里长江之滨，庇护着长江对岸的涪州古城。临江的一面崖壁，尤其陡峭高峻。石壁上，整整齐齐地镌刻着一幅五六尺见方的铭文，铭文全都是像古老的篆字一样的符号，但又不是纯粹的篆字，每个字都有巴掌那么大，没有人认得出来。铭文的下方，还有两个巨大脚印，仿佛是在一份公文末尾盖上的两个巨大印章。那脚印，每个都有三尺多长，两个脚印之间的距离有九尺多远。在唐代，这些铭文和脚印还清晰可见；在元代，铭文已经风化剥蚀、模糊不清，但两个脚印还看得清清楚楚；到了明清时期，不仅铭文没有一点儿影子，就连那两个脚印也消失得无影无踪。

这些铭文和脚印是怎么来的呢？

据唐代道宣律师撰写的《律相感通传》和《续高僧传》记载：这些铭文和脚印是迦叶佛留下来的。迦叶佛是佛教“过去七佛”之一，是释迦牟尼的前世之师，他修禅得道的时间比释迦牟尼还要早呢。

据载：迦叶佛时，涪州一带的山神姓“罗”名“子明”，系蜀人，其前世为持比丘戒的佛家弟子。罗子明俗世时，不仅自己虔诚修行，而且平生痛恨破戒之人。他曾发下恶愿：“我死之后，要做一个大恶鬼，专吃那些破戒的人！”

有愿必成，因愿受身。罗子明去世之后，被上天安排来涪陵当北山山神，一家老小就住在北山顶上。他的管辖范围以涪陵为中心，东西长五千余里，南北宽两千余里。

罗子明来到这里做山神，前世的愿望终于可以变成现实。他每天都敞开肚子,尽情地吃那些管辖范围内的破戒之人,一年要吃掉一万人以上!

佛家最忌讳杀生。哪怕是破戒之人，也不能随便吃啊。如果任由罗子明这样吃下去，那还了得！于是，迦叶佛便来教化他。通过种种神变，终于将他调伏，并且给他受了五戒。从此，罗子明也就不再吃人了。

但是，迦叶佛还是有些担心：担心自己离开之后，罗子明的习气又犯了，又要接着吃人。于是，他便在北山的石壁上留下一段铭文，告诫罗子明不可萌生吃人的恶念。同时，在铭文下方留下自己的两个脚印，作为这段铭文真实性的见证，就像今人立字据要盖指纹一样。

这些佛迹留在北山的石壁上，不知过了几朝几代。到了南北朝的宋元嘉中，高僧法畅路过涪陵，瞻仰了这些佛迹，感极而泣！一方面，他感念迦叶佛的佛法无边；另一方面，他感悟罗子明的改恶从善。于是，他四处化缘，终于在北山顶上修建了佛教丛林——灵迹寺。

故事来源：根据唐代道宣律师《律相感通传》及《续高僧传》等相关资料改写，流传于涪陵区一带。

收集整理：倪德生

蕉叶渡江

自古以来，涪陵北山就是暮鼓晨钟、香火繁盛的宗教圣地。北山脚下的相思寺，是闻名于佛教世界的古刹。历史上，许多鼎鼎有名的高僧，都曾在这里落脚挂单、居住修行。这些人中，最有名的要算唐代高僧无相禅师。

无相禅师，朝鲜人，时人呼为“金和尚”。系朝鲜新罗国王金兴光之子。他厌倦了饱食终日的宫廷生活，于唐玄宗开元年间来到大唐京都长安，落籍于长安禅定寺。住了一段时间，他又开始四处周游，寻访名师，参悟禅机。最后，走进巴山蜀水，来到了涪州相思寺。

相传，无相禅师有一件宝衣木棉袈裟，能避水火，刀枪不入，是由大周皇帝武则天传下来的。二十世纪八十年代，曾经有一部在内地和香港地区十分红火的电影《木棉袈裟》，就取材于无相禅师的传说。

唐代高僧道宣律师在他的《续高僧传》中，记述了无相禅师乘芭蕉叶渡江的传奇故事——

无相禅师在相思寺修行的时候，人们不知道他是从什么地方来的。看他的相貌和言行举动，同一般僧侣也没有多大区别。有一天，禅师去北山对面的涪陵城办事。返回时，天色已经很晚，长江上的渡船早已收渡。

怎么办呢？

只见禅师先是把手中的钵盂放入江中，对它说道：“平时都是我把你拿在手上，今天你就自己渡江过去吧。”

然后，禅师摘了一片芭蕉叶，把它放在河水里。自己双脚踏上去，芭蕉叶就载着他往长江对岸航行而去。那只钵盂则浮在水面上，紧紧跟在他身后。不一会儿工夫，他们就抵达大江对岸的北山脚下。

不巧，这件事被山上一个砍柴的樵夫看见。樵夫非常惊奇，拦着禅师问个不休。

禅师知道自己的身份已经暴露，不宜在此久留。回到相思寺，他便和众僧告辞。

众人苦苦相留，但哪里留得住呢？

于是，大家跟着禅师来到河边。看见禅师走到江边停靠着的一只船上，众人便一齐动手，将船桨、船橹全部拿走。心想：没有这些，你就走不成了吧！

哪知道，禅师双手握住船舷，不要人摇橹、划桨，船就自己动了起来。船儿迅速离开江岸向远处驶去，越来越快，越来越远，一会儿就不见了踪影。

这事之后，人们四处打听无相禅师的下落，却始终也没有个准确的消息。

故事来源：根据唐代道宣律师《律相感通传》及《续高僧传》等相关资料改写，流传于涪陵及周边地区。

收集整理：倪德生

蔡龙王和小蔡龙

据说，程颐点注《易经》的点易洞，以前不叫这个名字，而是叫“紫云洞”，洞的主人是蔡龙王。

蔡龙王是一条火龙，它作恶多端，年纪大了，整天瞌睡连连地躲在洞里睡大觉，连洞都懒得出。紫云洞里还住有一条小蔡龙。小蔡龙没爹娘，从小给蔡龙王做奴仆。蔡龙王只怕小蔡龙逃走，从来不肯让他走出洞口一步，就是困觉的时候，也用一只龙爪抓住小蔡龙的颈子。

有一天，蔡龙王睡熟了，睡得像死龙。小蔡龙轻悄悄地从蔡龙王爪里滑出，跑到洞口，龙尾一甩，洞口罩着的紫云便散开了。小龙走出洞府，看见那青青的山、蓝蓝的水、绿油油的庄稼、红艳艳的花朵，心里高兴极了，便就地打了一个滚，变成一个年纪轻轻的小后生。小蔡龙看看自己赤裸裸的身体，背上还留着鳞片，便随手扯来两朵青云，吹口仙气，变出一套青色衣裳，穿在身上。

小蔡龙走下山坡，看见有个放牛娃坐在地上哭，就问：“小弟弟，你为啥哭呀？”

放牛娃用手背揩揩眼泪，说：“我丢失财主二爷一头牛，刚才他逼我赔牛。我没有牛，唧个赔哟。”

小蔡龙说：“没有牛就算了吧，哭它做啥子嘛！”

放牛娃说：“财主二爷说三天里赔不出牛，他要用棒槌打死我啊！”

小蔡龙听了，眨眨眼睛想了想，说："小兄弟不要哭啦，我替你赔牛吧！"

小蔡龙带着放牛娃，走呀，走呀，走到财主二爷家门口。

放牛娃见小蔡龙两手空空的，就问："财主二爷要钱的哟，你没有钱，拿啥子替我赔牛？"

小蔡龙说："小兄弟，我先问你财主二爷顶喜欢的是什么？"

放牛娃回答："当然是喜欢金子，顶喜欢金元宝！"

小蔡龙在脚髁头上一拍："对了，我有金子，就拿金子赔牛。"说着，暗地里把手伸进自己的衣裳，一揭，从身上揭下一片金鳞片。老话说，"龙怕揭鳞"，小蔡龙揭自己的鳞该有多痛呀，他咬牙忍痛把鳞片揭下来给了放牛娃。

财主二爷见了放牛娃就嚷嚷："喂，放牛娃，还我的牛来！"

放牛娃把金鳞片给财主二爷赔了牛。

财主二爷捧着金鳞片，皱起眉头直嘀咕："金片好，金片亮，可惜片片不像样。"

小蔡龙插嘴说："财主二爷呀，厅堂上升起火，把金片熔成软膏，铸成一个大金元宝不就很好了嘛！"

财主二爷一听欢喜极了，笑得眼睛眯成一条缝，嘴巴都咧到耳背后去了。

小蔡龙走出财主二爷的门，回过头，摸着放牛娃的头说："小弟弟，你认我做哥哥吧！"放牛娃高兴得一下蹦起来，紧紧搂住小蔡龙的颈子不放。兄弟俩从此相依为命。

财主二爷自从得了那金鳞片，整整发了三天呆。第四天，他叫家人烧旺一只大火炉，摆在客厅上，想把金鳞片熔铸成一只大金元宝。他又摆下酒席，把有钱有势的亲戚朋友都请来，要当着大家的面夸夸富。

哪知金鳞片一进火炉里，只听"呼"的一声，火苗蹿起九丈六尺高，马上烧着了正梁大柱。一眨眼工夫，就把财主二爷家的房屋烧成一片平地。原来小蔡龙是条火龙，他身上的鳞片就是"火龙鳞"，火龙鳞碰着了火，烧起来是没法子扑灭的。

这财主二爷家着了火，烧得烟雾弥漫，浓烟一团一团地往天上冒。

飘呀，飘呀，一直飘过了99座山，飘入紫云洞。烟火味儿钻进蔡龙王的鼻孔里，蔡龙王觉得鼻孔里痒痒的，就打了一个喷嚏。它打个喷嚏不要紧，只见“咻”的一下子，火焰从紫云洞里冲出来，把涪州两岸几十里的树木庄稼烧了个精光。

蔡龙王一打喷嚏就醒了，它吸吸鼻子，闻闻味道儿，觉得有点不对头，忙喊小蔡龙。黑黝黝的洞里早就没有小蔡龙的影子。蔡龙王气坏了，急忙钻出洞来找。

蔡龙王腾飞在空中，四处打望，只见地上一处大庄院着火了。它仔细一看，说：“啊呀，啊呀，这是财主二爷家的房子！财主二爷逢时逢节都拿三牲福礼供我吃喝，我每次出来吐火都不烧他家的房子。今天为啥子自己把房子烧了哦？”它又仔细嗅嗅，嚷道：“这是‘火龙鳞’着火的气味，一定是小蔡龙干的好事！要找到这小厮，掐死他！”

蔡龙王在天上飞过去飞过来，始终寻不到小蔡龙。它气坏了，呼哧哧地喘气，鼻孔、嘴巴里呼呼地喷出火焰，把涪州两江四岸几十里地烧成一片火海。粮食烧了，没吃的；衣服烧了，没穿的；房子烧了，没住的。这样的日子，叫人怎么过下去呀！

小蔡龙知道这是蔡龙王作的恶。他眨了大半天的眼睛，又闷了一下午，终于鼓起勇气，对村里的人们说：“乡亲们呐，火龙太凶恶啦，火龙太作孽啦。大家跟着我，齐心合力去降伏它吧！”

大家听了都说：“火龙是神，怎么做才能降伏它？”

小蔡龙说：“土生金，金生水，水克火，火怕水，大家到大河里把水挑来，我领你们去寻火龙！”

这个主意一出，就像一阵风刮过，前后左右三百六十个村的人，人人都知道了。当天晚上，人们扛的扛，抬的抬，挑的挑，一霎时大河里的水就被汲了好大一截。大家紧跟着小蔡龙，往紫云洞上拥去。

这时，蔡龙王正飞得困乏了，在洞里睡大觉，外面的情况它一点也不知道。人们爬上山坡，只见一片雾蒙蒙的，寻来寻去也寻不到龙洞口。小蔡龙双手对着云雾一挥，罩在洞口的紫云便散开了。大家急忙往洞里倒水，浇呀，泼呀，水哗哗啦啦往紫云洞里灌进去，一会儿就漫到洞口。蔡龙王被泡在水里，不一会儿就死了。

大家七手八脚往洞里浇水，人人都溅得一身湿，也溅了小蔡龙一身水珠儿。小蔡龙只觉头昏脑涨，身子发软，站立不住。当放牛娃急忙赶去搀扶时，只见他头上露角，手脚变爪，现出了原形，骨碌碌滚下山坡，在山脚下死了。

从此以后，逢年过节人们都要带着香烛纸钱、酒肉水果，到石洞旁祭祀为民除害的小蔡龙。

只是后来，程颐在这里点注《易经》，开创了统治中国达数百年之久的官方显学"程朱理学"，人们才逐渐把紫云洞叫成了点易洞，祭祀的对象也由小蔡龙变成了程夫子。

故事来源：流传于涪陵区一带，采风于涪陵区江北街道，曾收录于《涪陵民间文学》。

收集整理：吴朝弟

王帽仙北山升仙

唐朝时期，在涪州一带活跃着一个以帮人缝补、制作帽子为生的手艺人，此人自称姓王，其真实的名字却没有任何人知道。由于他的职业是帮人缝补和制作帽子，因此人们都叫他"王帽子"。

王帽子生性豪爽，乐于助人，长年累月一个人在涪州各集市上讨生活。白天，游走于涪州地界内的各个集市给人们缝制帽子；晚上，则到北山坪脚下一家名为"天庆观"的道院内借宿。空闲时间，王帽子便与天庆观里的一群道士喝茶谈天，打发时光。然而，让天庆观的道士们感到惊奇的是，王帽子虽然相貌平平，看似目不识丁的粗人，但他对道家经典却了然于心。在与道士们讨论道家经义时，王帽子经常将天庆观的道士们辩驳得哑口无言。

北山道院

一日黄昏时分，王帽子与天庆观的道士们用完晚餐后，便到道观前一处院坝乘凉。闲谈中，王帽子对天庆观的陈道长说："昨晚我做了一个梦，梦见一位神人说我离家这么久了，也不给家里捎个口信。最近家里事多，叫我回去帮忙料理家务。"

陈道长说："王先生这么多年来一直在我涪州讨生活，也不知先生家在何处，家中还有什么亲人？"

"我家在蜀地果州，家中有八十岁的老母。由于我长年不在家，老母只好由家兄一人照料。"

"果州距离涪州不算很远，王先生也该抽空回家探望一下家人，以免家人挂念。"

次日早晨，天庆观的道士们吃完早餐后，发现王帽子的卧室仍然大门紧闭。一位道士便去敲门，发现屋子里面一点儿动静都没有。几个道士只好撞开大门、破门而入，进屋后发现王帽子身体僵硬，已经去世多时了。

由于王帽子孤身一人，无亲友帮助料理后事。在陈道长的提议下，天庆观的道士们集体凑钱为王帽子购买了一具棺材和一块坟地，将他草草地安葬在北山脚下。

在王帽子去世后刚好一个月的早晨，天庆观的道士们收到一封来自果州的书信。道士们阅读这封信后才知道，这信竟然是王帽子写给他们的。在信中，王帽子告诉道士们：自己其实并没有死，而是脱离躯壳升天做了神仙。对于天庆观道士集资安葬他的躯体一事，他表示衷心的感谢！他说，玉皇大帝已任命他负责管理天庭的服装作坊。目前，他正在果州料理家务，一旦家务料理完毕，就到天庭履职。

读完这封信，道士们一个个面如土色、目瞪口呆！

从此以后，王帽子升仙的故事便在涪州流传开来。由于王帽子已经升天做了神仙，后人便改称他为“王帽仙”。

南宋时期，涪州官民还在北山脚下的北岩景点内修建了一座楼——“三仙楼”，里面供奉着尔朱通微、兰冲虚、王帽仙三大道家的神像。

故事来源：根据《民国重修涪州志》等相关资料记载改写，流传于涪陵区一带。

收集整理：倪德茂

兰冲虚修道升天的传说

在重庆市涪陵区江北街道北岩胜景中有一座三仙楼，供奉兰冲虚、王帽仙、尔朱仙。

传说，北山坪上有个富翁，在他的庭院大门对面，突然多出来一间房子。还有一位鹤发童颜的老人骑着毛驴进进出出。富翁觉得这事好生奇怪，便抽空去拜访他。

老人恭恭敬敬地接待他，自我介绍说他姓兰，大家称他“兰翁”，是来北山坪一带卖针头麻线的。一来二往，富翁知道了老人懂道术，于是对老人就更加尊重。

有一天，富翁把一只珍藏很久的玉麒麟送给老人，请求老人传授道法给他。老人接过宝贝，没有丝毫犹豫，就顺手交给站在他旁边的邻居小孩，叫小孩拿到街上去兑换米粑来吃。小孩欢天喜地的从街上换回来三十多个米粑。但是，当时富翁心疼极了，十分的不愉快，对老人说：“难道你不知道它是我的心肝宝贝吗？我碰都舍不得碰它，你却把它换米粑吃，太不知轻重了嘛!”老人却不慌不忙地开导他说：“夫道者可以心得，岂在力争。怪惜未止，术无由成。当须深山穷谷，勤求致之。非市朝所授也。”

几天后，老人连带他的房屋就无影无踪了。

老人的出现及行为，对富翁的心灵产生了很强烈的震颤。富翁感悟到老人一定是神仙下界，超度他必须要轻财重道，看破红尘修道成仙。于是，富翁抛下万贯家财，净身遁入道门。富翁感念兰翁对自己的超度和感化，就以兰翁之“兰”姓为己姓，道号“兰冲虚”。

兰冲虚经过潜心修炼，终于成仙升天。

故事来源：流传于涪陵及其附近地区，采风于涪陵城区一带。

收集整理：方文博

龙凤珠的故事

很久以前，天河总管府的东边石洞里，住着一条雪白的玉龙；天河西琼树林深处，住着一只彩色的金凤。

河东玉龙和河西金凤是好邻居。每天早晨天麻麻亮，玉龙钻出石窟，金凤飞出琼树林，都要相遇，相互打个招呼就忙着各做各的事儿去了。

有一天，他俩一个在天空自由翱翔，一个在天河里畅游戏耍，飞呀，游呀，不知不觉远离了仙界，来到了涪州上空，在涪州大河的北边岸上发现了一块亮闪闪的石头。

金凤很喜欢这块石头，就对玉龙说：“玉龙、玉龙，你看这块石头多美呀！”

玉龙也挺喜欢，就对金凤说：“金凤、金凤，多可爱的一块石头，我们把它制成珠子带回家去吧。”

金凤点头答应。于是，玉龙用爪子抓，金凤用嘴琢，一天一天、一年一年过去了，他俩真的把石头琢成了一颗晶莹发亮圆滚滚的珠子。金凤高兴地飞到巴王神山灵凤山衔来许多露珠儿，滴到珠子上；玉龙快活地游到巴王的盐池汲来盐水，再到天河里汲来清水，喷到珠子上。滴呀，滴呀，喷呀，喷呀，慢慢地这颗珠子就变得璀璨夺目了。

从此以后，玉龙和金凤相互喜欢上了，他们都无比珍爱他们的明珠。玉龙不愿回到天河东边的那个石窟去了，金凤也不愿再回天河西边那个琼树林，他俩就住在天河当中的仙岛上，日夜守护着明珠。

这颗明珠真是一颗神珠，珠光照到的地方，树木常青，百花齐开，五谷丰收。光秃秃的北山坪上沾了宝珠灵气变成了绿葱葱的大树林，好美，好美呀，好像金凤在天上的琼树林一样美。涪州人后来叫它“松屏列翠”，成了涪州八景之一。

一天，王母娘娘走出瑶池宫门，看到下界的这颗明珠的宝光直射天宫，心里非常羡慕。到半夜时分，她就派太白金星趁玉龙和金凤睡熟的时候，悄悄地把这颗宝珠拿走了。王母娘娘得到宝珠，喜欢得不得了，立即命令将宝珠藏在仙宫里头，外层关起九重门，锁上九道锁，太上老君还用八卦阵将仙宫屏蔽了。

玉龙和金凤一觉醒来，发现宝珠不见了，他俩真着急呀！不管他俩怎样东寻西找，把天界、地界、阴间，三界翻个底朝天，也没有寻着。他俩伤心极了，可还是不灰心，日日夜夜地上天入地、倒海翻江地到处寻找，一心要把心爱的明珠找回来。

时间过得真快，又到了王母娘娘的生日。那天，四面八方的神仙都赶到瑶池仙宫来祝寿。王母娘娘摆下盛大的蟠桃会，宴请各路神仙。众仙喝美酒，品蟠桃，齐声祝贺王母娘娘福如东海，寿比南山。

王母娘娘一时高兴，就对众仙说：“众仙家，寡人请你们看一颗珍贵的宝珠，这可是天上难找、地下难寻的稀世宝珠啊！”说着就请太上老君启开八卦生门，露出太极二仪那黑白宫门。王母娘娘从衣带上解下九把钥匙，打开九道锁，走进九道重门，从藏宝殿里取出黄缎包着的那颗宝珠，用金盘端着放在厅堂中间。宝珠亮晶晶，光闪闪，把天宫照得通亮。神仙、佛祖们看了都啧啧叫好。

这时，玉龙和金凤正到处寻找他们的宝珠。金凤在九天寻觅中发现了宝珠放出的灿烂华光，就忙叫玉龙：“玉龙、玉龙，快来看，那不是我们的宝珠放出的华光吗？”玉龙从天河里钻出头来，一看：“是呀，瑶池放出的光芒，一定是我们的那颗宝珠，快把它找回来！”

玉龙和金凤立刻朝着明珠亮光找去，一直找到王母娘娘的瑶池仙宫里。那些神仙们正在伸头探脑围着明珠叫好，玉龙上前说：“这颗宝珠是我们的！”金凤也说：“这颗宝珠是我们的！”

王母娘娘一听火冒三丈，冲着玉龙、金凤张口大骂：“是哪里来的两个孽障，在此胡说八道！我是王母娘娘，不论天上还是天下、水里的宝物都是我的。”

玉龙、金凤一听也来气了，不约而同地向王母娘娘说：“这颗明珠不是天上生的，也不是地下长的，是我俩辛辛苦苦，一天一天、一年一年琢磨出来的！”

王母娘娘一听，又羞又恼，伸手护住放着明珠的金盘，命令天兵天将把玉龙、金凤赶出宫去。金凤、玉龙见王母娘娘蛮不讲理，扑过去就抢宝珠。三双手都抓住金盘，谁也不肯放松。你拉我扯，金盘一摇晃，明珠就滚下来，滚到玉阶沿边，从天上掉下来了。

玉龙和金凤见明珠往下掉，急忙翻身跟下来保护。玉龙飞着，金凤舞着，他俩一忽儿在前一忽儿在后，一忽儿在上一忽儿在下，一忽儿在左一忽儿在右，保护着这颗明珠。最后，宝珠还是将涪州北山撞平山顶，随后掉在了大河里。平静的大河顿时波涛滚滚，三漩急流卷起万丈巨澜。玉龙舍不得离开自己的宝珠，就变成江中的那道石梁守护心爱的宝珠。那道石梁就是巴子梁，现在叫“白鹤梁”。金凤舍不得离开自己的宝珠，就变成一座青翠的凤凰山守护它，现在叫“落凤岩”的地方，就是凤凰变身的山。传说有一位处士亲耳听得凤凰落于岩畔，这位处士就是谯定的先人谯周老先生。谯周老先生还看到雷公击石，将玉龙、金凤分头镇在河里、山中，永不得相会。

从此，巴子梁和落凤岩就静静地落脚在北岩的两旁。直到现在，涪州城还流传着两句古老的歌谣：“鉴湖龟龙自天降，金凤飞舞到北岩。”

故事来源：流传于涪陵城区一带，采风于涪陵区江北街道，曾收录于《涪陵民间文学》。

收集整理：吴朝弟

涪陵山神罗子明的传说

长江犹如一股富有诗意的思绪，自西向东，缓缓流过涪陵；在涪陵这个地方，缠绕北山轻轻打了一个弯，仿佛怕惊扰了两岸如黛的青山，然后静静东向，注入大海。

涪陵人习惯称北山为北山坪。北山坪横亘江北，屏障涪城，巍峨雄奇。山上广阔平坦，山沿松屏列翠，北宋诗人王之道“老松如蛟龙，气夺百万军。根蟠苍崖石，梢拂青天云”的诗句仿佛就是为北山坪群松而写。

“山神守护魑魅避”，浩浩如长江，撞见北山坪也要绕着走，是因为北山坪是涪陵的山神，是守护涪陵的无上存在。

据传，涪陵山神姓罗，名子明，古代四川人。罗子明本是迦叶佛的哥哥，后来又拜在迦叶佛门下学佛，成为受戒僧人。罗子明是一名诚信修佛、一心向善的僧人，他对那些不遵佛教清规戒律的僧人极为痛恨，但又无力铲除，因而发誓：自己死后一定要变成恶鬼，吃尽那些破戒的僧人、恶人。他的愿望得到了佛祖的认同，佛祖对他非常照顾，让他如愿以偿，死后未让他转世为人，准其为恶鬼，委派他为涪陵山神，并给他划定了“东西五千余里，南北二千余里”的广阔辖区。

化为恶鬼的罗子明专事吃人，食量惊人，“年啖万人已上”。时间长了之后，罗子明的弟弟迦叶佛一方面怜爱罗子明变成了青面獠牙的恶魔，另一方面怜惜那些被罗子明误食的人，专门来涪陵再度以佛法教化罗子明。迦叶佛对罗子明说，他前世本是修持佛法、度入佛教之人，至今世还保持有前世的印记，只要再次修持佛法，一定能够再度入佛，皈依佛法是其命中注定。罗子明听后，遵从迦叶佛的指导，虔心佛法，在右胁出水、左胁出火、右出火、左出水、身上出水、身下出火、身上出火、身下出水、履水如地、入地如水、空没在地、地没升空、空中行、空中住、空中坐、空中卧、现大身满空、大复现小共十八神变后，日久功深，明悟佛法，终于降伏住自己“吃人”的坏习气，并再度受戒，成为佛教徒。

从此之后，罗子明再也不以“吃人”为己任，而是真正变成了涪陵的守护山神。但迦叶佛还不放心，为了防止山神罗子明“心变”，展露原形，致使涪陵民众再度受灾，迦叶佛就在今北山坪铁柜城处一躺，留下佛迹，警醒罗子明。

如今，置身涪陵城仰望对岸，眼中的北山就像一尊“共拥一头”的连体卧佛。据说，那就是迦叶佛和罗子明兄弟俩，他们双双卧倒在北山顶上，一起护佑着涪陵人民。

故事来源：根据唐代道宣律师《律相感通传》及《续高僧传》等相关资料改写，流传于涪陵区一带，采风于涪陵区江北街道。

收集整理：王一安

樵夫巧遇天仙

昔日的北山坪，风景优美：田连阡陌，五谷丰登；茅庵草舍，鸡犬声闻；人勤春早，和谐相处；俯视涪城，大江东流；仰望长空，白云飞渡；青山环抱，鸟语花香……构成了一幅如诗如画的天然画卷。加之山上樵夫不时鸣笛歌唱，更是逗人喜欢，增添了一道有声有色的风景线！

相传，北山上有一户三代单传的贫苦农家，生下一个聪明儿子。因家道贫寒，孩子才十岁出头，就上山打柴。当他听到清脆悦耳的鸟叫声，心头无比高兴，也不时发声共鸣，打趣为乐。打柴的空余时间，他就砍竹子，制竹筒，钻眼子，仿制笛子，学习鸟叫，乐以解愁。久而久之，养成了成天打柴，不离吹笛唱歌的生活习惯。

随着年龄的增长，等到他长到十七八岁，柴一天比一天打得多了，笛子一天比一天吹得妙了，歌也一天比一天唱得好了。很快，他就成为北山上的一位“吹唱”能手。只要他在坡上一发音，就能招来百鸟唱和，野趣横生。那阵子，这一方老百姓办红白家事，都来请这个姓张的崽儿去表演一番，增添热闹气氛，博得四邻称赞。

没想到，这悠扬婉转的笛声、嘹亮的歌声，从北山传到了天宫中，为一位天仙所赏识。惹得天仙茶不思饭不想，成天靠聆听笛声和歌谣来充饥、解渴。日久天长，她就想下凡去寻找这些笛声和歌声的源头。于是辞别玉皇，由两个侍女陪伴，来到了民间。

然而，事与愿违，她跨越五湖四海，走过东南西北，都没发现蛛丝马迹。

正在一筹莫展之时，突然从东方飞来一对相思鸟，示意愿为天仙搭桥引路。

相思鸟带着天仙飞呀飞，终于飞到涪州北山来了。天仙就小憩于青松林间。忽然，她耳畔响起了熟悉而悠扬的歌声。天仙透过树叶的缝隙，看见对面山间小路上走来一个挑了一担柴火的年轻人。年轻人身材魁梧，品貌端庄，身穿背心和短裤，脚上穿一双草鞋，腰间还挂一把砍柴的柴刀。一挑一百多斤的柴火压在他肩上，他却好像并不觉得累，迈着轻松的脚步，一边走一边高兴地唱着歌。

找到了，终于找到了！原来，自己在天宫中听到的歌声，就是他唱出来的！

天仙好像寻觅到了瑰宝一样，脸上露出灿烂的笑容。她从身上取出化妆宝镜，横空一扫，便有一道明亮的光线划过长空，照射到樵夫的身上。顿时，樵夫停下了脚步，他左顾右盼，终于望见隐藏在树丛中的天仙。他如痴如醉，向着天仙所在的地方飞奔而来！

十步、二十步、五十步、一百步……近了，更近了……就在他刚要跑到天仙身边的时候，天空中突然划过一道闪电，响起一声惊天动地的炸雷！

天仙明白，是玉帝在召唤自己快快回宫。她知道，天命不可违，凡人和神仙毕竟身处两个世界，是绝不可能在一起的。于是，她从树丛中飞起来，飞升到北山上空，腾云驾雾原路返回天宫去了。她一边飞升，一边还在恋恋不舍地回头张望。

在地上，樵夫望着天仙渐渐远去的身影，心头充满了悲伤和失望！

最后，他只好挑着柴担回家。奇怪的是，刚才挑在肩上轻松自如的柴担，现在，压在肩上却仿佛有一千斤重。

故事来源：流传于涪陵区江北街道一带，采风于江北街道北坪社区。

收集整理：李建威

跋

〇徐志红

呈现在您面前的这本《北山有故事》，是由涪陵区政协编辑出版的“涪陵北山历史文化丛书”之一。它以讲故事的形式，娓娓道来，向您介绍了同涪陵北山有关联的历史人物、神话传说、民间传说、山川形胜、风土人情等，可谓一部内容翔实而又生动活泼的北山文化百科全书。

该书的编撰工作从2020年年初开始启动，先后参与这项工作的不下 100 人。经过历时半年多的田野调查、实地采风、查阅资料、收集整理、创作撰写，到9月初编辑室共收到50多名作者来稿270多篇。通过精心选择和认真修改，最后选定了100余篇故事编辑成书。这些故事，有对历史人物的刻画；有对历史事件的回顾；有对山川风物的描摹；有对动物植物的解读；有对神话传说的构想；有对现实生活的留痕……在内容选择上，做到了力求全面而不留遗憾；在表达形式上，做到了短小精悍、以点带面、生动活泼、情趣盎然。

《北山有故事》的出版面世，是领导关心关怀的结果，原区委书记周少政同志一直关心和过问该书的编辑出版工作，并为“涪陵北山历史文化丛书”撰写序言；是政协充分发挥人才和智力聚集优势的结果，征稿启事发出后，区级各相关单位和部门、区政协各组成单位和政协委员积极行动，短时间内就收到稿件数十篇；是广大作者辛勤劳动的结果，他们栉风沐雨收集第一手素材，在汗牛充栋的资料中搜寻故事线索，挑灯夜战创作整理，确保了出版进度和出版质量；是区政协教文委全体同志通力合作的结果，编撰工作启动以来的大半年时间里，他们早出晚归，几乎以办公室为家，没有星期天、没有节假日，有时候甚至加班到深夜或凌晨过后，每一篇文章、每一行文字、每一个标点符号，都经过他们一丝不苟的反复斟酌和认真审定……没有大家的关心和辛勤付出，就不可能有这本故事集的诞生。我代表区政协，对领导的关心关怀和同志们的辛勤劳动，表示衷心的感激和诚挚的谢意！

政协文史资料，旨在“存史、资政、团结、育人”。发掘和整理地方历史文化，是政协文史工作者义不容辞的责任。区政协将以编辑出版《北山有故事》为契机，推动政协文史工作迈向新台阶，以文化人、以文培元，为时代画像、为时代立传、为时代明德、为时代添彩，为助推涪陵经济发展和社会进步做出新的更大贡献！